域外之镜中的留学生形象
以现代留日作家的创作为考察中心

■朱美禄 著

四川出版集团
巴蜀书社

目 录

序 论 ………………………………………………………（ 1 ）
  第一节　历史语境的变更与中国中心观的破产 …………（ 1 ）
  第二节　容闳与中国留学大业的发生 ………………………（ 14 ）
  第三节　留日——留学大业的转向 …………………………（ 22 ）
  第四节　自塑留学生形象 ……………………………………（ 28 ）
  第五节　研究述评 ……………………………………………（ 33 ）

第一章　嫖客与英雄的变奏 ……………………………………（ 39 ）
  第一节　徘徊在校园之外的嫖客 ……………………………（ 40 ）
  第二节　身在域外的报国英雄 ………………………………（ 72 ）

第二章　身体与国家想象 ………………………………………（ 86 ）
  第一节　无所皈依的"异化"身体 …………………………（ 87 ）
  第二节　身体与意识形态的纠结 ……………………………（111）

第三章　边缘化的"弱国子民" ………………………………（128）
  第一节　跨国婚恋的障碍 ……………………………………（129）

第二节　"东方学"视野下的"国"与"民" ……………（152）

第四章　中国的白马王子 ……………………………（174）
　第一节　"东瀛女儿国"里的"贾宝玉" ……………（175）
　第二节　"反认他乡是故乡" …………………………（196）

第五章　在"抗敌第一线" …………………………（213）
　第一节　对民族国家的背叛 …………………………（215）
　第二节　救亡压倒"启蒙" ……………………………（228）

结　语 …………………………………………………（250）
参考文献 ………………………………………………（255）
后　记 …………………………………………………（264）

序 论

第一节 历史语境的变更与中国中心观的破产

在世界"轴心时期"(the Axial Period),高度发达的文明实体,大体上有尼罗河流域的古埃及、幼发拉底河和底格里斯河流域的古巴比伦、恒河流域的古印度以及黄河和长江流域的中国。它们通常被尊为"四大文明古国"。"轴心时期"奠定了世界现有的文明形态,也为人类发展提供了源源不断的精神动力,诚如雅斯贝尔斯所说:"人类一直靠轴心时期所产生的思考和创造的一切而生存。"[①]人类今天所拥有的许多哲学思想、文学艺术和科学技术等方面的知识,都可以追溯到这些古老文明实体的贡献。

前三大文明实体所在区域之间地理位置虽然不算近,但是并没有什么特别难以逾越的自然障碍,随着文明不断的发展成长,它们之间也进行了一定规模的相互交流。至于交流的方式,大致有商业贸易、政治外交、学术往来、战争攻伐以及族群迁徙。这种交往促

---

① (德)卡尔·雅斯贝尔斯《历史的起源与目标》(魏楚雄、余新天译),华夏出版社,1989年,第14页。

进了相互的影响,"尼罗河流域和印度河流域的文明则是在向外传播的美索不达米亚文明的促进下发展起来的。这种发展与其说是由于采纳了某些特定的技术和制度,毋宁说,是由于接受了某些基本思想或原则。有关文字的概念虽说取自苏美尔,但各自独特的文字系统却是在埃及和印度逐渐形成的"①。又如起源于叙利亚地区的犹太基督教,古巴比伦人的几何和历法,印度的民间传说、算术和医学,都广泛地影响了欧洲。在罗马帝国时期内,希腊哲学和基督教相互补充,它们和罗马法一起,构成了近代欧洲文化的三个主要源头。

上述三个区域在很长时间里没有一个民族能够建立稳固而持久的政权,并以自己为中心统治边陲地区,即使某些民族和国家希图顽固地坚持自我中心,但现实又会把这种妄想予以粉碎,这样就形成了一种无中心的多元混合态势。这种无中心的多元混合态势给人类带来莫大的好处之一,就是容易以平等的心态去了解异己的"他者",即使暂时不能和平相处,但终究能够孕育出平等相处的原则。从较浅层次的彼此接触逐渐发展到较深层次的自觉交流,再到各民族之间的相互理解,这既是人类通往和平相处之境的一般程序与规则,也有利于人类文明的发展进步。有学者指出"由于东西知识的融会,哲学家的胸襟眼界都大大地比以前开阔了。我们姑且不去细论在希腊化时期兴起的斯多噶和伊壁鸠鲁两派哲学的内容。但有一点是可以指出的,即这两派哲学家所说的人已经不是属于狭隘的城邦的人,而是属于覆载之间的世界的人。他们已经泯除了亚里士多德的希腊人和'蛮人'之间的界限,认为凡是人都可以用理性追求

---

① (美)斯塔夫里阿诺斯《全球通史:1500年以前的世界》(吴象婴、梁赤民译),上海社会科学院出版社,1999年,第115页。

人的幸福。这种超越种族和国界的对人的看法,无疑是亚历山大帝国以后东西两方交互渗透的历史现实在思想上的反映。"①

反观中国,黄河、长江流域的地理环境和其他文明实体所处的地理环境很不相同,它东南临海,但是隔海相望的岛屿至少在公元11世纪以前都是蛮荒之地,北部是蒙古草原,西边则是戈壁荒漠,只有一条细小的商路——被历史和传说无限夸大了的丝绸之路通往波斯,而西南面更有莽莽苍苍的崇山峻岭和青藏高原作屏障,隔绝于其他早熟的文明实体。在这样封闭的地理环境下,大规模的文化交流绝无可能,华夏文明一直在相对独立的状态下成长,形成了自成一体、独具特色的文明形态,同时也催生了"中国即天下"的观念。正如梁启超所说:"吾国夙巍然屹立于大东,环列皆小蛮夷,与他方大国,未交一通,故我民常视其国为天下。"②

在相对封闭环境下孕育的华夏文明,长期以来一直领先于周围的国家和族群,基本上是呈向周边辐射的态势,从未遇到过巨大的挑战,即使偶尔有域外文明舶来,也无不被同化和吸收(例如东汉时期印度佛教就已经传入中土,但是中国人却把它改造成了具有中国特色的禅宗),所以极大地影响了中国人的文化心态。冯友兰说过:"中国的地理位置远离其他重要国家,又拥有古老的文明,在这种地理文化环境里,中国人很难设想,居然还有其他民族,也拥有发达的文明,而生活方式上却与中国人全然不同。因此,中国人接触外来文化时,往往倾向于蔑视并且加以抵制,主要不是排斥外来的东西,而是认为外来文化是低级的,甚至是错误的。"③ 由于长

---

① 吴于廑《古代的希腊和罗马》,中国青年出版社,1957年,第86页。
② 梁启超《新民说·释新民之义》,见《梁启超全集》(第2册),北京出版社,1999年,第657页。
③ 冯友兰《中国哲学简史》,江苏文艺出版社,2010年,第293页。

期处于"屹然出中央而无校雠"的地位,难免就产生了"益自尊大,宝自有而傲睨万物"的心态和优越感。这虽说是"固人情所宜然",但无疑隐含着深刻的危机。

在古代,"适百里者,宿舂粮;适千里者,三月聚粮",由于交通、通讯和科学知识极不发达,人们对世界和宇宙知之甚少,只能凭借自己的生活经验和旅人的一点见闻来建构他们观念中的世界模式。在对世界进行观念型塑的过程中,人们都不自觉地以自我为中心,因此许多民族都有"世界中心意识"。"如法显《佛国记》称印度为'中国'而以中国为边地,古希腊、罗马、亚剌伯人著书各以本土为世界中心。"[①] "细考民族中心意识,大约一半出于无知,一半出于傲慢和偏见。无知助长了傲慢和偏见;傲慢、偏见反过来阻碍了人类的求知。"[②] 尽管如此,但是在世界上,很少有人像古代中国人一样顽固地坚持自我中心意识,总觉得自己处于世界中心,"我们今天把中国想成'中华(Chinese)之国',但在过去她并不是把自己想象成'中华',而是'位居中央'(central)之国。"[③]

孔子在《论语·八佾》中就说过:"夷狄之有君,不如诸夏之亡也",尊"夏"贬"夷",严于夷夏之防,在"夏"与"夷"之间缺乏平等意识,由此可见一斑。孟子还幻想过一种万邦归附、天下归心的世界秩序,在《孟子·梁惠王上》中说"莅中国而抚四夷","天下之民皆引领而望之矣","民归之,由水之就下,沛然谁能御之?"在《孟子·公孙丑上》中引用《诗经》的话说"自西自东,

---

① 钱钟书《管锥编》(第4册)(全隋文卷三一),中华书局,1979年,第1556页。
② 刘再复、林岗《传统与中国人》,安徽文艺出版社,1999年,第354页。
③ (美)本尼迪克特·安德森《想象的共同体——民族主义的起源与散布》,上海人民出版社,2005年,第12页。

自南自北,无思不服",一种不平等的高姿态跃然纸上。

庄子似乎显得要客观和清醒许多,《庄子·秋水》篇对中国在世界中的位置有一个比较准确的认识。"计四海之在天地之间也,不似礨空之在大泽乎?计中国之在海内也,不似稊米之在大仓乎?"这种比较客观的"中国观"和他的宇宙观有关。其实,庄子这种观念,严格说来只能算是对"中国在宇宙中的位置"的一种观点,并不是一种国际关系和国际秩序的观点,因而并不能解释中国和其他国家之间的关系。

从古至今,坚持中国"世界中心观"的人很多。《史记·赵世家》中公子成说:"中国者,聪明徇智之所居也,万物财用之所聚也,贤圣之所教也,仁义之所施也,诗书礼乐之所用也,异敏技艺之所试也,远方之所观赴也,蛮夷之所义行也。"[①] 而最能够代表中国"世界中心观",或者说把这种观点发挥到极致并至为完备的,是宋代的石介,他在《中国论》中说:"天处乎上,地处乎下,居天地之中者曰中国,居天地之偏者曰四夷。四夷外也,中国内也。天地为之乎内外,所以限也。"[②] 这可以说是在漫长的历史发展进程中,中国人对于中国在世界上的位置以及中外关系最为经典的描述和表达。尽管岁月流逝,朝代更迭,但是根深蒂固的"内夏外夷"的文化观念却从未动摇。

这种"内夏外夷"的观念渗透融合在儒家文化的礼制等级秩序之中,形成一种极为稳固的具有卑尊意味的国际秩序。历史上的中国和其他国家之间,完全是一种宗主国和藩属国之间的关系,其高

[①] 司马迁《史记》,中华书局,2006年,第293页。
[②] 萧功秦《儒家文化的困境:近代士大夫与中西文化的碰撞》,广西师范大学出版社,2006年,第1页。

下有别,正如乔木和幽谷一样,中国对于四夷蕞尔小国,向来都是采取一种唯我独尊的姿态,不屑于俯就和亲近,正如孟子所说"吾闻出于幽谷迁于乔木者,未闻下乔木而入于幽谷者";而四夷小国则应朝拜和归附中华,孟子还虚构出了一幅天下归附的乌托邦图景:"东面而征,西夷怨;南面而征,北狄怨,曰:'奚为后我!'民望之若大旱之望云霓也。"[①] 在中国人塑造的天下模型中,中国在地理位置上处于世界的中心,在文化上也处于世界的中心,周边的蛮族都没有受到启蒙教化,缺乏典章礼仪,因而属于化外之民。《礼记·王制》中说:"东方曰夷,被发文身,有不火食者矣。南方曰蛮,雕题交趾,有不火食者矣。西方曰戎,被发衣皮,有不粒食者矣。北方曰狄,衣羽毛、穴居,有不粒食者矣。"文化不发达的"蛮族"如众星拱月一般环绕在华夏的周围,它们与华夏之间的关系,是一种附庸和宗主之间的关系,在文明上占有优越性的华夏"光被四表"、"声教迄于四海",周围"蛮族"则"皆捧琛执贽,重译来朝"。

  当然,思想观念来自于现实生活。中国人之所以形成这样一种不可动摇的世界中心观,主要是因为长期以来华夏文明在客观上处于绝对优势。这种优势体现在政治、经济和道德等方面,更体现在文化上。

  但是在世界历史发展过程中,往往存在一种"遏制领先法则",最发达和最先进的社会要想永远保持其领先优势是很难的。相反,落后和较不发达的社会可能更适应变革并在变革中逐渐取得领先地位。中国在西方入侵之前具有高度发达的文化,但是这种优势却又成为了抑制其进一步发展的负面因素。这是因为中国在政治上长期

[①] 孟子著,杨伯峻译注《孟子译注》,中华书局,2005年,第45页。

大一统的格局,在文化上长期处于领先地位,极大地影响了它的文明形态和文化心态,使中国人形成了文化上根深蒂固的自大意识,认为中国是一个不可与之相竞争的国家和世界文明的中心,中国文明优于其他文明,在其他国家和文明那里没有自己需要学习和值得借鉴的东西。在西方世界开始工业革命的同时,中国人却安于现状、自高自大、心满意足,最终因为没有与时俱进而落伍了。相反,恰恰因为中世纪欧洲的黑暗和落后,所以他们渴望学习,积极探索,并且能够适应社会进步的需要,最终由中世纪的黑暗转变成为了现代化的文明,成功地超越了中国,处于世界领先地位。

几千年的封建社会以农耕自然经济为基础,以和谐稳定为目标,以伦理道德为中心,形成了一套强有力的文化价值体系。这套体系以社会周期性的治乱交替和牺牲人的个性与创造性为代价,衍生出一套精密完备、伸缩自如的道统规则,它既有助于辉煌灿烂的中华古代文明的形成,同时也成为了近代以来中国走向世界的一个沉重包袱。自然经济不但提供自给自足的消费用品,同时也产生出顽固坚硬的保守思维。在郑和下西洋之后不久,中国就开始了海禁,不但错失了走向世界的大好时机,反而自绝于世界,陶醉于天朝上国的迷梦里。在利玛窦向明神宗献世界地图之前,中国人一直坚持"天圆地方"的观点,也坚持自己处于世界中心的信仰,不知道地球是圆的,可以划分为东西两半球。在利玛窦所献的五洲图上,中国只是一小块,并且不在世界的中心,结果受到当时中国最有知识的士大夫群体的批评指责:"直欺人,以其目之所不能见,足之所不能至,无可按检耳,真所谓画工之画鬼魅也",并说"焉得谓中国如此蕞尔"。① 面对人们的不满、生气乃至愤怒抗议,也为

---

① 郭双林《西潮激荡下的晚清地理学》,北京大学出版社,2000年,第293页。

了传教的需要，利玛窦只得迎合中国人的自大心理，于是他灵机一动赶紧抹去福岛的第一条子午线，并且"在地图两边各留下一道边，使中国正好出现在中央。这更符合他们的想法，使得他们十分高兴而且满意"①。利玛窦献五洲图，意味着西方人已经具有了世界眼光，并且意味着一个世界交往接触的全球化时代即将到来。但遗憾的是中国人没有意识到它的象征意义。直到乾隆中叶，中国人对与国外交往仍然普遍抱着"非我族类，其心必异"的排斥态度，在鄙薄下隐藏着恐惧情绪，在不屑中包含着防范心理。乾隆二十四年（1759）颁布了《防范外夷规条》，不但禁止国人与"夷商"接触，甚至还出台了一系列法令禁止中国人出洋，同时对西方商人的来往住行都作了明确规定，不准"夷商"在广州住冬，不准"夷商"购买中国书籍和学习中国语言文字。据张德昌1935年在《清华学报》上发表的《清代鸦片战争前之中西沿海通商》一文介绍，一个名叫刘亚匾的中国人，因为"教授夷人读书"（指学习汉文）的罪名，竟于乾隆二十四年被处以斩首的极刑。

在中国被西方列强用坚船利炮打开国门之前，其实并非没有和西方进行平等对话的机会。只是因为受盲目的自大意识所支配，错失了历史所赋予的良机，最后使中国全面落后于西方，并遭受到沉重的打击。1793年，在乾隆83岁寿辰前夕，英国特使马戛尔尼率领使团来到中国，与清廷谈判通商事宜。但是清政府却把他们误读成是前来为乾隆皇帝祝寿的，因而拿老眼光把他们看成是朝贡的新使者。更有意味的是英王乔治三世写给乾隆皇帝的信，也被中方翻译人员的生花妙笔转译成了一封表示忠顺清廷、吁请天恩的致敬

---

① （意）利玛窦、（比）金尼阁《利玛窦中国札记》（何高济等译），中华书局，1983年，第181页。

函。于是乾隆皇帝便郑重其事地回复了一封颇有姿态的"赐英吉利国王敕书":

> 咨尔国王,远在重洋,倾心向化,特遣使恭赍表章,航海来廷,叩祝万寿,并备进方物,用将忱悃。朕批阅表文,词意肫恳,具见尔国王恭顺之诚,深为嘉许。所有赍到表贡之正副使臣,念其奉使远涉,推恩加礼。已令大臣带领瞻觐,赐予筵宴,叠加赏赉,用示怀柔①。

在这里乾隆皇帝俨然是一副君王对臣下的口吻,显示出居高临下的姿态,把外国国王和来华使臣视为自己治下臣民,把他们谋求拓展双方商贸的外交行动,莫名其妙地理解为夷狄之国由于受到王化感召而采取的输诚纳贡的行为,对于英方提出的就扩大通商问题进行磋商并允许英国在中国设立常驻机构照管贸易的要求,则认为"与天朝体制不合,断不可行";对于英国"贡品"的科技含量没有正视,更没有进行分析研究,有的只是这样一番令人深思的表述:

> 天朝物产丰盈,无所不有,原不藉外夷货物以通有无,特因天朝所产茶叶、瓷器、丝绸为西洋各国及尔国必需之物,是以加恩体恤,在澳门开设洋行,俾得日用有资并沾余润。今尔国使臣于定例之外,多有陈乞,大乖仰体天朝加惠远人、抚育四夷之道……念尔国僻居荒远,间隔重洋,于天朝体制原未谙

---

① (英)马戛尔尼《1793 乾隆英使觐见记》(刘半农译),天津人民出版社,2006年,第147页。

悉，是以命大臣等向使臣等详加开导，遣令回国①。

在中外关系史上，像这样的奇特的案例恐怕绝无仅有，号称一代明君的乾隆皇帝尚且这样画地为牢，自绝于世界潮流，不能不令人深思。这种态度也被法国的阿兰·佩雷菲特称为"给人印象最强烈的变态的典型"，他在其史学名著《停滞的帝国：两个世界的撞击》中评价道："尽管在许多民族的行为中可以发现变态的迹象，但没有哪个国家比满族统治的中国在这方面走得更远了。对一个民族——一种文化，一种文明来说，这种变态不仅表现为自视比他人优越，而且在生活中认为世上唯有他们才存在。我们可以形象地称之为集体孤独症。"② 在乾隆皇帝如此行事的表象背后，其实是中国文化的优越感和强烈的自我中心意识在作祟，缺乏现代国际秩序观念，缺乏把自己当成世界国家之林中平等一员的心态。当世界即将走向一体化的时候，中国这种顽固的严于华夷等级秩序的观念，和近代国际关系以及国际交往准则之间存在着巨大的差异，同时也折射了一个闭关自守的封建帝国和用资本主义文明武装起来的殖民帝国之间在思想文化和精神观念上存在着巨大的差异。

尽管乾隆皇帝的"怀柔远人，宾礼外国"，表面上做得既不失大国风度，又婉转客气，但是英国使团仍然感觉受到了凌辱，只是这个时候的英国尚不具备把自己的意志强加给中国的实力，所以只得忍气吞声而已。此后陆续来到中国的西方使团的运气也不比马戛尔尼好到哪里。阿兰·佩雷菲特满怀怨怼地写道："在中国人取得

---

① （英）马戛尔尼《1793乾隆英使觐见记》（刘半农译），天津人民出版社，2006年，第149—150页。

② （法）阿兰·佩雷菲特《停滞的帝国：两个世界的撞击》（王国卿等译），生活·读书·新知三联书店，1993年，第575页。

经验并懂得自己在政治上之所以能够存在下来乃是因为他们国家遥远，在他们懂得对自己过高的评价完全是空中楼阁之前，派使团去中国本身就是一个错误。总有一天，那些蔑视外国人，把他们纯粹看成是商人的中国人会承认：被他们如此侮辱的洋人竟那么可怕。而外国一旦同中国交手，很快就会发现这个地处世界另一端的中国从武力上来说竟如此落后。"[①] 这种话语不但表达了西方人对妄自尊大的中国的愤恨，而且还隐含着一种对于未来中国的预测。只是因为中国人陶醉在天朝大国的迷梦里，对于世界大势已经失去了最起码的认知和判断。

  历史证明，这一巫师似的预言，居然一语成谶。而从某种意义上说乾隆就成为了一个"现在的屠杀者"，"杀了'现在'，也便杀了'将来'。——将来是子孙的时代"[②]。乾隆对英国使团的拒绝，其实远不止是拒绝了中英通商，更是拒绝了走向世界、走向现代化，拒绝了和西方互相沟通、并驾齐驱的历史性机遇。富有讽刺意味的是，恰恰就在所谓"康乾盛世"时期，中国和西方的实力开始发生了戏剧性的变化和逆转，而且差距以几何级数递增。史学家殷海光认为"中国自 14 世纪中叶到 20 世纪初叶，一直是在传统之中生活着，文化变迁相当缓慢，在这一阶段，中国文化逐渐形成了一个自定体系（homeostatic system）。然而，在这同一时期，西方世界于生活和思想方面都经历着激烈的改变。在这样的改变中，西方世界从它的中古走向近代。在这个时代，欧洲有文艺复兴、宗教改革、民族国邦的兴起，美国独立战争，法国大革命和工业改进。这

---

  ① （法）阿兰·佩雷菲特《停滞的帝国：两个世界的撞击》（王国卿等译），生活·读书·新知 三联书店，1993 年，第 575 页。
  ② 鲁迅《鲁迅全集》（第一卷），人民文学出版社，1981 年，第 350 页。

些事实,对于西方本身以及全世界的影响是非常深入而广远的。尤其是工业革命所产生出来的力量,从17世纪开始,自西欧核心出发,像上帝的手似的重新塑造世界。"① 由于科学知识的高低决定民族国家的命运,中国的科技原本就很贫乏,明季的研究生机在清定鼎中原之后几乎被根绝。中国在经过所谓的"康乾盛世"之后,"日之将夕,悲风骤至","吸饮暮气,与梦为邻"的衰世景象宿命般地降临了。这时的社会危机已经不仅仅限于中国内部矛盾,更可怕的是西方文明已经发展壮大,对中国构成了严重的威胁和挑战。当初利玛窦、汤若望等外籍传教士靠儒冠儒服、卑躬曲膝、行贿送礼的手法打入中国社会,获取中国人的认同并为自己争得一席容身之所的时代已经一去不复返了,取而代之的是坚船利炮的武装威胁和强迫就范。这种对待中国的方式的不同,其实隐喻着文明竞争的结果发生了逆转——这时的西方已经全面领先于中国。中国现在面对的敌人不再是马背上的野蛮民族,而是有着高度文明、经过了工业化发展的西方强国。但是在严复翻译《天演论》之前,那个"万马齐喑"的年代正是中国人思想的沉寂期,几乎没有人意识到文明之间的竞争具有你死我活的严重性和残酷性,所以中国人对于突如其来的一切毫无应对能力。

1840年,鸦片战争终于爆发了,中国人"用骨肉碰钝了锋刃,血液浇灭了烟焰"②,但仍然无力阻挡蹈海而来的敌人,在英国人的坚船利炮面前,中国人所依恃的大刀长矛相形见绌,结果遭受了空前的屈辱,签订了《中英南京条约》。清朝政府被迫开放广州、厦门、福州、宁波和上海等五处为通商口岸,准许英国派驻领事,准

---

① 殷海光《中国文化的展望》,上海三联书店,2002年,第11页。
② 鲁迅《鲁迅全集》(第一卷),人民文学出版社,1981年,第356页。

许英商及其家属自由居住。清政府将香港岛割让给英国,并向英国赔款 2100 万银元。规定中国海关关税应与英国商定,赋予英国人以领事裁判权。第二年,英国又强迫清政府签订了《中英五口通商章程》和《虎门条约》作为《中英南京条约》的附件。这些不平等条款的签订,破坏了中国领土和主权的完整,使中国开始沦为半殖民地半封建社会。但是灾难并没有因为割地赔款而停止,1856 年又爆发了第二次鸦片战争,1860 年英法联军洗劫北京城,火烧圆明园,清室鼠窜热河。其间虽然也曾进行过竭力的挣扎和反抗,但是无异于以卵击石,最终还是被迫签订了不平等的《天津条约》和《北京条约》。号称"天朝大国"的清王朝,面对西方列强的坚船利炮,十足的不堪一击。在一系列失败面前,清廷不得不承认西方的先进性。

　　在中国神话传说中,认为"弱水""鸿毛不浮,不可越也";但在现实中,英国人却轻易渡海而来了。正如鲁迅在《随感录·四十八》中所说:"古书里的弱水,竟是骗了我们:闻所未闻的外国人到了;交手几回,渐知道'子曰诗云'似乎无用,于是乎要维新。"马克思也在《中国革命和欧洲革命》中说:"满族王朝的声威一遇到英国的枪炮就扫地以尽,天朝帝国万世长存的迷信破了产,野蛮的、闭关自守的、与文明世界隔绝的状态被打破,开始同外界发生联系"[①]。当时中国最先睁眼看世界的有识之士,像林则徐、魏源等已经在器物、技术等最直观的层面上发现了中国与西方的差距,所以他们主张要了解西方。特别是魏源,还提出了"师夷长技以制夷"的救国方略。有清一代,坦率地承认西方技术优势的,当自魏源始。经过了现实失败的教训之后,在新的历史语境中,中国中心

---

① 《马克思恩格斯选集》(第一卷),人民出版社,1995 年,第 691 页。

观彻底破产了，中国人终于从迷梦中觉醒过来，进行了心态调整，抛弃了原先的妄自尊大，开始了理性的自我反思和学习西方的历程。这种思想直接启发了后来的洋务运动，并开始向西方国家派遣留学生。

第二节 容闳与中国留学大业的发生

中国"别求新声于异邦"的留学大业，是和容闳的名字联系在一起的，他是中国留学大业的开创者和拓荒者，也是毕业于美国著名高等学府的第一个中国留学生。

容闳1828年出生于澳门南屏镇。当时伦敦妇女会议在远东提倡女学，英国传教士古特拉富夫人于时莅临澳门，"初设一塾，专授女生，未几复设附塾，兼收男生"。因其司事乃"同里而父执"的关系，容闳得以入塾肄业。容闳正式启蒙，是从接触西学开始的。在科举为人所重的时代，容闳父母让孩子入西塾，无疑是相当开明的举动。容闳后来在回忆录中说："意者通商而后，所谓洋务渐趋重要，吾父母欲先着人鞭，冀儿子能出人头地，得一翻译或洋务委员之优缺乎。"①

古特拉富夫人所设的西塾，其实是为玛礼孙（通常译为"马礼逊"）学校作准备的。1841年容闳正式就读于玛礼孙学校。1846年，校长布朗因"身体羸弱"，辞去了澳门玛礼孙学校校长的职务，准备偕夫人回国养病，但因"对于本校，感情甚深，此次归国，极愿携三

---

① 容闳《我在中国和美国的生活》（恽铁樵、徐凤石译），东方出版社，2006年，第2页。

五旧徒,同赴新大陆,俾受完全之教育"①。虽然当时大多数中国人把域外看成是"野蛮人居住的地方",内心怀着极度的恐惧,但容闳与黄宽、黄胜却"惟愿与赴美",成为了敢于最先吃螃蟹的人。

容闳被好心的布朗带到美国,先就读于马萨诸塞州孟松中学预科班,后就读于耶鲁大学。1854年,容闳在耶鲁大学毕业,时"校中中国学生,绝无仅有",以中国人身份而毕业于美国高等学府者,实自容闳始。同年,容闳谢绝了师友的挽留,毅然踏上了归国的旅程。他除了带回一张耶鲁大学的毕业文凭之外,同时还带回了一个感动中国和影响了中国现代化进程的梦想:

> 予当修业期内,中国之腐败情形,时触予怀,迨末年而尤甚。每一念及,辄为之怏怏不乐。……盖既受教育,则予心中之理想既高,而道德之范围亦广,遂觉此身负荷极重。
>
> 予既远涉重洋,身受文明之教育,且以辛勤刻苦,幸遂予求学之志,虽未能事事如愿以偿,然律以普通教育之资格,予固大可自命为已受教育之人矣。既自命为受教育之人,则当日夕图维,以冀生平所学,得以见诸实用。此种观念,予无时不耿耿于心。盖当第四学年中尚未毕业时,已预计将来应行之事,规划大略于胸中矣。予意以为予之一身,既受此文明之教育,则当使后予之人,亦享此同等之利益。以西方之学术,灌输于中国,使中国日趋于文明富强之境。予后来之事业,盖皆以此为标准,专心致志以为之②。

---

① 容闳《我在中国和美国的生活》(恽铁樵、徐凤石译),东方出版社,2006年,第10页。

② 同上,第28页。

……然使予之教育计划果得实行，借西方文明之学术以改良东方之文化，必可使此老大帝国，一变以而为少年新中国①。

这一美丽而宏伟的梦想，成为了容闳后来奋斗的目标。1860年，容闳怀着寻找一种有别于传统的新希望来到了太平天国控制下的南京，了解太平军的性质和志趣，考察太平军是否能够"胜任创造新政府以代满洲"。在南京，容闳拜见了当时总理太平天国政务的洪仁玕，提出了一套建设现代国家的"七事"纲领，其中包括"颁定各级学校制度，以耶稣教《圣经》列为主课；设立各种实业学校"等计划。这些主张折射了容闳的价值取向：中国要走向现代化，必须要高度重视教育，而且要以西方课程取代传统教育内容。容闳的建议虽然不无世界眼光和现代意识，但是在当时战争的历史语境下，太平天国无暇顾及这些"迂缓"之策，所以他的建议只好不了了之。

1868年，一直追随曾国藩创办洋务的丁日昌升任江苏巡抚。丁日昌和容闳私交甚好，当初江南制造局的机器设备就是丁日昌向曾国藩力荐容闳去美国采购回来的，因此容闳一得知丁日昌升为朝廷重要命官，便立即向他陈述中国选派学生出国留学的计划。容闳写了"条陈四则"，由丁日昌转交给清政府。所谓的"条陈四则"，容闳最想表达的是第二条，其余三条"特假以为陪衬"。在这一条中，容闳写道：

---

① 容闳《我在中国和美国的生活》（恽铁樵、徐凤石译），东方出版社，2006年，第118页。

政府宜选派颖秀青年，送之出洋留学，以为国家储备人才。派遣之法，初次可先定120名学额以试行之。此百二十人中，又分为四批，按年递派，每年派送30人。留学期限定为15年。学生年龄，须以12至14岁为度。视第一、第二批学生出洋留学著有成效，则以后永定为例，每年派出此数。派出时并须以汉文教习同往，庶幼年学生在美，仍可兼习汉文。至学生在外国膳宿入学等事，当另设留学生监督二人以管理之①。

但是，一个巡抚在满朝文武中毕竟分量不够，更何况出国留学乃前所未有的破天荒之举，因此丁日昌的建议如同泥牛入海，在朝中没有得到响应。1870年，天津爆发了人民仇教事件，有多名法国传教士遭杀害，曾国藩和丁日昌等被派往天津处理仇教危机。在容闳看来，曾国藩"其识量能力，足以谋中国进化者"，恰在此时，容闳被招往天津当事件处理翻译，容闳便利用这个机会，当面向曾国藩再一次提出了选派留学生去西方学习的计划。曾国藩一直不断地亲炙洋人的嚣张气焰，深谙先进的科技知识对于改造落后中国的重要性，于是答应将容闳的请求上奏朝廷。1871年，曾国藩向朝廷上奏《拟选聪颖子弟出洋习艺疏》（又称《拟选聪颖子弟赴泰西各国肄业摺》）："拟选聪颖幼童送赴泰西各国书院，学习军政、船政、步算、制造诸书。约计十余年，业成而归。使西人擅长之技，中国皆能谙悉，然后可以渐图自强。"曾国藩为清廷台柱重臣，因此他的恳请很快得到了同治皇帝的回应，朝廷"着照所请"，承诺为留学生出所需资金，还特别制订了《选派幼童赴美肄业办理章

---

① 容闳《我在中国和美国的生活》（恽铁樵、徐凤石译），东方出版社，2006年，第115—116页。

程》，任命陈兰彬为留美学生监督，容闳为留美学生副监督。中国的留学大业是容闳发起的，但是曾国藩也与有力焉。

"在很长的时间里，中国把西方叫做泰西，西方把中国叫做远东。泰西和远东实际上代表了欧亚大陆的东西两端。历史地说，西方看东方也好，东方看西方也好，都曾经是遥遥相隔的天涯一角，来自彼地的种种传说中既包含着可靠的真知，也包含着离奇的臆想。"① 撇开外国对中国的印象和了解不说，就我们对西方的认识而言，当时确实如同雾里看花，不甚了然。由于中国古老的农业文明传统历来安土重迁，不愿轻易背井离乡，再加上对外面的世界很隔膜，特别是对近代侵华外敌恶劣而恐怖的印象②，当时很少有人愿意送孩子出洋求学。因为无知，再加上恐怖的想象，在当时中国人

---

① 陈旭麓《近代中国社会的新陈代谢》，上海人民出版社，1992年，第21页。
② 自明代以降，中国人已经宏放不再，对域外多有恐怖的想象。例如在明代的许多史书和笔记中都有西人"食小儿"的记载，其中尤以严从简《殊域周咨录》的记载最为周详和恐怖："其人好食小儿，然惟国主得食，臣僚以下不能得也。其法以巨镬煎水成沸汤，以铁笼盛小儿，置之镬上，蒸之出汗。汗尽，乃取出，用铁刷刷去苦皮。其儿犹活，乃杀而剖其腹，蒸食之。"（中华书局，1993年，第320页）又如，1870年，天津爆发了仇教事件，究其原委，是因为当时中国人认为外国传教士收养中国弃儿，"藏至医院及教堂中，将其双目挖去，以配药剂，或则作为祭祀之贡献品"（容闳《我在中国和美国的生活》，恽铁樵、徐凤石译，东方出版社，2006年，第118页）。另外，鲁迅在《论照相之类》一文中说，在S城"常常旁听大大小小男男女女谈论洋鬼子挖眼睛。曾有一个女人，原在洋鬼子家里佣工，后来出来了，据说她所以出来的原因，就因为亲见一坛盐渍的眼睛，小鲫鱼似的一层一层积叠着，快要和坛沿齐平了。她为远避危险起见，所以赶紧走"。不仅如此，洋鬼子还挖心肝，"熬成油，点了灯，向地下各处去照去。人心总是贪财的，所以照到埋着宝贝的地方，火头便弯下去了。他们当即掘开来，取了宝贝去，所以洋鬼子都这样的有钱"。此外，"还以罐头牛肉当作洋鬼子所杀的中国孩子的肉看"。而丰子恺在《儿童画》一文中说，"据我所见，最近乡村废寺的败壁上，已有飞机的出现了。其形好似一种巨大的怪鸟，互相争斗着。最初我尚不识其为飞机。数见之后，稍稍认识。后来听了一个村婆的话：'洋鬼子在那里煎出小孩子的油来造飞机，所以它有眼睛，会飞。'方始恍然，儿童把飞机画成这般的姿态，不是无因的。"中国人对于洋人恐怖的想象，由此可见一斑。

的观念中，认为送子弟出洋留学无异于流放和赴死，所以当时偌大的中国竟然难以选到《浦安臣条约》（Burlingame Treaty）所保证的第一批赴美留学的 30 名幼童。

　　除了对域外的恐怖想象使许多人止步不前外，当时中国"体面"之人仍对出洋留学抱着鄙夷不屑的态度。"中国不尚西学，今此幼童越数万里而往肄业，弗乃下乔木而入幽谷欤？"这是当时许多中国人的想法。所以从一开始，容闳的招生计划就遇到了巨大的阻力。在中国北方根本就招不到人，他不得不转到广州、香港和澳门招收年幼的男孩，因为那些地方对外国人了解相对要多些，怀疑相应要少些，而且有些孩子幼年时期已经在教会学校接触过英语。从地域上考察，在第一批 30 名留美学生中，24 名是广东本地人，1 名是在广东出生的安徽人，3 名来自上海，1 名来自福建，仅有 1 名来自山东。从家庭情况看，这些人大都为"贫贱小户子弟"，或者是"得风气之先"的律师、翻译与买办家庭，他们与洋人有所接触，不至于一无所知，谈"洋"色变。

　　也许正是这种"合力"，使得他们成为了敢于"吃螃蟹"的第一批中国人。但在当时的观念中，留学无疑是冒险之举，所以他们的家长还必须与朝廷签订"具结"。所谓"具结"，指的是"旧时对官署提出表示负责的文件"[1]，相当于当今书面形式的保证书。例如，当时詹天佑的父亲就是这样写的：

　　　　具结人詹兴洪今与具结事：兹有子天佑情愿送赴宪局带往花旗国肄业，学习机艺，回来之日听从中国差遣，不得在外国

---

[1] 《现代汉语词典》，商务印书馆，1988 年，第 615 页。

逗留生理。倘有疾病生死,各安天命。此结是实①。

当时出洋留学,在人们的想象中需要冒九死一生的风险,与流放无异。就是在这种"风萧萧兮易水寒"的悲凉气氛中,1872年8月12日,中国有史以来第一批官派留美幼童登上了停泊在上海港的邮轮,前往遥远而陌生的美国,开始了异域求学的旅程。这30名学童,梳着辫子,穿着朝廷"以数千金为之"的长袍马褂,在抵达美国之后,被安排住在普通的美国人家庭中。只是学习的期限没有明确规定,说是"可兼尽西人之长"便"学成回国"。但到底怎样才算是"兼尽"与"学成",却是很含糊的概念。从1872年起,至1875年,中国共派出了四批留美幼童。除了这些留学生的父母外,其实大部分中国人都将他们遗忘了。

关于留美幼童的学习情况,清廷官员也有记载。1876年,美国费城举办了一个世界博览会,一名叫李圭的清廷宁波海关官员赴美参加博览会后,将留学生的情况一一作了记载:"甘那的格省哈佛图书馆,我国幼童课程窗稿亦在列。尝见其绘画、地图、算法、人物、花木,皆有规格。所著汉文策论,如《游美记》、《哈佛书馆记》、《庆贺百年大会序》、《美国地土论》、《风俗记》,亦尚通顺。每篇后附洋文数页,西人阅之,皆啧啧称赞。"②"尝观其寓西人绅士家,颇得群居切磋之乐,彼此若水乳交融,则必相交有成",李圭对此不禁慨叹道:"他年期满学成,体用兼备,翊赞国家,宏图

---

① 阮芳纪、左步青、长鸣九等编《洋务运动史论文选》,人民出版社,1985年,第441页注释。
② 钟叔河编"走向世界丛书"《漫游随录 环游地球新录 西洋杂志 欧游杂录》,岳麓书社,1985年,第212页。

丕烈，斯不负圣朝作人之盛意也！"①

然而，1881年，大清帝国要求留美幼童辍学回国的一纸命令到了。究其原因，是因为清廷发现这些中国学子已经完全西方化了。由于域外民主和平等的观念深入人心，一些学生拒绝向朝廷监督官员和孔子牌位磕头行礼；甚至有人"断发异服"，穿上了洋人的服装，并把象征大清国国民标志的辫子剪掉了，觐见中国长官时则用假辫子蒙混过关。当时留学生监督吴子登出于对这种不稳定的身体形式的焦虑，遂诬蔑他们政治上不正确和不合格，要求清廷将留美幼童全数撤回。清廷出于对"以夷变夏"的恐惧，接受了吴子登的请求，结果使中国留学大业中途夭折了。看来，服装和辫子成为了中国人走向世界、走向现代化的一个不小的包袱。

留学生中途被撤回，引起了当时许多有识之士的无限感慨。郑观应就认为：留学生被"全数遣回，甚为可惜，既已肄业八九年，算学文理俱佳，应时选择其品学兼优者，分别入大学堂，各习一艺，不过加工四年功夫，必有可观，何至浅尝辄止，贻讥中外，日本肄业英、德、美、俄之学生，至今尚络绎不绝。"② 长期任清廷驻外使节的黄遵宪则悲愤难禁地写下了《罢美国留学生感赋》："矧今学兴废，尤关国盛衰。十年教训力，百年富强基。……坐令远大图，坏以意气私。牵牛罚太重，亡羊补恐迟。蹉跎一失足，再遣终无期。目送海舟返，万感心伤悲。"容闳、曾国藩等人筚路蓝缕艰难开辟的留学之路，就这样无果而终了。黄遵宪感叹的"蹉跎一失足，再遣终无期"不幸言中了，在此后不短的一段岁月里，中国的留学事业处于一个萧条期和低落期。

---

① 钟叔河编"走向世界丛书"《漫游随录 环游地球新录 西洋杂志 欧游杂录》，岳麓书社，1985年，第264页。
② 转引自丁钢《早期教育现代化的选择与失落：一个比较视角》，《高等教育研究》2004年第3期。

第三节　留日——留学大业的转向

中国社会对西学的需要，刺激了留学事业的发展。在派遣留学生赴美之后，又陆续派遣了一些青年学生赴欧留学。但是人数不多，规模较小，影响也不大。

中国留学事业再次升温，是在甲午战争之后。1894年，甲午战争爆发，这次战争不是中国和西方列强博弈，而是和一衣带水的日本对决。结果，作为蕞尔小国的日本却完胜泱泱中华。自鸦片战争以来，这堪称是最为惨痛酷烈的事件，一时之间，举国震动。清廷被迫签订了丧权辱国的《马关条约》，内含对日本赔款白银贰万万两，割让辽东半岛、台湾和澎湖列岛等不平等条款，不但使中国元气大伤，并且蒙受了奇耻大辱。因为日本在文化上一直师从中国，中国也一直以导师自居，这次战争却让中国颜面尽失，一蹶不振。康有为认为中国这种"听人驱使，听人宰割"的局面，乃"四千年中二十四朝未有之奇变"，"种族沦亡，奇惨大痛，真有不能言者也"[①]。梁启超也称之为"三千年未有之大变局"。也许失败的耻辱是中国人最好的良药，没有什么比痛苦的刺激更易于让中国人觉醒。在残酷的民族生存压力下，人们终于意识到时局的严重性、自身的落后性和学习西方的必要性。康有为甚至提出了"以强敌为师"的口号。一时间，"欧风美雨"成为了时代思潮，民众意识普遍高涨，再次激发了学习西方，特别是学习日本的热潮。

在甲午战争之前，中国人压根儿就不重视日本。这个漂浮在外洋上的孤零零的岛国，一直被中国人看成是自己的政治藩属和文化

[①] 康有为《康有为政论集》（上册），中华书局，1981年，第237页。

附庸。而1868年日本开始"明治维新",进行了较为彻底的政治改革。"明治维新"被称为"人类史上的一桩'灵迹'",经历"明治维新"之后,日本在不到三十年的时间里忽然变得异常强大,打败了作为"文化导师"的中国,一跃而跻身世界强国之列。日本是怎样发展起来的?是什么原因使日本产生了质的飞跃?日本的崛起有哪些地方值得中国学习和借鉴?日本民族有何特点?带着这一系列问题,中国人把惊异和羡慕的目光转向东方,开始了学习日本、了解日本的历程。需要指出的是,中国人"师夷长技",在这个时候已经超越了单纯的器物层面,开始进入到制度层面和文化层面的学习,体悟到不可能以旧心理运用新制度,要求人格的健全和觉醒。

郑观应在《盛世危言》中指出:"按古今中外各国,立教养之规,奏富强之效,原本首在学校。今日本师泰西教养,培育人才,居然国势振兴,我国胡不可亟力行之?一语为之曰:不修学校,则人才不出;不废贴括,则学校虽立,亦徒有虚名而无实效也。"[①] 当时封疆大吏张之洞在《劝学篇》中也认为日本奇迹般的兴盛,是向西方学习的结果:"日本,小国耳,何兴之暴也?伊藤、山县、夏本、陆奥诸人,皆二十年前出洋之学生也,愤其国为西洋所胁,率其徒百余人分诣德、法、英诸国,或学政治工商,或学水陆兵法,学成而归,用为将相,政事一变,雄视东方。"日本的崛起为中国树立了一个榜样,当时朝野上下几乎一致认为应该效法日本,维新变革,奋发图强。

"出洋一年,胜于读西书五年,此赵营平'百闻不如一见'之说也。入外国学堂一年,胜于中国学堂三年,此孟子'置之庄岳'

---

① 郑观应《郑观应集》(上册),上海人民出版社,1982年,第261页。

之说也。"① 此时，出洋求学的必要性成为了全国上下的共识，而至于出洋去哪个国家求学，则又几乎一致以日本为宜。这是因为日本经过"明治维新"，成效卓著；而日本在吸收了西欧近代思想之后又进行了过滤和创造性转化，西方各种学科在日本已经灿然完备；当然更重要的是到日本留学有着地理上的便利条件。张之洞在《劝学篇·游学》中说得甚为详明："致游学之国，西洋不如东洋。一路近省费，可多遣；一去华近，易考察；一东文近于中文，易通晓；一西书甚繁，凡西学不切要者，东人已删节而酌改之。中东情事风俗相近，易仿行，事半功倍，无过于此。若自欲求精求备，再赴西洋，有何不可？"康有为在《进呈日本明治变法考序》中也赞成此说，"其守旧之政俗与我同，故更新之法，不能舍日本而有异道"，"彼与我同文，则转译辑其成书，比译欧美之文，事一而功万矣。彼与我同俗，则考其变政之次第，鉴其行事之得失，去其弊误，取其精华，在一转移间，而欧美之新法，日本之良规，悉发现于我神州大陆矣。"

　　学习日本，最切实的办法莫如向日本派遣留学生。在失败中终于觉醒过来的清政府，这时候对于留学再也不是泛泛地提倡，而是借鉴各国经验并根据中国实际情况实实在在地制定了一系列的鼓励政策。首先，清廷许诺，不论官费生和自费生，只要学成回国，经考试合格，一律赏赐进士出身或举人出身头衔，提高学成归国者的身份和荣誉。例如《清稗类钞》中就说"科举时代之进士、举人，略如欧美日本之学位。宣统乙酉，学部奏酌拟考试毕业游学生章程，中有分等给奖一条，列最优等者奖给进士，列优等、中等者奖给举人。各冠以某学科字样，习文科者称文科进士、文科举人，他

---

① 张之洞《劝学篇·游学》，上海书店出版社，2002年，第38页。

科仿此。"① 在现实中不乏典型事例的证明,1911年9月,章鸿钊和丁文江参加京师学部举行的留学生考试,两人皆以最优等成绩获得"格致科进士"学衔。其次,清政府大力鼓励自费留学。近代中国留学教育就经费来源划分,有国家官费生、各省官费生和自费生三种。官费生由政府筹措经费,在当时连年割地赔款的历史语境下,因为国库空虚,经济紧张,所以名额不多,而在当时语境下国家对人才的需求量却很大,所以政府大力鼓励自费留学。自费生假如本人发奋努力,能够考入国家急需的学科和专业,还可以乌鸦变凤凰,华丽转身为公费生。第三,废除科举,鼓励留学。由于历史和现实的原因,只要科举考试存在,人们的精力和兴奋点就集中在对进士、举人学衔的拼搏上,对于新式学校和出国留学等新生事物就不感兴趣,因此在某种意义上说,科举制度是新式教育发展的障碍②。1905年,清政府正式废除科举制度。科举制度在中国历史上具有伟大意义,但是由于不适应历史发展和社会形势的需要,在西潮冲击下,终于寿终正寝了。这一划时代性的政策变化,直接改变了中国文人的生存环境、追求目标和价值观念,断绝了他们学而优则仕、读书做官的道路,使他们不得不面对前所未有的严峻现实。这样,政府倡导和鼓励的出国留学,就有可能进入他们考虑的范围,甚至成为他们人生的现实选择。

因为政府相关鼓励政策的出台、社会舆论导向的支持以及现实

---

① 徐珂编撰《清稗类钞·讥讽类》(第四册),中华书局,1984年,第1678页。
② 例如鲁迅在《呐喊·自序》中说,自己1898年前往南京江南水师学堂求学的时候,人们的观念仍是认为"读书应试是正路,所谓学洋务,社会上便以为是一种走投无路的人,只得将灵魂卖给洋鬼子,要加倍的奚落而且排斥的",所以鲁迅自己"仿佛是走异路,逃异地"。

生活的需要，出洋留学在 20 世纪初的中国终于形成了一股热潮①。留学人员的社会身份和地位也随着留学热潮的兴起而水涨船高，"中国某些人对西学的诋毁……在日本战胜中国以后的十年中，这种态度让位于重现出洋留学，其重视程度使留学不但对一个人在官场的晋升有好处，而且成了晋升的关键性条件"②。秋瑾在给她大哥的信中也说道："今日世界谋事，非知洋务不可；若能出洋留学数年，谋事较易。"可见在当时的社会语境中，出洋留学已经成为了一种"社会资本"、"文化资本"和"身份资本"，能够给知识分子带来切身的利益和光明的前景。在清末，把洋学生与进士、举人同等看待；而在民国之后，出洋留学生在教育界的待遇往往要高于国内同等学历者。在助教和讲师职称阶段，国内学历尚能担任，但在副教授、教授等高级职称，国外的留学背景则成为了分量极重的筹码③。

在当时浩浩荡荡的留学大潮中，中国人主要是留学日本。不仅人数众多，所学的专业也很广泛，并且还频繁开展了各种社会活

---

① 除了人数众多之外，甚至出现了举家留学、全族留学的情形。在钱单士厘《癸卯旅行记》中说："予家留东之男女学生四人，皆独立完全之自费生。"在记述离别东京时，又说道："此行也，留两子，一妇，一女婿，三外孙于东京，远别之时，能不黯然？然两子，一妇，一婿分隶四校留学，次第学有所进。"

② 费正清编《剑桥中国晚清史》（下卷），中国社会科学出版社，1993 年，第 404 页。

③ 例如 1927 年南京国民政府教育行政委员会公布的《大学教员资格条例》中就有相应的要求。该条例将大学教员分为教授、副教授、讲师和助教四个等级，"以上四种名称惟大学之教员得用之"，并且规定："助教之资格为：国内外大学毕业，得有学士学位，而有相当成绩者；或于国学上有研究者。讲师之资格为：国内外大学毕业，得有硕士学位，而有相当成绩者；或助教完满一年以上教务，而有特别成绩者；或于国学上有贡献者。副教授之资格为：外国大学研究院研究若干年，得有博士学位，而有相当成绩者；讲师满一年以上之教务，而有特别成绩者；或于国学上有特殊贡献者。教授之资格为：副教授完满两年以上之教务，而有特别成绩者。"转引自郑春《留学背景与中国现代文学》，山东教育出版社，2002 年，第 79 页。

动。无论是在规模上还是在影响方面,中国留日学生都超过了留学其他国家的留学生。1896年,中国学生开始留学日本,尽管最初的留日学生才13人①,但以后人数呈逐年大幅度递增的趋势。唐才常描述当时年轻学子浡然向新的风气时说:"甚至腹地各省,有触禁网,甘党名,违父兄师保,而毅然出洋就学者。"1905年,日俄战争以日本的胜利而告终,这再次给中国人以极大的震撼;也就在这一年,中国延续了一千多年的科举制度被废除,中国士子断绝了科举晋升之路,所以此后的"1906年是留日学生人数最多的一年,共达一万三四千或二万名之谱"②,形成了一个高峰期。1907年留日学生也达到了万人以上。到抗日战争全面爆发的1937年,仍然有5934人负笈东洋。据日本研究中国留学史的专家实藤惠秀统计,自1896年清政府向日本派遣留学生开始,到1937年抗日战争全面爆发为止,42年间中国留日学生人数总计达5万余人。应当说这是一个惊人的数字,中国留日学生这一庞大的群体在世界留学史上的规模都是空前的,尽管其中鱼龙混杂,许多人上的是速成班,在整体上影响了留日学生的水准和声誉,但是前后相续几十年的留日浪潮,毕竟为中国培养了一大批极为宝贵的人才,造就了一支庞大的新式知识分子队伍,对于中国的现代化进程有着巨大的促进作用。

---

① 据记载:1896年首批留日的十三名中国留学生是:唐宝锷、朱忠光、胡宗瀛、戢翼翚、吕烈辉、吕烈煌、冯阊谟、金维新、刘麟、韩筹南、李清澄、王某和赵某。参见实藤惠秀《中国人留学日本史》,生活·读书·新知三联书店,1983年,第1页。

② (日)实藤惠秀《中国人留学日本史》,生活·读书·新知三联书店,1983年,第36页。

第四节　自塑留学生形象

"世俗于游学生辄呼为留学生，笔之于纸亦然。盖留学二字，为日本之名词，输入最早，流传已久，口耳间固习之矣。"①"留学生"一词的使用最早始于日本人。唐朝时候，日本政府不断派遣使臣来中国学习文化典籍和礼仪制度，由于使臣是外交使节，不便在中国长时间滞留，为了保证能够充分地汲取中国的先进文化，日本政府从第二次派遣"遣唐使"开始，也同时派遣了"留学生"与"还学生"。所谓"还学生"指的是必须随遣唐史一起回国的学生；而"留学生"则是在遣唐使回国后仍然留在中国继续学习的学生。"留学生"一词就这样被沿用了下来。

在晚清，西风压倒东风，中国受到西方列强的欺凌和蹂躏，对外敌入侵的抵抗屡战屡败，中国人在痛苦中不断反省和思考，最后醒悟到必须调整自己对整个世界的认识，必须在新的国际秩序中重新为自己定位，必须"师夷长技以制夷"，于是中国人开始负笈海外求学。首先是到美国（1872 年），其次到欧洲（1877 年），甲午战争失败之后受到巨大刺激，1896 年清廷又派学生留学日本，从此中国开始出现了大规模的留学生群体。

正是因为现实中先行具有这一群体，通过文学形式对这一群体进行刻画和反映，于是便诞生了文学中的留学生形象。当然，最便于刻画人物形象的文体要数小说。一般说来，情节、环境和人物形象是小说不可或缺的三要素。在中国古典小说中，"主角是勇将策士，侠盗赃官，妖怪神仙，佳人才子，后来有妓女嫖客，无赖奴才

---

① 徐珂编撰《清稗类钞·讥讽类》（第四册），中华书局，1984 年，第 1677 页。

之流。'五四'以后的短篇里却大抵是新的智识者登了场,因为他们是首先觉到了在'欧风美雨'中的飘摇的,然而总还不脱古之英雄和才子气"①。留学生形象作为"新的智识者"的一个分支,他们不但充分感受到了当时民族国家大厦"在欧风美雨中的飘摇",而且为了挽大厦于将倾,还远渡重洋学习西方先进的科学知识,可以说是中国历史上旷古未有的一个新兴群体。作为较早走出去直接面对外面世界的特殊群体,他们在异域生存和求学的遭遇并不完全相同,有的可能受到相对友好的对待,有的则可能备受冷酷的歧视,但是无论怎样,有一点是相同的,那就是他们作为中国人生活在异国他乡,置身于中外文化冲突的最前沿。文化风习的不同,现代化的压迫,国际地位的悬殊,形成一张牢不可破的网络,对他们构成了巨大的压抑。在传统文明和域外文明的碰撞中,他们都经历了一个思想观念的裂变过程,这一过程在某种意义上说也就是由传统到现代的嬗变过程。

在"他者"目光的注视下,留学生大都重新经历了一次拉康所谓的人生"镜像阶段",在域外之镜中确立了自我身份意识以及民族国家观念。现代心理分析学派认为主体意识是在自我与他者关系中形成的,而现象学和存在主义也很注重主体间性,正如丹尼·卡瓦拉罗所说:"在现象学和存在主义的哲学传统中,他者是主体建构自我形象的要素。他者是赋予主体以意义的个人或团体,其目的在于帮助或强迫主体选择一种特殊的世界观并确定其位置在何处。""我们对于我们的自我感觉取决于我们作为另一个人所凝视的目标

---

① 鲁迅《〈总退却〉序》,见《鲁迅全集》(第4卷),人民文学出版社,1981年,第621页。

的存在。"① 利用文学的形式传达中国留学生在域外的感受和体验，揭示出他们在域外的生活行状、行为方式和价值观念，既具有异国情调色彩，又不无社会学和历史学上的意义。对留学生群体进行形象研究，既可以看出这一群体自身的形象特征及其嬗变演化的轨迹，还可以折射出隐藏在形象书写的背后作家的个人感情、文化观念和民族立场等意识形态因素。从这个意义上说，对于留学生形象的研究就显得不无意义。

"留学生形象"是中国现代文学形象画廊中一个特殊的组成部分，但也是一个多姿多彩的组成部分。他们有的虽然洋装加身，但是骨子里仍然残存着根深蒂固的传统观念；有的出洋镀金，不学无术却好自吹自擂；有的身为弱国子民而备受压抑；有的满怀壮志却报国无门。在中外文化的夹缝中，他们的人生态度、行为模式和思想观念有着自身"这一个"的特点，成为了一道独特的文化景观。现代作家在小说文本中对他们的刻画，充分显示出了浮世绘的质感。中国现代文学中的留学生形象，就像一座含量丰富的金矿，蕴含着独特的时代症候、文化信息、社会因子和心理内涵，认真剖析，可以发现诸多意趣。特别是可以发现在从传统向现代转变的过程中，他们怎样经历了心灵的阵痛和灵魂的蜕变，怎样经历了价值观念的倾覆和重构的过程。对这一问题的分析和透视，有利于我们看到中国人在走向现代社会过程中观念的嬗变和心灵的激荡。留学生形象，其实也是一种"集体想象的投射物"，对他们的研究，在某种意义上说，也就是剖析中华民族走向现代性历程中人格化的思想史和心态史，因而具有较高的学术价值。

---

① （英）丹尼·卡瓦拉罗《文化理论关键词》（张卫东等译），江苏人民出版社，2006年，第117—118页。

"形象"一词深究起来其实具有相当复杂的内涵。它既可以指作品中的人物形象，同时也可以指比较文学意义上的形象。作为前者，它所指的是文学作品中能诉诸读者感受的直观的感性形态，是根据现实生活各种现象加以选择、提炼和综合所创造出来的具有一定思想内容和审美意蕴的具体、生动的人物图画①。作为后者，"形象被理解为在文学化但同时也是社会化的过程中得到的对异国的总体认识，最典型的例子是有关异国的固定模式，它是一种文化的象征性表现，即使是在文学文本中，这种固定模式也与大量的意识形态问题相联"。或者说得更明白些，形象就是一种社会集体想象物，即使个人最隐密的思想也包含了公共信息和共同感受，"是对一种文化现实的再现，通过这种再现创作了它（或赞同、宣传它）的个人或群体揭示出和说明了他们生活于其中的那个意识形态和文化的空间。"② 本书名中的"形象"，就含有这两方面的内涵，它既是人物形象，同时又涉及域外背景，是被"他者"所看的形象，是在域外之镜映照下的留学生形象。

当然，这里所论及的"留学生"形象，因为具有超越国界的异域背景和异国情调，所以堪称是一种"异国形象"；同时，这种形象又是由具有留学经历的中国作家所塑造，又可算作"自塑形象"。关于"自塑形象"的含义，比较文学形象学专家孟华先生曾经说过：

> 我用"自塑形象"一词，来指称那些由中国作家自己塑造出的中国人形象，但承载着这些形象的作品必须符合下述条件

---

① 参见童庆炳主编《文学理论教程》（修订二版），高等教育出版社，2004年，第210—213页。
② （法）让－马克·莫哈《试论文学形象学的研究史及方法论》，孟华主编《比较文学形象学》，北京大学出版社，2001年，第23—24页。

之一:它们或以异国读者为受众,或以处于异域中的中国人为描写对象。无论在何种情况下,这些形象都具有超越国界、文化的意义,因此在一定程度上可以被视作一种异国形象,至少也可以被视作是具有某些"异国因素"的形象,理应纳入到形象学研究的范畴中来。

目前国内海外华文文学研究方兴未艾,而在华文文学中,存在着大量的此类"自塑形象"。若将两者结合起来,定能造就出一片更广阔的天地供学者们去驰骋;而它们之间的互补、互证,也一定会使学者们在两个方向上都能将研究向纵深推进①。

孟华先生所说的两个条件固然不无道理,但是,有些人物因为有过长期在域外生活的经历,即使生活空间从域外转移到了国内,而域外生活的经历和背景仍然潜在地在起作用,其"异国因素"和异国情调也是很明显的。在留学生群体中这样的例子很多,他们完成学业归国之后,域外求学的经历仍然在潜移默化地影响着他们的言行举止。在现实中很典型的个案,算是徐志摩和陈源在观看由中国人演出《哈姆莱特》时发出放肆的笑声,因为他们觉得理解《哈姆莱特》是留英学子的专利,国内其他人不过是在瞎掺和、瞎胡闹而已。在文学文本中,如鲁迅《阿Q正传》中的"假洋鬼子"就在身体形态和言语行状上保留了异国因素;而凌叔华小说《吃茶》中的归国留学生还保留着浓郁的"洋"礼节,以致引起了不止一个

---

① 孟华《比较文学形象学论文、研究札记》,参见孟华主编《比较文学形象学》,北京大学出版社,2001年,第15页。另外,孟华在《中国文学中的西方人形象》(安徽教育出版社,2006年)一书的序论中也有相同的论述。

中国女性的误解。其他像老舍笔下出洋归来后就过不惯中国生活，或者认为洋博士就是状元，把知识和权力以一种怪异的方式联系在一起，以异国因素来抬高身价，以留洋经历来获得种种利益的人物也不少。

近现代历史上，中国留学生在域外求学分布的地域十分广泛，从欧美到日本到苏联都有中国留学生的足迹。但是由于文化环境不同、所留学的国家与中国的关系和对中国的看法不同，留学生所受到的待遇也有较大的差别。具体说来，日本在甲午海战中打败了作为昔日"文化父亲"的中国，充分体验到了"弑父"的快感，自大心理急剧膨胀起来，加之日本怀有占领中国领土的野心，所以日本国民对于中国人的歧视远较西方列强为甚。而美国在第一次世界大战之后成为了世界上的头号资本主义强国，尽管对于中国没有领土野心，但是因为两国之间文化差异和现代化程度差距过大，所以美国人有一种根深蒂固的优越感，对中国人也多取不加掩饰的轻慢态度。相比较而言，欧洲国家的态度显得要稍微温和一些[1]。

第五节 研究述评

本书以现代留日作家的创作为中心进行论述，所涉及的留学生形象主要是留日学生形象。之所以做出这样的选择，是因为自近代以来，日本和中国的关系不同于其他西方列强与中国的关系。在历

---

[1] 李兆忠先生说过："就'弱国子民'反映的强度而言，首推留日文学，其次是留美文学，再次是留英文学，最后是留法文学。文学上的这种反映，同实际的历史情景应当说很一致。就'弱国子民'的心理内涵及其反应方式而言，留日文学与留欧、留美文学又有差异：前者集中于种族歧视，后者是种族歧视、'现代性'压迫和文化差异三者俱全，互相作用。"见李兆忠《"东洋罪"与"西洋罪"》，《博览群书》2005年第5期。

史上，日本曾经不断派遣留学生来中国学习先进文化，但因为封建主义的腐朽统治，自近现代以来，中国相对落后了，日本却因为"明治维新"成功地超越了中国，于是大批学子负笈东洋。这样，导致了师生关系的颠倒，往昔傲慢的老师今日变成了谦卑的学生，在自尊心和尊严感上受到了沉重打击。另外，中日之间是"一衣带水"的邻邦，而"一衣带水"不仅仅是个地理概念，同时也是一个文化概念，后者是作为前者的引申物而出现的，具体表现为文化形态上的相似性和相关性。坦诚地说，日本对于中国现代文学的发生、形态和性质有着重要影响，一些负笈东洋的中国学子受到日本文学的哺育而成为了中国文坛上的骄子。郭沫若就曾经说过：

> 中国文坛大半是日本留学生建筑成的。
> 创造社的主要作家是日本留学生，语丝派的也是一样。
> 此外有些从欧美回来的彗星和国内奋起的新人，他们的努力和他们的建树，总还没有前两派的势力浩大，而且多是受了前两派的影响。
> 就因为这样，中国的新文艺是深受了日本的洗礼的。而日本文坛的毒害也就尽量的流到中国来了①。

更为重要的是，近现代历史上的中日之间，由于现代化程度的差异、地理距离的接近以及国家利益的冲突，这三种因素互相影响和发酵，使两国之间的关系向更为复杂的态势延伸，并于1937年7月最终导致了两国之间的全面战争。这种国家关系的复杂性，在中国现代文学留日学生的形象塑造上也有鲜明的体现，因为留学生形

---

① 郭沫若《郭沫若全集》（第十六卷），人民文学出版社，1989年，第53—54页。

象不仅是文化的载体,同时也是作家心理的载体和意识形态的载体,从留学生形象中,可以看出作家个人感情、文化观念、民族意识和国家立场等诸多层面。对于留学生形象的分析,可以管中窥豹,以小见大,觉察出两国关系的互动和民族情感的变化。

因为留学生形象多为有过留学经历的作家所创作,他们不但亲炙了域外风土人情和思想文化,更主要的是自己作为留学生的一员,从国内到域外,经历了"移位"的生活,获得了一种独特的生存体验。在现代中国人留学日本的四十多年中(1896—1937年,1937年因为"卢沟桥事变",中日全面战争爆发,留日活动自然终止了),由于个人的境况和遭遇不同,不同历史时期两国关系不同,因而现代作家笔下所塑造的留学生形象也不尽相同。这些形象许多有着作者的"自叙传"色彩,在凸显留学生形象所蕴含的异国情调的同时,也有挥之不去的民族情结,而这种民族情结,恰恰就是作者民族立场的反映和显现。实藤惠秀就曾经说过:"中国人留学日本史,一方面是中国的文化史,另一方面又是近代中国的政治史";"中国人留学日本史的内涵变得异常丰富,并非仅仅记叙为学业而留学的留学史。"①

文学反映生活,回应着社会状貌和历史语境的实际状态,但是"批评家并不想把历史简化为文本,而是强调文本作为一种社会事实(与其他社会事实一样),可以为了政治的或意识形态的目的而加以运用"②。现代留日作家创作的留学生形象,具有鲜明的意识形态色彩,折射了在当时国际秩序下中国的国际地位和作为中国人的

---

① (日)实藤惠秀《中国人留学日本史》,生活·读书·新知三联书店,1983年,第339—342页。
② 刘禾《跨语境实践——文学、民族文化与被译介的现代性》,生活·读书·新知三联书店,2002年,第30页。

国际地位,并含蓄地表明了中国作家对这一问题的民族立场。根据留日学生形象特征和类型的不同,大致可以划分为:(1)平江不肖生笔下的嫖客和英雄形象;(2)鲁迅笔下的"假洋鬼子"形象;(3)创造社作家笔下的"弱国子民"形象;(4)创造社"另类"作家陶晶孙笔下"东瀛女儿国"中的"中国白马王子"形象;(5)由于日本侵略中国的野心日益膨胀,在"九一八事变"之后侵占了中国东三省,崔万秋对这一时期的留日学生形象进行了书写,在他的笔下,中国留学生形象又分化为"救亡英雄"和"投敌汉奸"两类。需要说明的是,从时间上看,鲁迅留学日本在前(1902年),平江不肖生留学日本在后(1907年),但是因为平江不肖生刻画留学生形象在前,而鲁迅则在"新文化运动"之后才写现代白话小说,刻画留学生形象在后,所以这种编排和设计既顾及到了形象的性质状态,也顾及到了形象的历时性嬗变。

研究留日学生形象,还可以折射出现代历史上的中日关系。对日关系,可以说是中国近现代历史上对外关系最重要的方面,近代中国的一些重大事件无不与日本有关,例如甲午战争、同盟会成立、"二十一条"、"五四运动"、"五卅运动"、"九一八事变"、"七七事变"和抗日战争等等,莫不如此。而这些事件,都在中国现代留日作家的文学创作中,甚至在其笔下的留学生形象中,有或多或少、或明或暗的反映,因此在某种意义上说,现代作家文本中的留日学生形象就是历史的镜子,留日学生形象的变迁乃是历史变迁的缩影。反之,历史的变迁在留学生形象的塑造上,也有体现和反映。

关于留学生研究的博士论文不多,偶有的几部全都是从具有留学生身份的创作主体方面入手,分析留学背景、异域生存体验以及中外文化冲突对作者文学创作的影响。具体说来,如郑春的《留学背景与中国现代文学》、李怡的《"日本体验"与中国现代文学的发生》、叶隽的《另一种西学》等就是典型的例子。近年来关于留学研究的单篇论文已经很多了,甚至涉及各个领域。例如《史学月刊》和《徐州师范大学学报》近年来就发表了一系列文章,从各个方面讨论留学和中国现代化的关系。而关于异域生存体验对中国现代文学发生的影响,李怡也发表了一系列论文,其中《"日本体验"与中国现代文学的发生》(《中国社会科学》2004年第1期)、《日本体验与中国散文的近现代嬗变》(《文学评论》2004年第6期)和《"走向世界"、"现代性"与"全球化"》(《南京大学学报》2004年第3期)等优秀论文,对于本书的写作,无疑具有一定的参考价值。

但是,真正针对现代文学文本中留学生形象的专题研究却很少。就笔者所见,只有任怡在《写作》上发表的《浅析现代文学中的留学生形象》(2004年第15期)、周文英《郁达夫留学生小说初探》(《云南师范大学学报》2002年第6期)、卢德平《中国现代文学中的日本形象》(《中国青年政治学院学报》2000年第6期)、沈庆利《道德优越感中的堕落——〈留东外史〉与中国传统道德文化》(《中国现代文学丛刊》,2001年第1期),以及李兆忠在《博览群书》、《书屋》等期刊上所发表的一些文章,如《"东洋罪"与"西洋罪"》、《想象的中国白马王子》和《不可救药的误读——读〈留东外史〉》等,总的说来文章虽然有一些,但是不多。

在杨义的《中国现代小说史》和夏志清的《中国现代小说史》中,两位著者针对相关作品有过少许留学生形象分析和主题探讨的内容。但是因为作者志在写史,有着更为宏大的追求,所以不可能对单一的形象问题做到细致入微和条分缕析的深入研究,这样也留下了巨大的阐释空间。另外,董炳月先生的《"国民作家"的立场——中日现代文学关系研究》一书，虽然是从文学个案中来透视中日现代文学关系，但因为有些内容和本书的研究相关，其精彩绝伦的论述不无启示意义。本书准备从创作的客体——具有留学背景的现代作家"自塑的留学生形象"（以日本为中心）这一特定角度进行系统考察和分析论证，希望能够揭示作为一种社会"集体想象物"的留学生形象中所寓含的中国人的日本观、日本人的中国观以及作家的国家立场、民族意识等贯穿整个现代历史的思想问题。

中国现代民族国家的形成，与现代文学的发生几乎是共时性的。不仅如此，前者为后者提供了原动力和语境，后者则常常成为了前者文学的感性的显现。例如平江不肖生和鲁迅笔下的人物（含"假洋鬼子"等留学生形象）与辛亥革命的关系，崔万秋笔下的留学生在境外抗日被驱逐回国，并因为抗日走上了"新路"等等，都显示出文学和意识形态以及国家民族立场之间的互动关系。在某种意义上说，中国现代文学即为"国民文学"，中国现代作家是作为"国民"而展开书写活动的。只不过本书将他们的书写对象置于域外之镜下进行透视和剖析而已，但这无改其精神立场。

第一章 嫖客与英雄的变奏

罗马神话中天宫门神"雅努斯"(Janus)长有两幅面孔，斯蒂文森在小说《化身博士》中探索过人类"双重存在"的二元性问题。而平江不肖生在小说《留东外史》中所刻画的留学生形象也是如此。他们既具有"嫖客"的特质，又不失爱国热情（这一点在其主要人物黄文汉身上体现得特别鲜明），整个文本内容呈现出"鸳鸯蝴蝶"和英雄传奇相交织的态势。

很有意味的是中国留学生的欲望对象都是日本女性。从妓女、寄宿屋的下女到一般的护士，甚至到日本的华族小姐，在中国留学生"吊膀子"的功夫面前，少有能够幸免。尽管作者在直接的议论中把专事"吊膀子"的留学生斥为"恶党"，把他们这种行为视为恶行恶德，把对他们的揭露称为"对恶党宣战"，但是在小说叙述中却不自觉地偏离了这种宗旨，使文本中流露出来的倾向和作者所声明的创作意图并不完全一致，固然有对留学生丑陋行径的揭露，但同时也把日本国家"妓女化"了，在不自觉中炮制了一个日本"卖淫国神话"。

《留东外史》中出现的这种症候，和当时历史形势密切相关。面对甲午战争的失败、《马关条约》的签订和"二十一条"的耻辱，不肖生在文本中以一种想象的方式进行了民族复仇：方式之一，就是把国家形象和男尊女卑的性别政治奇妙地交织在一起，让中国留学生"嫖"日本女性，赋予中国以"男性"性征，而把日本"妓女化"，借以贬低日本国格，发泄胸中恶气；其次，就是直接让中国留学生英雄打败日本柔道大力士，扬威东瀛，凸显大中华的胜利。通过这样的书写，现实语境中中国的失败，在作者心理上获得了一种补偿和平衡。

平江不肖生这种民族主义的价值取向，在当时特殊的中日关系中有其不言而喻的合理性，但是从中折射出来的"女性观"却显得不足取。另外，他那种文化帝国主义心态和大中华中心意识，虽有助于增进爱国热忱，鼓舞国民志气，但也不利于中国现代化的发展。

第一节　徘徊在校园之外的嫖客

一、《留东外史》的自我设限和超越

在莘莘学子如潮水般负笈海外的今天，他们的异域体验被纷纷形诸笔墨，留学生文学于是便蔚为大观。而回首留学生文学的发展历程，其开山之作《留东外史》内容非常驳杂，它所塑造的留学生形象也别有意味。自从问世之后，虽然许多评论对它颇有微词，但

是小说又绝非"嫖界指南"和"嫖学教科书"一类的论断所能概括①。这一点，只要稍作深入探讨就可以看出来。

假如从"形象"角度对《留东外史》进行分析，《留东外史》中的留学生形象就属于"自塑形象"之列。如前所述，"形象"一词包含有暧昧含混性，它既可以指作品中的人物形象，也可以指比较文学意义上的形象，《留东外史》中的形象则把二者联系起来了，是两者的有机统一。尽管小说不乏写实的底色，"其中所述，有影射某人某事的，凡是日本老留学生，都能指陈其事"②，而作为特定的历史语境和文化精神下的产物，它仍然是一种文化的象征性表现，也是一种社会集体想象物，与公众心理、舆论思潮以及意识形态问题密切相关。

在《留东外史》第一章"说源流不肖生晓舌　勾荡妇无赖子销魂"中，叙述者（文中多次显示叙述者就是作者不肖生自己）就锁定了叙述对象，并且也定下了叙述的调子。叙述者声称当时在日本的中国人，除了公使馆职员以及各省经理员之外，大约主要可以分为四种类型："第一种是公费或自费在这里实心求学的；第二种是将着资本在这里经商的；第三种是使着国家公费，在这里也不经商，也不求学，专一讲嫖经，谈食谱的；第四种是二次革命失败，

---

① 这是胡适与鲁迅分别在《中国章回小说考证》和《上海文艺之一瞥》中的说法，虽然不是直接针对《留东外史》的，不过都与《留东外史》有关。另外，鲁迅在《有无相通》一文中说："南方人也可怜北方人太简单了，便送上许多文章：什么'……梦''……魂''……痕''……影''……泪'，什么'外史''趣史''秽史''秘史'，什么'黑幕''现形'，什么'滴牌''吊膀''拆白'，……诸公有这许多，大可以做一点神圣的劳作；江苏浙江湖南的才子们，名士们呵！"鲁迅在这里鲜明地表达了自己的不满态度，文中所说"什么'外史'"和"湖南的才子们"，虽然闪烁其词，但是所指显明，因为向恺然是湖南平江人，自称"平江不肖生"，著有《留东外史》等小说。
② 魏绍昌编《鸳鸯蝴蝶派研究资料》，生活·读书·新知 三联书店香港分店，1980年，第505页。

亡命来的。"第一种与第二种，每日有一定的功课职业，属于认真读书和踏实办事类型，他们难以进入叙述者的艺术视野，所以他们在小说中是"不在场"的，处于一种"缺席"状态。第三种既安心虚费着国家公款，又饱食终日，无所用心，因此就演绎出种种风流趣话。第四种大都卷有款项，所以丰衣足食，而吃饱了饭后剩余的精力无处发泄，难免不安分，又因为人数既多，贤愚杂出，所以"丑事层见报端，恶声时来耳里"。用叙述者的话说，"第一种第二种，与不肖生无笔墨缘，不敢惹他；第三种第四种，没奈何，要借重他作登场傀儡。"

叙述中所有的选择都是有意味的，背后都有作者的观念和视角在起作用。阅读《留东外史》可以发现一个很有趣的现象，尽管《留东外史》是留学生题材的小说，描写的对象锁定在留学生群体，但是作为学生学习和生活的主要空间场所——校园却处于缺席状态，学生主要的职责和任务——读书，也不见任何交代和刻画①。相反，小说呈现的活动空间几乎全都是对于小说意义建构起着重要功能的"非常空间"，例如妓院、饭馆、寄宿舍、公园和活动写真馆（电影院）等。中国留学生的所作所为，也主要是"讲嫖经，谈

---

① 因为"不学"，所以"无术"，《留东外史》开创了书写留学生买文凭的先河，其中朱甫全堪称这一作派的"鼻祖"，并且一直影响到40年代钱钟书小说《围城》对方鸿渐的刻画。

食谱",也即是"食"、"色"二字①。而他们与日本人的关系更多地表现为与日本女性的关系——嫖日本妓女或者勾引寄宿舍里的女佣。

　　作者不肖生置身于这四种人之外,所以能够获得一个相对超然的视点来冷静地进行价值评判,并在小说中有效地实施必要的"距离控制"。小说写道:"不肖生自明治四十年即来此地,自顾于四种之中,都安插不下。既非亡命,又不经商,用着祖先遗物,说不读书,也曾进学堂,也曾毕过业。"小说对留学生胡作非为的刻画,有着"黑幕小说"的倾向,"古人重隐恶而扬善,此书却绌善而崇恶",其暴露当时留日学生丑行的用意再明显不过了。因此作者把他们定位为"恶党",把对他们恶行恶德的揭露视为"对恶党宣战"。在小说中他这样写道:"倘看此书的人,不以人废言,则不肖生就有三层请愿:一愿后来的莫学书中的人,为书中人分过;二愿书中人莫再做书中事,为后来人作榜样;三若后来的竟学了书中人,书中人复做了书中事,就只愿再有不肖生者,宁牺牲个人道德,续著'留东外史',以与恶党宣战。诸君勉之。"英国美学家、心理学家爱德华·布洛(Edward Bullough)在对审美活动过程中主体之于客体的关系进行心里描述时,认为审美主体与审美对象之间要保持一定的心理距离才能产生美感体验,这就是所谓的"审美距离"说,其宗旨是把主客体之间的种种其他现实关系在心理上拉

---

①　《留东外史》对中国留学生形象的刻画,主要是从"色"着眼,而"食"的成分并不很突出。相反在"食"的方面对留学生进行嘲讽的倒是鲁迅,他曾经说过:"我先已说过,现在的留学生是多多,多多了,但我总疑心他们大部分是在外国租了房子,关起门来炖牛肉吃的,而且在东京实在也曾见过。那时我想:炖牛肉吃,在中国就可以,何必路远迢迢,跑到外国来呢?虽然外国讲究畜牧,或者肉里面的寄生虫可以少些,但炖烂了,即使多也没有关系。所以,我看见回国的学者,头两年穿洋服,后来穿皮袍,昂头而走的,总疑心他是在外国亲手炖过几年牛肉的人物。"见《杂论管闲事·做学问·灰色等》,《鲁迅全集》(第三卷),人民文学出版社,1981年,第187页。

开距离，防止这些方面进入审美意识。美国小说研究专家布斯在小说修辞分析中引进"距离控制"这个概念，意在说明作家选择不同的修辞技巧，可以造成迥然不同的阅读效果，因为"任何阅读经验中都有作者、叙述者、其他人物、读者四者之间含蓄的对话"①。在《留东外史》中由不肖生把留学生称为"恶党"看来，在某些方面他与小说中的人物之间保持着一种反讽的距离，小说人物所认同的恰恰就是不肖生所反对的；而不肖生反对的，却又被小说人物所躬行着。

尽管不肖生在小说开始就对描写对象进行了限制，后来在文本展开的叙述中，实际又超出了这个预设的范围，所涉及的人物固然有中国人，而日本人也占了很大篇幅，特别是日本女性都成为了欲望化的对象。作者痛恨留学生的招摇撞骗和胡作非为，把他们定位为"恶党"，对他们进行了批判和揭露；而对日本人则可以说是"痛恨并快乐着"：所"痛恨"的是日本人对于中国的欺凌，而"快乐"则来自于被"妓女化"的日本女性对于中国学子欲望的满足，以及中国学子以"嫖"的方式对日本人的另类"复仇"。

二、徘徊在校园之外的嫖客

在《留东外史》中，号称"南周北黄"的领军人物——周撰和黄文汉就是作者着力塑造的典型。他们一个仗着一副好皮囊，随心所欲地玩弄日本女子，吹嘘在日本"除了皇宫里没有去嫖过，其余都领略过了"；一个集"嫖"、"侠"、"艺"三大优势于一身，发明了"吹、要、警、拉、强"五字嫖诀（所谓"吹"，指的是吹牛皮；所谓"要"就是要挟良家子；所谓"警"就是串通警察；所谓

---

① （美）W·C·布斯《小说修辞学·译序》，北京大学出版社，1987年，第7页。

"拉"就是为自己拉皮条;所谓"强"就是仗着两手拳脚以防"仙人跳",或与人争风用的),仗着孔武有力和精通日本乐舞等技艺,在东瀛情场上生龙活虎,如鱼得水。《留东外史》采取一种连环叙事方法,小说结构较为松散,人物也走马灯似的不停转换,尽管如此,但是作为主要人物的周撰和黄文汉则相对恒定,在许多章节里都活跃着他们的身影,他们所占的篇幅也较多。另外,"嫖"作为小说的核心内容,贯彻始终。"嫖"几乎成为了众多人物出场的唯一表演,构成了小说的基本情节。

周撰原本家中已有妻室,在湖南岳州镇守府充任副官时,又巧言令色、假戏真做骗娶了翁定儿。后来镇守府衙门被取消,府内办事人员作猢狲散。而周撰因为生活日绌,手头入不敷出,不得不离开此地另谋出路。恰逢当局正在"谘送学生出洋,老留学生尤易为力"。此前周撰就曾经费尽心机,动用各种资源,运动"得了一名留东公费,在日本混了几年"。这次是因为时事机缘巧合,于是驾轻就熟,很轻易地又谋到了一个公费名额,得以梅开二度再次留学日本。

甫登上日本的国土,周撰就打听到了一件"日货"——即年方十六七岁名叫樱井松子的日本女子,"虽是小户人家女儿,却有八九分风致,只可惜是件非卖品"。在"日货"美色巨大的诱惑面前,所面临的困难都对他构不成任何障碍。在小说第四章"打醋坛倭奴上当 写情札膀子成功"中,周撰别出心裁,很轻松地就破解了困局。他炮制了一封日文情书,信封正反两面都写上"樱井松子启"的字样,然后在她上学路上,"等樱井松子经过,即赶上去觑便将信遗了"。而樱井松子看到写着自己名字的信函,果然拾掇起来,揣入怀内。这封信很快就发生了匪夷所思的效力,等到放学时,周撰便很轻而易举地将樱井松子骗到了手,促成了"一件男女交际上的例行公事"。

称日本女性为"日货",本身就具有把日本女性"物化"和"矮化"的倾向。尽管樱井松子"是件非卖品",但是周撰和樱井松子之间所谓的婚姻,却完全是一种买卖性质。在周撰看来,只要付了钱,马上就可以把"货"拿到手;于樱井松子而言,只要周撰写了一纸婚书,并付足了钱,也乐得被马上带走。在这一点上,他们可谓一拍即合,很容易就达成了共识。小说中有这样直截了当的叙述:

>周撰笑道:"我以为要甚么大不了的东西,原来是几十块钱,也值得这般难以启齿。我此刻就着人去接了你母亲来,将婚约写好,并六十块钱给他拿去。要他今晚便将你应用的什物搬到这里来,使你母亲放心。你以为何如?"
>
>松子道:"好。"

在樱井松子的母亲(并非生母)到来之后,周撰果真"写了一纸婚约,盖了印,松子也署了名,又拿了六十块钱出来,将婚书念给老婆子听了。老婆子喜孜孜的接了钱与婚约,写了张收据给周撰,叩头出去。松子赶至外面,说要送些什么来,老婆子答应着去了。不一会,车夫已送了两包东西来。自此松子就与周撰同飞同宿"。这里所进行的手续,具有不折不扣的商品交易性质,由此可见这桩婚姻本质上就是一宗买卖。不肖生在暴露中国留学生"不务正业"的同时,也通过买卖式的跨国婚姻揭露了日本女性"物化"的本质。

周撰号称"风月场中老手,烟花队里班头",他在日本的风流韵事,绝对不只是和樱井松子之间的"卿卿我我"。在被郑少畋"割了腰靴"之后,虽迁怒于樱井松子红杏出墙,但他依然不动声色,借着手中窘迫,哄着让樱井松子将首饰和衣服当了个干净。周撰拿了钱之后,马上返回中国,一去杳如黄鹤。抛弃了樱井松子的周撰,再返回日本的时候,便躲着松子,不与她见面,同时又移情别恋,和"国货"陈嵩"鲽鲽鲽鲽,往来亲密的了不得",最后用尽心机,把陈嵩收为囊中之物。关于周撰的为人和行状,在《留东外史》第一百五十九章"散人家误认捧场客　东肥轩夜拟竹枝词"中,有几个对他一生掌故颇为知情的熟人为他拟了几首竹枝词,从中可以见出一斑:

蔓草野田凝白露,樱花江户正春宵。
周郎艳福真堪羡,赢得大乔又小乔。

须眉当代数袁公,巾帼无人只阿侬。
自古英雄皆好色,又垂青眼到幺筒。

巴陵城外草萋萋,少妇闺中怨别离。
望断岳阳楼上月,郎情如水不西归。

不得自由毋宁死,为人作妾亦堪伤。
秋风团扇新凉早,薄幸人间李十郎。

假如说周撰是用"情札"将樱井松子骗到手的话,黄文汉采用的则是另外一种手段。借用小说叙述人的话说,就是"他却有层狠处,于嫖字上讲功夫,能独树一帜",并且发明了"吹、要、警、拉、强"五字嫖诀,独步东瀛情场。在京桥万花楼上,乘着酒兴唱起格调淫靡的日本歌谣,跳起日本舞蹈,就已经小试牛刀,挑逗得日本下女春心荡漾,"眉梢眼角,露出无限风情"了。

而在去箱根旅游时,黄文汉获得了大显身手的机会。在一家料理店,他叫上了四个日本艺妓,让他们边唱边舞,而自己则拿起三弦琴和着歌声弹了起来。黄文汉出色的才艺,让日本艺妓大为惊讶。弹完了三弦琴,他又唱了一段浪花节。"这浪花节是日本最有名的歌,分东京节、关东节两种,均极难唱。艺妓中唱得好的最少,因其音节太高,又不能取巧,女子声带短,故不能讨好。日本唱浪花节的专门名家云右卫门,声价之高,就是中国的谭鑫培,也不过如此。"由于黄文汉唱得极好,博得了日本艺妓由衷的称赞,艺妓千代子更是芳心萌动,黄文汉感觉到她"一双俊眼只迷迷的望着自己笑"。在这种"嘉年华"似的狂欢中,破除了"嫖客"与"妓女"上下等级关系,也消解了中日民族国家的隔阂,他们都还原为个体的人,展现了身体存在的本能形式,解除了社会文明施与的种种束缚。无法把狂欢的感受和现实世界分开的千代子,当晚在自己的待合室里又领教了黄文汉对日本《追分曲》的演唱。让千代子惊讶的是,黄文汉不但唱得好,而且对《追分曲》形成的历史颇为熟悉,对《追分曲》的歌词也有着独到而深刻的理解。在一种倾慕心态的支配下,千代子很乐意地就与黄文汉同寝共枕,发生了一夜情。第二天分别时,"虽是只有一晚的交情,却很是难分难舍"。

尽管小说赋予黄文汉以卓越的艺术才能,但是把黄文汉和川端康成小说《伊豆的舞女》中的男主人公进行一番比较,就可以发现他们之间的重大差别。虽然他们都是在外出旅行时与舞女邂逅,但是他们对于舞女的态度却有天壤之别,《伊豆的舞女》中的男主人公,对贫困的舞女因萌生怜悯之心而坠入爱河;黄文汉则目的很明确,就是要"嫖"日本艺妓。这种差异,固然与年龄有关(《伊豆的舞女》中的男主人公是一个清纯的高中男生,而黄文汉则是一个成熟的老练的男性），但是更主要的是民族国家的不同：《伊豆的舞女》中的男主人公是日本人，面对的是自己的同胞姐妹，故能怜香惜玉；而黄文汉则是一个地道的中国人，在当时历史语境下，在日本猎艳，也是民族复仇的手段之一。

不管怎样，在小说的叙述中黄文汉征服了日本女性，而日本女性之所以对黄文汉如此缠绵和钟情，或许可以用小说中日本女子鸠山安子的话来进行解释："日本女子的心理，除了下等无知识的不说，凡是中上等的女子，最敬重两种人：一种是具有绝高技艺的人，如狩野守信的画龙，本因坊秀哉的围棋，云右卫门的浪花节；一种是有特殊性质，或任侠，或尚武，虽下贱无赖如积贼电小僧，大盗云龙，因有特殊性质，也能博得一般有好奇心的女子的欢迎。"① 日本女性怀有一种技艺崇拜情结，而黄文汉能文能武，既精通日本乐舞，具有很高的艺术造诣，又精通中国武术，具有"特殊性质"，因此他在东瀛情场上虽然以一副君临姿态出现，却总能够如鱼得水，最后还娶了东瀛女子中壁圆子回国。

在《留东外史》中，中国留学生在男女关系比较自由的日本挣脱了传统文化的压抑和束缚，在作为欲望对象的日本女性身上获得了一种本能需要的变态发泄和满足。在他们的行动中，具有一种"痞子"气质。"痞子"一词，根据章太炎在《新方言·释言》中的考证，应当起源于元曲，大概是元曲中"调皮"、"吊皮"的谐音转喻，相当于顽皮、诡巧甚至欺诈的意思②。但广义上的"痞子"与"流氓"、"无赖"等词语的意义非常接近。有的学者认为，痞子文

---

① 平江不肖生《留东外史》（下），第一百二十章"浪荡子巧订新婚 古董人忽逢魔女"，岳麓书社，1988年，第216页。
② 刘为民《痞子文化》，中国经济出版社，1995年，第4页。

化的本质特征是"以无秩序为秩序,以无道德为道德,以无规则为规则",构成的全然是一个"'我是流氓我怕谁'的霸道世界"①。印证于《留东外史》之中,随处可见中国学子诸如此类的痞子嘴脸和无赖行径。

在某个星期一,黄文汉不上课,却以"前度刘郎"的身份驾轻就熟地又到小石川竹早町嫖妓,没想到却被两个日本士兵占了先机。黄文汉蓄意破坏了他们的好事,其中一个日本士兵质问道:"大远的到敝国来求学,为何礼拜一的不去上课,却来这里胡闹?"面对这样的发难,黄文汉显示出了罕见的"痞子气",作色道:

> 这话是谁叫你说的?我与你初次见面,怎的这般不讲理,倒开起我的教训来!你知道我是来求学的吗?我说句失体的话你听,我在国内的时候,听说贵国美人最多,最易勾搭。我家中祖遗了几十万财产,在中国嫖厌了,特来贵国研究嫖的。今日就算是我上课的时间,难道你可以说我来坏了吗②?

当几个浪荡子聚赌被日本警察逮住之后,第二天日本警察把他们训斥了一顿,指责中国留学生只沉溺于嫖赌,不顾自爱,忘记了国家还处在积贫积弱之中,不知道奋发图强。面对这样不无道理的责备,中国人本来应当羞愧、自省并痛改前非才是,但结果却引来了中国留学生胡庄的一顿反驳:

---

① 许纪霖《第三种尊严》,人民文学出版社,1996年,第83页。
② 平江不肖生《留东外史》(上),第四章"打醋坛倭奴上当 写情札膀子成功",岳麓书社,1988年,第19页。

> 男女之欲，越是文明国的人，越发达。敝国人到贵国来求学，远的万余里，近的也有数千里，至少也须一年方能回去一趟，况都在壮年，此事何能免得？……贵国不是从有留学生，才有淫卖妇的，是留学生见贵国有淫卖妇可嫖，才嫖的。这样看来，贵国的淫卖妇，也未免太多，贵国人也未免太不自爱①。

在这里，中国留学生带着一股凌厉的闯劲，全无后来郁达夫笔下人物的畏缩和哀怨。但是这种"闯劲"在本质上是一种痞子气，这种"我是流氓我怕谁"的无赖作风，把过错全部推诿给了日本人，似乎为中国人赢得了尊严和面子，还原了留学生的"清白"。其实，留学生作为当时中国的精英分子，背井离乡到域外求学，本应好好学习，以便学成之后报效祖国，振兴中华，但是他们的生活却如此糜烂，实在背离了留学的宗旨。尽管叙述者一再努力为中国人争得面子和尊严，但是读者读过小说之后却不禁产生一种"自大的恐惧"，担心中国人如此不肖，会"从'世界人'中挤出"②，郁达夫也说过，"生于忧患，死于逸乐，这话确是中日两国一盛一衰的病源脉案"③。

如果说周撰是费尽心思写"情书"钓鱼，黄文汉是凭借"特殊性质"和"吹、要、警、拉、强"五字秘诀软硬兼施获取日本女子芳心，还有些中国留学生是凭借"痞子气"达成自己愿望的话，那么当这三者都不具备时又该如何呢？有道是"鱼有鱼路，虾有虾

---

① 平江不肖生《留东外史》（上），第十一章"弄狲狲饭田町泼醋 捉麻雀警察署谈嫖"，岳麓书社，1988年，第66页。
② 鲁迅《鲁迅全集》（第一卷），人民文学出版社，2005年，第323页。
③ 郁达夫《日本的文化生活》，见《故都的秋》，上海书店出版社，1996年，第59页。

路",中国留学生海子舆就是采取了一种让人大跌眼镜的手段而遂愿的。"海子舆当日在早稻田大学读书的时候,年龄才二十五六岁,本来生得仪表堂皇,日本话又说得透熟如流。年轻的人,在日本这种卖淫国内,怎免得了嫖的这一个字?凡是好嫖的人,遇着生得整齐的女子,没有不转念头的。"由于每天在上学路上都要遇到一个"十七八岁芳龄,腰肢婀娜,体态轻盈"的日本女学生,他虽然恋恋不舍地趋步芳尘,极想申诉仰慕之意,奈何那女子"如天仙化人,目无俗子"。因为无法接近,在情急之下,海子舆终于想出了一条计策来。他租了一辆脚踏车骑着,趁那东瀛女子低头走路的时候,猛不防劈面撞将过去,然后"装出吓慌了手脚的样子,忙滚下车来,双膝跪在地下,先认了罪,才叫了一辆人力车,殷勤将那女子抱上了车,亲送入就近的医院,求医生施应急手术。自己在旁边抚摸安慰,谢罪压惊,无微不至"。那日本女子,名叫青木歌子,是日本议员青木秋吉的女儿。海子舆为了识美,竟然采取这种想落天外的手段。在青木歌子住院期间,海子舆向学校请了假,在医院里全程陪同,"衣不解带的伏(服)侍,比看护妇还要周到十倍。倒弄得青木夫妇,及歌子都有些过意不去"。等到歌子出院时,海子舆主动拿出钱来清了账,之后又买了许多衣料首饰送去。海子舆虽然策略和行动上不可取,但是在用意上却颇为感人。尽管青木夫妇不愿意把女儿嫁给一个中国人,但是因为精诚所至,金石为开,海子舆已经获得了青木歌子的芳心。后来海子舆夤缘了驻日公使馆一等参赞,青木夫妇也不再坚持阻拦,海子舆终于喜结连理,心想事成。

可见,中国留学生在东瀛情场上对付日本女子,每个人都有自己的一套"绝活",为了达成自己的欲望,他们对日本女性使尽了各种各样的手段,甚至无所不用其极。不过很有意味的是,在《留东外史》中"嫖"所涉及的男女关系,基本上都发生在中国男性和日本女性之间。小说中经常出现的一个情节模式,就是中国留学生"嫖"或者"骗"日本女子,最后往往又把他们抛弃。除了上述周撰和黄文汉的例子之外,还有王甫察、汪祖伦等也无不如此。

毋庸讳言,充斥于《留东外史》中的污秽不堪的生存状态,体现了在日中国留学生人格结构中"超我"对"本我"的屈服,文明对于欲望的让步,展示了处于社会转型时期的生命个体在异域失去道德紧箍咒的制约之后如何发生变异,内在的紧张如何通过"性"这一原始的生命本能释放出来。沈庆利认为中国留学生在异国的所作所为,恰恰从一个特定的侧面暴露了中国传统礼教的脆弱和虚伪,"从文化心理学的角度来看,正是在国内长期压抑和束缚造成的心灵扭曲,才使得这帮留学生们一旦来到男女关系相对开放和自由的日本,马上产生了一种变态的补偿与发泄行为。而支撑他们义无反顾地走向堕落的'理论基础',便是中国传统文化内部发展的必然产物——源远流长的痞子文化传统。"[1]假如说南橘北枳现象的发生是因为土壤、气候等原因造成的话,那么在异质文化语境下中国留学生发生人格变态、道德堕落以及把欲望视为图腾的倾向,无疑说明了中国传统道德教化的脆弱性,一旦置身于一个完全不同的文化环境之下,它的约束力很容易就被彻底消解掉了。

中国留学生在异域表现出恶劣的行径,传统文化根深蒂固的虚伪本质亦难辞其咎。中国传统文化习惯于树立一个高不可及的目标让人遵从,但因为在实际生活中无法贯彻和执行,往往流于一种虚设。应该说中国传统文化的虚伪性从儒家创始人孔子那里就已经形

---

[1] 沈庆利《道德优越感中的堕落——〈留东外史〉与中国传统道德文化》,《中国现代文学丛刊》,2001年第1期。

成了。孔子说过:"祭如在,祭神如神在",也就是说因为祭祀所以似乎鬼神才存在,而不是因为鬼神客观存在而祭祀。那么祭祀这种披着庄严神圣外衣的仪式也就具有了很大的表演性。祭神仪式主要是做给人看的,至于究竟有没有鬼神,似乎并不重要,也无须深究。对于中国传统文化的虚伪的本质,古代的文化先哲有所察觉,并且偶尔也进行了相关的论述。荀子就曾经说过:"祭者,志意思慕之情也","其在君子,以为人道也;其在百姓,以为鬼事也"①。他又说:"日月食而救之,天旱而雩,卜筮然后决大事,非以为求得也,以文之也。故君子以为文,而百姓以为神。"② 这种虚伪性,极容易使中国人形成双重人格,而一旦置身于道德戒律相对松弛的域外,其表现就更加明显。

在《留东外史》中,这种虚伪的礼教传统,显然没有内化为中国留学生崇高的道德诉求和对神圣价值观念的向往。相反,因为他们只是被动地遵从外在的社会规范,在国内"熟人社会"里还显得比较收敛,而一旦置身于异域,完全摆脱了外在规范的制约,他们就连人生的价值和留学的目的都迷失了,于是只好别无选择地听命于"力比多"本能的驱使。费孝通先生曾把中国农村称为"熟人社会",他说:"乡土社会在地方性的限制下成了生于斯、死于斯的社会……这是一个'熟悉'的社会,没有陌生人的社会。"③ 这种"熟人社会",属于相对封闭的社会空间,人员流动性较小,血缘关系和地缘关系高度吻合,所以形成了独特的道德规范以及人与人之间的亲和关系。另外,因为舆论约束,因为面子有价,也因为对社会

---

① [战国]荀况著,蒋南华、罗书琴、杨寒清注译《荀子全译》,贵州人民出版社,1995年,第418页。
② 同上,第356页。
③ **费孝通**《乡土中国·生育制度》,北京大学出版社,1998年,第9页。

资本积累的考量，一般说来，处在"熟人社会"中的个体的人，都较为自觉地践履道德规范，接受礼俗约束，注重自我形象。而一旦脱离了"熟人社会"的范围，置身于周围全是陌生人的社会场域中，没有了舆论约束，也不用考虑"面子"问题了，人们的行为方式就会发生巨大的变化。更遑论是从中国移位到了日本。

这一点在留学生周之冕身上体现得最为鲜明。在传统文化中，"天、地、君、亲、师"被奉为五尊，对于五尊之一的父母，《诗经·大雅·下武》中说过"永言孝思，孝思维则"；孔子在《论语·里仁》中强调"父母在，不远游"；《孟子·万章上》中也说"孝子之至，莫大乎尊亲"，可见中国传统文化对于"孝道"异常尊崇。"孝"的原义为"奉先思孝"，"孝"被看成是最基本的道德原则，"孝弟（悌）也者，其为人之本与"，而躬行孝道又是最高道德行为的表现。周之冕母亲亡故了，由于他远在东瀛，有家难归，不曾侍汤奉药，为此他饮恨不已，见人就热泪潸潸，悲啼不止，申述自己平生憾事。除了像祥林嫂一样逢人就说丧母之痛之外，他还把孟郊的《游子吟》一诗完整地题在香案上，显出一副孝思不匮的样子，并且在大松俱乐部专门为他母亲开了一个追悼会，麻衣草履，寝苫枕块，俨然传统文化培育出来的孝子。

其实，传统的礼教只是一个幌子而已。处在热孝之中的周之冕按照传统礼俗，应该洁身自好，戒淫欲，戒荤腥。周之冕在表面上确实是严格按照儒家礼制要求自己的，但是实际情形却正好相反，虽在制中，却从来不放弃"食"、"色"本能欲望的满足。他为了贪图口腹之乐，要求周撰邀请他参加婚宴，而就连周撰这样的人都认为"老伯母仙游了，足下寝苫枕块的时期中，若不是自己开口叫我请，我还不敢冒昧下帖子哩"。在居丧期间，他还和日本房东的女儿厮混在一起，如胶似漆，打得火热，由于不拘形迹，不止一次地被人撞见过。这种行为模式,正好印证了中国一句套话:"表面上仁义道德,实际上男盗女娼",显示出严重的人格分裂倾向。小说作者对他这种行径极为不满,在叙述中借书中人物谭理嵩之口骂他"人形兽行"的。就连曾经竭力维护他的声誉、为他进行辩护的邹东瀛,最后在事实面前,也彻底改变了原先的看法,认为"谁知他竟是个狗彘不如的东西",并且深悔"许多朋友向我说了他的禽兽行为,我起初不相信,连朋友都得罪了"。在《儒林外史》中,范进在丁艰期间吃肉圆子,曾经遭到许多的批评和非议,认为在他身上体现了礼教的虚伪性。但是和周之冕比较起来,范进实在是小巫见大巫,要甘拜下风了。

当然,周之冕的例子还可以从中国社会培养的"他律人格"角度得到解释。在中国文化传统里,个人价值的实现,很大程度上要取决于个人与群体中其他人的关系,个人往往需要成为某一群体中合格的成员才能够获得一种价值感和认同感,这和西方人重视个人自我发展是完全不同的。由于总是习惯于通过群体利益的实现这一途径来实现个体利益,个人的自我概念,正是通过层层的人际关系由近及远地表现出来的。在这一传统熏陶下形成的文化心理人格,相应地是一种典型的"他律人格"。"他律人格以外在的群体性伦理规范制导自己的行为,看起来,个体的一切行为都具有群体性价值取向。其实不然,这是因为外在得到的律令剥夺了道德的自主权利,形成了以群体行为趋向为转移的他律性人格。这种人格的一大特点就是他的道德行为只在他律的磁力场中才发生,就是说这种人格之存在的根基就在群体之中,有二人以上的群体,才有'仁'的发生,无二人以上的群体,'仁'的群体人性格就无从产生,没有群体也就没有道德。"① 《留东

---

① 刘广明、王志跃《中国传统人格批判》,江苏人民出版社,1995年,第176页。

外史》里的中国留学生来到日本之后,骤然摆脱了本土文化上的"磁力场"和紧箍咒,从而也就丧失了实现个人价值的途径和动力,成为了真正意义上的道德的异类,甚至彻底放逐了道德。当一种道德只能通过集团和群体才能实现时,在个人能够获得相对自由的异域,他们走向放纵和堕落也就不足为奇了。

在大千世界中,中国文化虽然历史悠久,影响广泛,但是终究只是世界多元文化中的一元,中国留学生负笈海外,沐浴异域的风土人情和人文教诲,时间既久,熏染既深,对于中国传统文化是否还能够"吾道一以贯之"?答案当然是否定的。因为"人禀七情,应物斯感",走出国门的留学生置身于中外文化冲突的最前沿,对域外的文化思想长期耳濡目染,他们无疑会潜移默化地接受其影响,把一些域外的思想观念和价值取向内化到自己的无意识当中,从而与本土文化形成一个"偏离角",建构出一种新的文化观念形态。这种文化观念形态,既不同于原汁原味的本土文化传统,也不同于异域他者的文化,它是经过杂交和化合之后所产生的新质。

《留东外史》中中国留学生因"时位移人",就处于这种文化"新质"的支配之下,他们留学的过程就是一个道德滑坡的过程,传统文化中的"仁、义、礼、智、信"被弃之如敝屣,在一个道德律令相对松弛的环境下,个体的自我欲望得到了极大的张扬和释放。脱离了本土文化传统的禁锢,同时也就失去了神圣的精神信仰和价值追求,异域的相对自由,导致了不羁的放纵和本能的冲动,中国留学生异化成了"一个随心所欲的恣意存在"[①]。传统的礼教规范难以转换成内在的道德诉求,而严厉的人性束缚,反而引发了对

---

① (日)子安宣邦《东亚论——日本现代思想批判》(赵京华译),吉林人民出版社,2005年,第30页。

于传统文明的剧烈反弹。从《留东外史》第一章开头，作者不肖生就将留日学生定位为"恶党"，并把通过写作方式对他们的揭露称为"与恶党宣战"，尽管有人认为《留东外史》近似于"黑幕小说"，但是从中确实可以见出作者正视和解剖本民族劣根性的勇气，小说中蕴含有浓郁的"鲁迅意识"[①]。厨川白村曾被鲁迅称为"对于他的本国的缺点的猛烈的攻击，真是一个霹雳手"[②]，在某种意义上说，不肖生也可以说是这样一个"霹雳手"，只不过他具有中国国籍，所批判的对象是中国留学生而已。

三、卖淫国神话

英国艺术评论家克莱夫·贝尔在论艺术时说："在各个不同的作品中，线条、色彩以某种特殊方式组成某种形式或形式间的关系，激起我们的审美感情。这种线、色的关系组合，这些审美地感人的形式，我称之为有意味的形式。"[③] 在《留东外史》中，作者平江不肖生也通过曲折隐晦的手法，塑造了一种"有意味"的日本形象。

尽管《留东外史》一开始就锁定了叙述对象，声称当时在日本的中国人，除了公使馆职员以及各省经理员之外，大约主要可以分为四种类型："第一种是公费或自费在这里实心求学的；第二种是将着资本在这里经商的；第三种是使着国家公费，在这里也不经

[①] 董炳月《国民作家的立场——中日现代文学关系研究》，生活·读书·新知 三联书店，2006年，第67页。
[②] 鲁迅《〈观照享乐的生活〉译者附记》，《鲁迅全集》（第十卷），人民文学出版社，1981年，第250页。
[③] （英）克莱夫·贝尔《艺术》（周金环、马钟元译），中国文联出版公司，1984年，第4页。

商，也不求学，专一讲嫖经，谈食谱的；第四种是二次革命失败，亡命来的。"第一种和第二种，在小说中处于"不在场"的"缺席"状态，用叙述者的话说，"第一种第二种，与不肖生无笔墨缘，不敢惹他；第三种第四种，没奈何，要借重他作登场傀儡"。其实，小说除了刻画中国留学生形象之外，还写到了日本形象，有意味的是，日本形象是通过日本女性凸显出来的。

《留东外史》如同一把双刃剑，它在揭露和嘲讽中国留学生的同时，对日本也进行了别有意味的书写，炮制了一个日本"卖淫国神话"，从而在一定程度上有意无意地确证了中国留学生行为的正当性。平心而论，虽然日本是一个性观念比较开放、性文化比较发达的国家，但是绝不像平江不肖生在特定意识形态支配下所描写的那样，到处充满着淫乱、丑陋和荒唐的气息。考察日本的文明史可以发现，直到奈良时期（710—794年），日本社会仍保持着"妻访婚"的原始婚姻习俗，女子结婚后并不离家，男子只是每隔一段时间到女方家里住宿一阵子，女性仍保持着一定的经济地位。那时的男女恋爱很自由，家庭关系也是相对松散和开放的。而日本的土著文化——日本神道教对爱与性更是持一种较为宽容的态度，对于男女之间的交往，没有多少限制。在中国儒家学说传入日本之前，日本文化观念中并没有什么"忠"、"孝"、"节"、"义"等道德观念，也不强调自我内省式的个人修养。接受儒家文化之后，儒家文化在日本也并没有像在中国一样起到完全统摄人心的作用。最明显的例子就是日本小说《源氏物语》中的光源氏，虽然他也受到过中国儒家文化的影响，但是并不以儒家的道德理性为指针来评判人物，也缺少中国传统士大夫那种将整个社会命运置于自己肩上的责任感和使命感，相反，他却有点沉迷于风花雪月和男女私情当中。而对于性以及性爱的表现的确是日本文学一个经久不衰的主题，从古代的神话到近代以来相继出现的性爱主义、浪漫主义、自然主义和唯美主义等文艺思潮就可以略见一斑。但是日本作家对于性的表现又是坦率认真的，即使是备受争议的"好色"文艺倾向，也与我们所理解的"色情"有着本质的差别。"'色情'将性扭曲，将性工具化、机械化和非人化，而'好色'是包含肉体的、精神的与美的结合。好色文学以恋爱情趣作为重要内容……以探求人情与世相的风俗，把握人生的深层内涵。"①《留东外史》对日本的刻画与日本的客观现实相距甚远，究其原因，与作者特定的意识形态有着密切关系。

梁启超在《译印政治小说序》中说："在昔欧洲各国变革之始，其魁儒硕学，仁人志士，往往以其身之所历，及胸中所怀，政治之议论，一寄之于小说。"② 其实《留东外史》亦具有相似性，作者赋予作为国家的中国和日本以奇特的性别属性，中国呈"阳性"特征，而日本则成"阴性"特征，把性别政治和国家意识、民族立场奇妙地结合起来了。中国留学生虽然具有嫖客身份和痞子气质，但却是不折不扣的"男性"，而对于日本，作者在"物化"和"鬼化"的基础上，更把它进行"妓化"，从而赋予它一种极不光彩的阴性色彩。伏波娃说过："女人不是天生的，而是后天变成的"，对于具体的个人而言如此，对被赋予女性性征的国家来说，也是如此。在众多中国留学生嫖客眼里，日本女子一个个都"骚风凛凛，淫气腾腾"，小说就以这种视角炮制了一个日本"卖淫国神话"。

在这一神话叙述下的日本女性，无不具有"淫佚"和"下贱"的特征，但同时也很轻易地就成为了中国留学生欲望的对象。周撰

---

① 叶渭渠《日本文学思潮史》，经济日报出版社，1997年，第254页。
② 梁启超《译印政治小说序》，见《中国近代文学大系·文学理论集》（第二卷），上海书店，1995年，第303页。

带着成连生去浅草嫖艺妓时，触景生情地说："到这浅草来的女人，不要问他卖不卖，只看你要不要。莫说是下女，便是他日本华族贵族的小姐，只要他肯到这里来，你和他讲价就是，决不要问他肯不肯。这浅草，是日本淫卖国精神团聚之处，淫卖国三个字的美名，就以这里为发祥之地。"邹东瀛也说："日本是个有名的卖淫国，要说绝对不曾卖过淫的，恐怕寻遍了日本，也寻不出一个来。"在质木无文的郑少畋口里，这种观点就表述得更加赤裸和夸张："只就日本国说，日本不是世界上公认的卖淫国吗？日本女子，除卖淫而外，有甚么教育？你到日本这多年，你见日本女子，除了卖淫、当下女、充艺徒、作苦工几种，有几个能谋高尚的生活的？"虽然日本性观念比较开放，男女之间关系比较自由，"一般女子对于守身的观念，也没有像我们中国那么的固执"①，但是未必如中国学子所说的那样夸张和荒唐。无疑，叙述者借人物之口发表评论，带有对日本很明显的侮辱性和贬斥性。而在小说第三十七章中，叙述者就直接站出来说："日本人具有一种特性，无论甚么人，只要有钱给他，便是他自己的女人姊妹，都可以介绍给人家睡的。"

游廊里的妓女以出卖肉体为职业，艺妓卖艺也卖身，他们对留学生当然是来者不拒；留学生寄宿处的下女容易和留学生发生关系，也不难理解；而在《留东外史》中，日本女护士也大都被叙述成为了变相的卖淫妇。王甫察去杏云堂医院探视同乡，遇到小护士久保田荣子，见她"杏脸桃腮，穿着雪白的看护妇服，越显得粉妆玉琢，不禁心中一动，忽然起了个染指的念头"。王甫察略施手段，第二天便和荣子发生了关系。小说叙述者因此进一步延伸说，"留学生进医院，嫖看护妇是极普通的事。医生不特不禁止，并希望留

---

① 郁达夫《雪夜》，见赵李红编《郁达夫自叙》，团结出版社，1996年，第58页。

学生与看护妇,有割不断的爱情,好在医院里久住";"若是青山医院,还专一挑选些年轻貌美的看护妇放在里面,以便留学生奸宿"。

令人匪夷所思的是,在《留东外史》中,出身于下层社会的下女和看护妇缺乏人格操守、道德上不贞洁,而出身于上层贵族之家的小姐,似乎也好不了多少。鸟居正一子爵的女儿鸟居荣子,也照样被同文学校中国留学生周正勋勾引,"一星期幽会两三次"。在小说的叙述中,日本女性固然有职业和阶层的差异,但是在"卖淫"这一点上,她们却有着惊人的一致性。在《留东外史》中,日本女性大都被"妓女化"了,这就构成了日本"卖淫国神话"的基质。

把这"卖淫国神化"夸诞得无以复加,以致失去了可信性的,是中国留学生编造出日本著名女教育家下田歌子在妇人爱国会上的鼓动演说。在《留东外史》第十四章"出大言军人遭斥责 游浅草嫖客发奇谈"中,有这么一段叙述:

> 不晓得日本情形的,必以为那些大户人家的小姐,都是贞静幽闲的。殊不知那淫卖国的根性,虽至海枯石烂,也不得磨灭。听说那年,下田歌子在妇人爱国会演说,发出个问题,教这些女人答。他说我们妇人爱国,既不能当海陆军,又不能学高等的工业,作个高等技师,应做甚么,才是最有效力之爱国?这些女人听了,有说入赤十字会当看护妇的;有说进女子家政学校,学了理家的;有说学妇人科医学的;有说学产婆的。他说都不对,只以当淫卖妇为女子第一要义,随说了许多当淫卖妇的好处出来。女子都拍手赞叹。一个个归咎自己,怎么这样容易的问题,也想不到。

在明治维新之后,日本为了积累资本以增强国力,曾经不择手段地把女性工具化,以女性身体作为榨取的对象,甚至派遣卖春妇奔赴海外最大限度地赚取外汇,例如日本著名影片《望乡》中的主人公山川阿崎等"南洋姐",就是在昭和初期通过民间机构输往南洋卖淫的。

关于日本当时的社会风气和不择手段地把女性工具化,以女性身体作为榨取的对象,在当时大阪某日报一则评论中也可折射出来。这则评论现存梦芸生纪实小说《伤心人语》中,内容如下:

> 吉原一区,本东京娼妓林立之地。平时冶游于其间者,以日本腐败绅士,及放荡商贾两种人为最多。自明治三十三四年间,日人赤十字会,有提倡娼妓废业之举,而娼妓遂日渐减少。操此贱业者,日忧经济界之无起色。迨至中国游学者日增月盛,不肖者常日出没于其间,卖笑缠头,任意挥霍,遂使吉原妓馆之经济界大辟一利源。故去年因取缔规则事,学生有倡议全体归国之事,各妓馆鸨儿闻之,皆忧形于色,以为此举若真,夜度金当减去其半,业此者必种望生色也(见大阪某日报之评栏)①。

尽管在当时历史语境下,日本社会风气不好,出于种种政治目的,存在着把女性工具化,以女性身体作为榨取对象的现象,但是像小说叙述的那样在大庭广众之下明目张胆地鼓励和倡导卖淫是绝对不可能的。下田歌子作为日本近代教育史上的著名人物,先后创办过"桃夭女塾"和"实践女子学校",对于日本女子启蒙教育作出了重要贡献。为了解决有损日本国家形象的日本妓女海外卖淫问

---

① 梦芸生《伤心人语》,振聩书社印行,光绪丙午年(1906),第54—55页。

题,下田歌子发起组织了帝国妇人协会并担任会长。作为一个女性文明启蒙的先驱,她还曾经希望把女性文明传入中国①。像这样一位女子教育的先行者,在大庭广众之下公然进行鼓动卖淫的演说,平心而论,实在是难以想象的。当然小说叙述者也深深明白这一点,所以在借周撰之口讲述了下田歌子的"演讲故事"之后,立即就在一定程度上予以了否认,"话说成连生听了周撰一篇话,虽不十分相信下田歌子会如此演说,然知道日本的卖淫政策,是真的,不能说周撰的话全无根据"。这样,小说的叙述者在洗雪了下田歌子的同时,却确证了日本"卖淫国神话"的真实性。

值得注意的是,《留东外史》中日本女子要摆脱被"妓女化"的命运,惟有"中国化"一途②,因而在《留东外史》中被赋予肯定意义的日本女子,大都有"去日本化"而"中国化"的倾向。痴情于中国留学生张思方的日本少女山口节子就是这样的一个典型。张思方初见节子时,以他的视角呈现出来的节子的外貌就很有意味:"我到日本这么多年,像这样清雅的姑娘,我还没有见过。他脸上一点脂粉也没有,那好看纯是天然的肉色。并且他那面貌,绝不像日本女子,就是身材态度,也都和中国女子一样。若是用中国衣服装扮起来,谁也不能说他是个日本人。"后来山口节子看见一位中国女学生穿中国服装显得很美,便要张思方帮她买衣料做中国衣服穿,为此还不惜把两枚戒指送进了当铺。在这里不仅中国式的

---

① 见实藤惠秀《中国人留学日本史》,生活·读书·新知三联书店,1983年,第53页注释。"《大陆》第1号(1902)上,有下田歌子的谈话,说:'余于七、八年前,即思贵国(指中国——引者注)女子来此游学,以求辅入文明,余亦知贵国之人,无肯信者,然常冀或有一、二人先尝试,以观有效无效,不亦可乎?'"

② 这一发现要归功于董炳月先生,他在《国民作家的立场——中日现代文学关系研究》一书中论述过这一问题。参董炳月《国民作家的立场——中日现代文学关系研究》,生活·读书·新知 三联书店,2006年。

"面貌"和"身材"富于深意,就连"中国服装"也承载着巨大的文化功能,成为了一种文化符号,其丰富的所指在深层次上包含了中国文化的优越感。山口节子对中国文化的归顺和膜拜,使她避免了受到"妓化"的惩罚,后来她受蒙骗离开了张思方,而一旦认识了事情的真相,她便投河自尽,以死明志,终无损于她的清白和坚贞。

纯情的山口节子从外表形态上像中国人,而柳藤子之所以成为《留东外史》中绝无仅有的日本贞女,也是因为接受了中国传统文化的结果,"从小时跟着他父亲,受了些中国教育,颇知道些三贞九烈的道理。"柳藤子与王甫察相识之前,依然是处女之身,被王甫察诱骗失身之后,仍苦苦地等待着借故回国、一去不返、杳如黄鹤的王甫察,并且海枯石烂,痴心不改。连小说的叙述者都情不自禁地站出来说,"恨不得立刻变作黄衫客,将这薄幸的王甫察捉到长崎去"。《留东外史》中这种叙述,暗示着一种将日本女性正面人物"中国化"的潜在逻辑,这种"中国化"既体现在外在的表象上,同时也体现在内在道德感上。

作者叙述中呈现出来的中国优越感和日本女性对中国的归化,无非是中国古代"以夏变夷"思想的延续。日本自身确实没有独具特色的文明,正因为如此,所以它"脱亚入欧"也就没有什么包袱和心理负担,转换起来相对容易得多,鲁迅曾经就说过,日本"因为旧物很少,执著也就不深,时势一移,蜕变极易"[1]。经过"明治维新"之后,中国与日本在现代化程度上拉开了很大的差距,"兼程以进,犹属望尘";自甲午一役之后,一般日本人大都看不起中

---

[1] 鲁迅《〈出了象牙之塔〉后记》,《鲁迅全集》(第十卷),人民文学出版社,1981年,第243页。

国人，而中国人留学日本也就意味着事实上承认了日本在现代化征途上领先了一步，但是作者却一厢情愿地让日本人"崇拜"中国文化，这实在是因为"爱国"所致，其中华文明的自大意识挥之不去。

在中日两国的关系上，日本是被平江不肖生评判和估量的"他者"。小说对日本"妓化"的描写，不仅是为了让日本国家的尊严扫地，更是颠覆了在当时世界秩序中中国和日本的国家地位等级，通过书写重新建构了两个对决世界的高下。鲁迅曾经不无调侃地说："中国人几乎都是爱护故乡，奚落别处的大英雄"①，在《留东外史》中确有这种倾向。小说中日本"卖淫国"的形象的塑造，就源于自我与他者，本土与异域关系的自觉意识。在"卖淫国"这一符号之下，隐藏着深层次的意蕴，国家意识被悄悄地引入了两性关系之中，因此性问题不仅仅具有生理上的"男女"意义，民族立场更从中凸现出来。小说炮制了一个"卖淫国神话"，把日本尽量地"妓女化"，而中国和日本的关系，在某种意义上被转化为"男"与"女"的关系，并且是"嫖客"和"妓女"的关系，中国留学生对于日本女性的骗与嫖，也就具有了特别的"中国执念"和民族意味，甚至成为了民族复仇的手段之一，在发泄自然情欲的同时，也发泄了中国人对于日本人的仇恨。

四、《留东外史》创作语境和意识形态分析

尽管自我与他者、本土与异域相对立，但是"'我'注视他者，而他者形象同时也传递了'我'这个注视者、言说者、书写者的某

---

① 鲁迅《答〈戏〉周刊编者信》，《鲁迅全集》（第六卷），人民文学出版社，1981年，第145页。

些形象"①,"他者"的形象也传递了"我"自己的信息,在不经意中成为了对于我自身所处空间和拥有的价值信仰的补充和延伸。正如法国比较文学专家巴柔所说:"我想言说他者(最常见的是由于专断和复杂的原因),但在言说他者时,我却否认了他,而言说了自我。我也以某种方式同时说出了围绕着我的世界,我说出了'目光'来自何处及对他者的判断;他者形象揭示出了我在世界(本土和异国的空间)和我之间建立起的各种关系。"② 美国文化史家彼特·盖伊认为,艺术作品可以当做历史的一个片段来看待,而决定艺术形态的主要有三个要素:文化、技能和私人领域。所谓文化,指的是艺术家所处社会的、政治的和经济的状态;技能,涉及艺术家创作所使用的技艺、手法和素材;私人领域是指艺术家心理冲动或压抑等内心世界③。借用这些理论来分析《留东外史》,可以说《留东外史》的书写乃事出有因,和当时的社会历史语境、作者的意识形态以及个人的生活经验密切相关。一方面,反映了作者对这一群体很熟稔,这无疑和他的留学经历有关;另一方面,从《留东外史》别有意味的书写中,的确可以捕捉到作者意识形态的依稀痕迹,作者(小说作者和叙述者往往重叠)建构了对于异质文化的日本叙事,而中国国家观念和民族立场是其潜在出发点,大中华意识是其不变的执念。

鸦片战争,开启了西方列强侵略中国的序幕;在甲午战争之后,日本也妄图吞并中国。由于甲午战争的失败,中国开始对蕞尔日本刮目相看,并以日本为师,1896年便向日本派遣留学生。作

---

① 孟华主编《比较文学形象学》,北京大学出版社,2001年,第4页。
② 同上,第124页。
③ 孙传钊《从斯图尔特·休斯说道彼特·盖伊》,见《读书》2011年第1期,第76—77页。

者不肖生于1907年留学日本，1913年回国；护法运动失败后，再次亡命日本，并就读于日本中央大学。"民国三年十二月十五日午后三时，尘雾半天，阴霾一室。此时此景就是不肖生兀坐东京旅馆，起草《留东外史》的纪念。"也就是说，在1914年年底不肖生开始了《留东外史》的创作，而在1915年1月18日，日本驻华公使日置益向袁世凯递交了意在灭亡中国的"二十一条"，1916年小说第一部由民权公司出版发行。从历史时间和创作语境上看，《留东外史》是在中日两国交恶，国家利益和民族矛盾冲突剧烈的时候酝酿和诞生的，当时一般的中国人，"对于日本国人甚有恶感，尽力排斥"①，所以作者平江不肖生在小说中极尽了丑化日本之能事。

而从作者个人的民族感情上看，《留东外史》又是他承前启后的一部分，在东渡日本之前，他在长沙目睹了外国领事馆和外国水兵耀武扬威，在上海目睹外国租界星罗布列，黄浦江上外国军舰虎视眈眈，忧国之情激荡于心，"令人发指皆裂"；在日本又技惊日本人，以膂力御外侮，《留东外史》中的黄文汉就有自己亲身经历的影子；回国之后，他把自己养的一条狗取名为"甲板"（Japan），也寓含有蔑视日本的意味②；抗战之后，投身救亡运动，积极提倡和发展国术，企图强种救国③。尽管民族只是一个想象的共同体，但由于怀着"爱国的自大"心理，中国在甲午海战以来所受到的来自日本的凌辱，不肖生以一种文学想象的方式进行了复仇，他在小说中让中国留学生"嫖"日本女性，而日本女性处于一种被"妓

---

① 林子青编《弘一法师书信》，生活·读书·新知 三联书店，2007年，第185页。
② 这来自董炳月先生的考证，见董炳月《国民作家的立场——中日现代文学关系研究》，生活·读书·新知 三联书店，2006年，第36页。
③ 向为霖《我的父亲平江不肖生》，见《江湖奇侠传》（第一册），台湾联经出版事业公司，1984年，第97—103页。

化"的地位,这种性征和国家以及权力结合在一起,形成一种"性权力结构",中国在现实中的失败,他利用文学的形式进行了彻底雪耻,获得了一种心理上的平衡和精神上的胜利。

《留东外史》作为当时的畅销小说,拥有广大的读者群;而阅读市场的反作用,也对不肖生的创作产生了巨大影响。从1916年5月到1924年10月,《留东外史》正集五卷就出了四版。而在正集五卷刊行之后,不肖生又用大约八个月的时间赶写了续集五卷,于1922年出版发行,1925年10月即再版发行。十集《留东外史》,洋洋一百一十六万余言的巨著完稿之后①,不肖生又立即撰写了《留东新史》,计三册三十六章,在1924年7月由上海世界书局出版发行。尽管续作大都是在正集轨迹上的延伸,但是这种持续快速的再生产,显然是在市场旺盛需求的刺激下进行的。

当然,不能把读者对《留东外史》的热烈追捧,完全归之为是对低级趣味的偏嗜。假如把小说进行历史还原,作更深一层考察,就会发现甲午战争,特别是"五四"爱国运动之后,全国人民民族意识普遍觉醒,排日情绪也不断高涨,而在这种语境下阅读"丑化"和"妓化"日本的小说,无疑是一种发泄反日情绪的很好方式。当时跛子对于《留东外史》的点评,就可证明这一点。在第四章黄文汉侮辱日本士兵,并宣称"研究嫖学"时,跛子批曰:"强词夺理。但是对外国人说这话,却是痛快";在第十四章日本陆军少尉中村清八声称除开在中国的日军之外,再加上十万兵力,一年之内就可以荡平神州,跛子批曰:"中国人请洗耳恭听";在黄文汉诱导鬼子进入彀中,然后进行反驳时,又批曰:"话虽如此说,只是中国人未必人人能够明白其内容。不然何以专拍小鬼的马屁。"

---

① 具体字数见岳麓书社1988年版平江不肖生《留东外史》版权页的统计数字。

深谙国术的黄文汉在打斗中赢得了胜利后，跛子又评点道："黄文汉可谓无赖矣，然中国之办外交者又惜其太不无赖。"这真可谓是奇文与奇评的结合和辉映。点评者在一定程度上充当了大众读者的代言人，所以这类点评也能够反映出当时普遍的社会心理，说出广大读者的心声。作为文学文本的《留东外史》影响和形塑了中国人对日本的集体想象，而民众对日本的集体想象反过来又影响了文学接受的情况。故此可以认为，《留东外史》炮制"卖淫国"的日本形象，在一定程度上是对读者仇日、反日心理的顺应；而对读者心理的顺应，则使它在"丑化"日本这条路上愈行愈远，越陷越深。

《留东外史》其实寓含有一种连环否定，尽管其中白种人的面影只是一闪而过，但是因为鸦片战争之后西方列强对中国的侵略以及作者大中华的文化身份，写来却颇有意味。叙述者借王甫察对日本妓女月子的话的转述，对白种人进行了否定。在第五十章"王甫察演说苦卖淫 曹亮吉错认好朋友"中，有这么一段话：

> 月子说中国的厨子及杂役人等，虽龌龊得不可近，然尚是黄色人种，面目没得十分可憎的。并且来的人，十九能说几句日本话，举动虽然粗恶，不过是个下等人的样子罢了。惟有西洋人，身上并看不出甚么脏来，不知怎的，一种天然的膻气，触着鼻子，就叫人恶心，这种膻气，没个西洋人没有。还有那通身的汗毛，一根根都是极粗极壮，又欢喜叫人脱得赤条条的睡，刺得人一身生痛的。那一双五齿钉耙的手，最是好在人浑身乱摸，他摸一下，便教人打一个寒噤。有些下作不堪的，还欢喜举着那刺猬一般的脸，上上下下嗅个不了，那才真是苦得比受什么刑罚还要厉害。

中国古代文化把世界生灵划分为三个等级：有文化的中国人、夷狄蛮族和禽兽①，也正如利玛窦所说"中国人认为所有各国中只有中国值得称羡"，"他们不仅把所有别的民族都看成是野蛮人，而且看成是没有理性的动物"②。在这里作者把西洋人和黄色人种相比较，从而予以"兽化"和否定，这是一种更深层次的"非人化"，从中可以看出不肖生潜意识中"华夷之辨"观念的残留。而在黄种人中，作者又把日本"妓女化"，让日本下贱到充当"公共娱乐品"的地位。这样经过连环否定，最终确立起来的就是大中华的胜利。不肖生这种文化帝国主义的心态，使他很轻易地就把文化优越感作为了抵抗当时国际秩序下东西方列强对中国欺凌压迫的工具。

《留东外史》采用章回体的形式，呈现出一种传统和守旧的面目。《留东外史》中充斥着诸多不堪的内容，触犯了对文学纯洁的要求。其实，作者是"知日反日"，连日本学者都承认《留东外史》描写的真实性③。如果因为真实地暴露了丑恶，从而构成了所谓的"讽刺嘲骂诬蔑"的话，问题不在于小说作者和小说本身，而在于小说所展示的对象。很遗憾的是，新文学作家本末倒置，反而归罪于作者，对作者多有指责。另外，《留东外史》虽然充斥着留日学生因价值观念混乱所导致的不堪之事，但是并没有露骨的性描写，与古代小说《金瓶梅》比较起来，可以说是十分纯洁；和当下贾平凹的小说《废都》相比较，涉黄程度也难以望其项背，只有甘拜下

---

① 冯友兰《中国哲学简史》，江苏文艺出版社，2010年，第176—177页。
② （意）利玛窦、（比）金尼阁《利玛窦中国札记》（何高济等译），中华书局，1983年，第181页。
③ 日本学者实藤惠秀在考证的基础上，认为《留东外史》对"东京的叙述方面的详细与正确令人惊叹"，参见董炳月《"国民作家"的立场——中日现代文学关系研究》，生活·读书·新知 三联书店，2006年，第73页。

风。诚如董炳月先生所说的,《留东外史》卷帙浩繁,在某种意义上说是一部排斥阅读的作品,而对它的阅读又极容易沦为以偏概全的误读,这样《留东外史》中"新"的因素——例如在基本理念上的民主意识、民族意识和共和思想,在形式上的地道流畅的白话文书写等,都没有引起必要的注意和重视,甚至完全被忽视了①。

新文学作家对于《留东外史》的批判有合理的成分,但是因为《留东外史》内容极为丰富复杂,他们的认识也难免出现偏差。阅读《留东外史》需要进行"历史的还原";阅读《留东外史》需要一种"理解的同情";阅读《留东外史》还需摒弃以道德判断代替深刻洞察的简单化倾向。希望历史能够给《留东外史》一个公道的评价,让这部大书呈现出它本来的历史面目,不要在被误解中痛苦地呻吟。

第二节 身在域外的报国英雄

一、替中国争面子

根据范伯群先生的看法,"凡是具有'曝光'性质的小说,就称'揭黑小说'或'黑幕小说'"②。就其基本内容而言,《留东外史》无疑可以划归于"黑幕小说"之列,而由于故事空间移位于日本,在某种程度上甚至可以称为具有国际背景的"黑幕小说"。但是在《留东外史》中,除了揭示中国留学生"专一讲嫖经,谈食谱"的黑幕之外,还有让人耳目一新的英雄故事。当然,因为这些英雄置身于域外,活跃在国际舞台上,有关他们的故事也相应地有

---

① 董炳月《"国民作家"的立场——中日现代文学关系研究》,生活·读书·新知三联书店,2006年,第76页。
② 范伯群《黑幕征答·黑幕小说·揭黑运动》,《复旦大学学报》(哲学社会科学版)2005年第1期。

着国际色彩。

在小说所书写的英雄谱中,主要有黄文汉、吴大銮、萧熙寿和郭子兰等人,而在当时特定的社会语境、国际秩序和历史时空中,这些故事都和国家观念、民族立场以及个人身份意识有着千丝万缕的联系。

由于《留东外史》采用连环叙事方法,人物和故事处于不停地转换之中,正如鲁迅所说:"驱使各种人物,行列而来,事与其来具起,亦与其去具讫,虽云长篇,颇同短制"①,因而小说结构比较松散。黄文汉作为小说中最重要的人物,其故事断断续续地贯穿了小说首尾,在某种意义上说,黄文汉的存在使小说结构获得了相对的完整性。但是正如斯蒂文森在《化身博士》中所刻画的,人类具有"双重本性",每个人身上都同时具有"哲基尔和海德"的特质,所以黄文汉的形象本身又是多姿多彩的,除了在东瀛情场上生龙活虎地嫖妓,并总结出"吹、警、要、拉、强"五字"嫖经"之外,还有为国争光的英雄传奇的一面。

在第十四章"出大言军人遭斥责 游浅草嫖客发奇谈"中,黄文汉去箱根旅游,住在汤本福住楼,日本陆军少尉中村清八前来求见。中村清八因看出了黄文汉的非日本民族身份,为了贬低中国人,竟然不惜牺牲个人道德,故意违反日本人访客的礼仪,"穿一件白纱和服,并未系裙"。在日本礼仪文化中,访客不系裙则显得不恭敬。中村清八出于日本人的优越感,显出不可一世的傲慢,本身就叫黄文汉感到不快。而中村作为颟顸的日本下级军官,不仅对黄文汉个人不尊重,还把已经改元的"中华民国"别有意味地称为"清国",在言语之间显出对中国极端的轻蔑,并且赋予中国"东方

---

① 鲁迅《中国小说史略》,人民文学出版社,1973年,第190页。

学"式的一成不变的本质，黄文汉也佯装不知地忍了。但让人气愤的是，中村居然还说出了这么一篇赤裸裸的侵略话语来：

> 敝国何时不想与贵国合并。如贵国果能自强，彼此自然可收辅车相依之效。不然，则兼弱攻昧，取乱侮亡，何止敝国？那时候，自然是捷足者先得。能多得一省，便有一省的好处。至并吞的话，贵国人愿意与不愿意倒不必管，只看敝国的实力如何。若论实力，不是说夸口的话，像现在贵国这样子，除已在贵国的兵不计外，只再有十万兵，就是不才带领，贵国四百余州，也不出一年，必能奠定。所愁的，就是那些眼明手快的西洋人，不肯放让。不然，已早如了诸君的愿了。

本来作为理想形态的交往行为，交往双方应该是互相平等、互相尊重的。但是，中村清八为了达到蔑视和侮辱中国人的目的，便不惜偏离和破坏日本文化对交往行为的规范，很"策略"地"以自我为中心介入"交往①，并表达了对中国根深蒂固的政治偏见。黄文汉作为血性男儿，本身已怒火中烧，耐着性子等中村说完，"忽的翻过脸来，用手往席子上一拍"，斥责道：

> 十年之内，你不能并吞我中国。十年之外，我中国纵不并吞你日本，你日本能立国吗？你日本的命脉，都在我中国手里。中国不弱，你枪炮厂造船厂，有铁用么？（日本每年产铁仅五百万吨，仰给于汉冶萍工厂者，年千余万吨。）中国不弱，

---

① （德）尤尔根·哈贝马斯《交往行为理论》（曹卫东译），上海人民出版社，2004年，第101页。

你五分之一的国民有饭吃么？（日本产米只能供五分之四，余多仰给于中国。）中国不弱，你的国民有衣穿么？（日本产棉极少，多由中国运来。）中国不弱，你日本商业有发展地么？这都是你日本命脉所在。中国一强，便成死症。中国瓜分了，西洋各国，不能如中国这样宽厚的待你，你也是死症。你既不能并吞中国，中国强，你不得了；中国亡，你也不得了。要中国维持现状的长此终古，你才好过日子。但是维持现状，岂能长久的？我看世界上的国家，最危险最没有希望的，就是你日本。你还得什么意？我是个中国学生，你是个日本军人，彼此风马牛不相及，要寻人闲谈消遣，未尝不可，只是须大家尊重人格。甚么话不可说，何必拿着国家强弱来相较量？如定要争强斗胜，我们不在疆场，就只有腕力的解决！

黄文汉说完"一翻手，袒出右臂，拔地跳了起来，横眉怒目，指着中村道：'你来'"。中村见黄文汉摆出一副要决斗的架势，"也就有点心慌"，再说也是自己理亏，所以只好赔礼道歉，黯然离去。在这里，黄文汉既有理有制有节，又不失英雄气概，终于使对手折服。

但富有意味的是，黄文汉上面这段高论，其实是平江不肖生对于中日关系社会学式的解读，可见他平时对中日关系问题积累了一些相关的资料，也进行过比较深入的研究和思考，并且对中日两国国运作出了个性化的预测。费正清在《剑桥中华民国史》中说到："中国不仅始终是日本大豆、铁、棉花和其他物资的主要供应者，而且占日本出口总量1/5—1/4的市场。"① 与上面一段文字进行互文性印证，可见平江不肖生的分析不无道理。因为地大物博，中国固然不会灭亡，而土地狭小、资源贫乏却正是日本侵略中国的原因之一。

在小说第三十三章《游侠儿一拳破敌 射雕手片语传经》中，日本击剑手吉川龟次，为了妄自抬高日本剑术，便恣意污蔑中国剑术，鄙薄中国人。黄文汉不免"装形作色"，"心头火直冒上来"，为了挽回国家的尊严，也为了教训一下这个日本狂徒，凭着艺高胆大，提出要徒手和吉川龟次进行较量：

> 吉川君，不用再说了。我始终不信日本这样剑术有用，我于这一道，绝对没有研究。然我敢一双空手，和你较量。你不信，就请试试。

结果吉川拿了一把竹剑，本想"觑定他近身，就是一剑，怕不把他的头劈肿起来"。然而，就在他举剑正待劈头砍下之时，"黄文汉身腰一伏，一梭步已踏进吉川的裆，劈胸一掌。日本剑术家从不讲究下部功夫的，那里挡得住一下，连退步都来不及，一屁股就坐在草地上。幸而胸前有竹甲护着，不曾伤透，然而已跌得发昏章第二。"在小说第九章《莽巡查欺人逢辣手 小卖淫无意遇瘟生》中，黄文汉面对日本警察，曾经上演过徒手夺刀的好戏，在这里算是以"零装备"胜全副武装的二度表演，充分显示了英雄本色。

吉川吃了亏，心理的不平和怨气难以消除，便怂恿日本柔道高

---

① （美）费正清主编《剑桥中华民国史》（第二部）（章建刚等译），上海人民出版社，1992年，第544页。

手今井和留学日本学习体育的中国留学生郭子兰比试日本的国术——柔道。尽管郭子兰在日本讲道馆获得过柔道三段文凭,但是他更善长的是中国武术。对于中国武术,郭子兰明机巧而不用,不仗中国拳术讨巧,而用日本人自矜的柔道对付今井。两人对垒,结果"只手一紧,早将今井提住躺不下去。郭子兰故意扭着他久斗,将他放翻了又提起来,只是不松手。今井年少气盛,又当着大众吹牛皮说是四段,连跌了几交(跤),羞得无地缝可入。恨不得请出有马纯臣来(有马纯臣,有名四段),立刻将郭子兰翻到;又恨不得乘郭子兰不提防,一把按在地下,随自己侮弄着泄忿,然而都做不到"。这种"以其人之道,还治其人之身"的克敌制胜的方式,无疑充分凸显了中国学子的英雄形象。

吉川龟次对于自己的失败一直耿耿于怀,总想借刀杀人,教训一下黄文汉,好泄泄自己心头的仇恨和恶气。在第四十六章"仗机变连胜大力士 讲交情巧骗老夫人"中,心存歹意的吉川终于等到了一个机会。当时在早稻田大学背后的一块空地上,有几个人正在相扑,围观者甚众。黄文汉恰巧因为寻找郭子兰来到这里。吉川抓住这千载难逢的机会要求黄文汉"飞人"(外人参加竞争团体谓之"飞人")。黄文汉因为有事,本无心插足。结果吉川故意挑拨是非,惹动众怒,黄文汉欲罢不能,最后不得不答应"飞人",但是提了个条件,"只能三人拔"(连对敌三人之谓),不可无限地拉长战线。结果前两个东洋大力士,黄文汉只是略施小技,就分别吃了"一推"和"一掌",骨碌碌滚下土堆去了。第三个一上来便打起了黄文汉腰带的主意,因为他的"腰带太长了,在腰上缠了几圈,握手不很得力",要求他换一条腰带,结果还是输了。于是便又怪他的腰带系得太紧,要求他系松一些,黄文汉又依了,结果仍没有占到便宜。于是再要求亲自替黄文汉系腰带,系得不松不紧。事毕后二人又重新对抗起来：

> 黄文汉这次却不像前几番了，见大汉将要动手，即将步法一换，身子往下一缩，使了个黑狗钻裆的架式，早钻到大汉裆下。大汉忙弯腰用手来拖黄文汉的腿，黄文汉肩腰一伸，将大汉掀一个倒栽葱。黄文汉还气愤不过，跳起来，对准大汉的尾脊骨就是一脚，大汉已胸脯贴地，扒不起来，又受了这一脚，鼻孔在土堆上擦了一下，擦出血来。

围观的日本人不禁大怒，责怪黄文汉不该用脚伤人。其中的过激者甚至要扭送他去警察署。黄文汉为自己辩解道："我因立脚不稳，在他尾脊骨上略略的挨了一下，若是我真个用脚，他受我一下，早昏过去了。"为了获得日本人对这一套说辞的信任，他还表演了一下脚下的功夫：

> 看荒地上竖着一杆灯柱，足有斗桶粗细，便走到灯柱跟前，用尽平生之力，只一脚，只见树皮塌了一块下来，灯柱还晃了几晃。黄文汉拾着树皮在手，扬给众人看道："你们大家说，人身的肉，有这灯柱坚固没有？灯柱还给我踢了这们（么）一块下来，若是踢在人身上，不昏了过去吗？"看的人都伸着舌头，没得话说。

黄文汉这样的举动虽然不乏"为国争光"的成分，但是他毕竟不是铜筋铁骨，因为用力过猛，到底受了伤，只是硬撑着，不让日本人看出破绽来。郭子兰虽然对黄文汉好勇斗狠不以为然，而在"这些地方，却很喜欢黄文汉能处处替中国争面子，不顾自己的死活,极力的称赞了几句,并不住的替他换药"。小说中这种思维方式,就是一种包含有国家民族主义的思维方式,"国家的面子"比个人的安危更重要,即使不顾死活去争,也是值得的,应该的。

在小说中,黄文汉这个虚构的人物比较全面地体现了平江不肖生的人格理想、国家意识、民族精神、价值观念和趣味取向。正如《民国人物传》中指出的:"书中之黄文汉乃作者夫子自道。"① 黄文汉的故事有着作者"自叙传"的意味,其中的某些素材即取自不肖生自己的亲身经历,而作者不肖生就是黄文汉的"人物原型"。例如上面所写到的黄文汉与日本相扑大力士进行比试,最后脚踢灯柱受了伤的情节,就源于作者真实的生活。据他儿子向为霖介绍说,不肖生自幼就热爱中国传统武术,东渡日本之后,"又从同学黄润生继续学习拳术,勤操苦练,膂力过人;想恃武术雄于人,以为中国人增光。恰有一日本学生善于柔道,为当地之冠,一日经旁人怂恿与父亲交手,被父亲击倒于数步之外。父亲是用中国武术手法,因不懂柔道规则,对方认为犯规,心中不服,企图报复。一日中国学生几人,日本学生几人邂逅街头,彼此跃跃欲试。我国同学劝父亲莫与较量,而父亲排开众人,向前数步,用力一脚,将马路旁一株约碗口大的树踢断,日籍学生见了,悄悄离去。归校后,始觉用力过猛,皮鞋踢破,脚板伤肿。"②

平江不肖生写过以《江湖奇侠传》为代表的许多武侠小说,是中国现代武侠小说的开创者。但是从他一生的创作历程来看,其武侠小说的雏形正是在《留东外史》中孕育的,或者说《留东外史》

---

① 转引自董炳月《"国民作家"的立场——中日现代文学关系研究》,生活·读书·新知三联书店,2006年,第37页。
② 向为霖《我的父亲平江不肖生》,见《江湖奇侠传》(第一册),台湾联经出版事业公司,1984年,第98—99页。

是他后来一系列武侠小说的胚芽。尽管《留东外史》本质上不脱"黑幕小说"和"鸳鸯蝴蝶"的色彩，但不可否认的是，英雄传奇也正是它的一大看点。

在第九十五、第九十六章中，日本三崎座正在举行"六国大竞技"的赛事，即英国、奥地利、意大利、葡萄牙以及美国的力士团和日本柔道家之间的大比赛。中国留学生萧熙寿从小就练就了一副好身手，来日本之后一直寂寞着，实在技痒难熬。看到"六国大竞技"的广告后，深感机会难得，便要求"飞入"。尽管日本人对于中国拳术施以严格的限制，规定"不能用腿，不能用头锋，不能用拳，不能用肘，不能用铁扇掌，不准击头，不准击腹，不准击腰，不准击下阴"，企图以五花八门、层出不穷的种种限制来迫使萧熙寿知难而退，就是萧熙寿执意不退的话，也可以凭这些"规则"来束缚中国学子，削弱中国拳术的锋芒和优势。但是萧熙寿对自己的功夫充满自信，满口答应了这些无礼要求，并且特地穿了一身中国服装登上竞技擂台。小说写道："萧熙寿穿一件灰色素面的灰鼠皮袍，青缎八团花的羊皮马褂。"在当时的国际秩序下，中国是弱国，许多人一踏上异域的土地，就"断发易服"——剪掉发辫、换上洋装，迫不及待地掩盖起自己的民族身份，融入到所谓浩浩荡荡的世界潮流里。而萧熙寿却要刻意凸显自己的民族身份和国家立场，"我正要惹人注意，穿洋服，他们不知道我是中国人，就打赢了，也没趣味"。在这里，萧熙寿的中国功夫成为了个人生命意志与传统文化的一部分，而他的中国服装则成为了民族身份的外在招牌。

当然，结果不用说，即使受到诸多不合理的束缚，中国英雄仍然完胜两个日本柔道大力士。但有意味的是，作者的民族意识太过强烈，以至于小说极力"拔高"和"美化"中国英雄，在凸显其高超技艺和爱国情怀的同时，却尽量地"贬低"和"丑化"了日本人。这主要体现在他们除了不堪一击之外,还施展出与道德背道而驰的无赖、狡猾和鬼蜮伎俩。从个人功夫上看,他们都远不是萧熙寿的对手,但是为了挽回因竞技失败而丧失的尊严,他们一个诬赖萧熙寿打击了他的头部,一个坚持说萧熙寿捏了他的下阴。由于在所谓的"规定"中,这两处都是不许碰的,而他们咬定萧熙寿严重地"碰"了,还丑态百出地佯装出一副"受伤"的模样。尽管无中生有,却也表演得逼真入微、穷形尽象,所以他们一下子就从现实的失败中挽回了面子,并且"反败为胜"——因为日本裁判判萧熙寿"犯规"了。

当然,金无足赤,人无完人,"真正美人方有一陋处"。萧熙寿本来打赢了日本柔道大力士,却被污蔑为"犯规",心里颇不畅快,恨不得找个会擒拿点穴的人,不知不觉的"将那些小鬼,一个个都弄成残疾,才觉开心"。这里显示出来的是萧熙寿因为气愤不过,易冲动、走极端的一面。但是经过蔡文焕的劝说,他终于意识到自己和日本柔道大力士之间并没有什么深仇大恨,他们不过是为了要保全自己的名誉才使狡计儿,若是无端送了人家性命,不但不能增加自身的名誉,反而在心术上似乎有亏,所以马上消除了心头的怨恨,也打消了和日本大力士复打的计划。这种人性中本能的恕道、朴素的善念以及知错就改的直爽,使萧熙寿的形象还残存有古代草莽英雄的特点。这些美好的品质,比再次复打胜了日本柔道大力士更具有崇高感。而对人物这样塑造,不但无损于萧熙寿的英雄形象,反而丰富了他的形象,使之更加具有立体感。朗吉弩斯曾经说过:"崇高是伟大心灵的回声"①,在中国人崇高道德境界的映衬之下,日本人的品格则显得愈加卑下,尽管日本宵小竭力诋毁中国英

---

① 引自朱光潜《西方美学史》(上),人民文学出版社,1979年,第110页。

雄,但是英雄的光辉却是不可掩饰的。正如鲁迅所说:"战士死了的时候,苍蝇们所首先发现的是他的缺点和伤痕,嘬着,营营地叫着,以为得意,以为比死了的战士更英雄。但是战士已经战死了,不再来挥去他们。于是乎苍蝇们即更其营营地叫,自以为倒是不朽的声音,因为它们的完全,远在战士之上。的确的,谁也没有发现过苍蝇们的缺点和创伤。然而,有缺点的战士终竟是战士,完美的苍蝇也终竟不过是苍蝇。"①

二、为民族除奸佞

《留东外史》中英雄形象的确立,除了奠基在对日本人胜利上的扬我国威的豪情壮举之外,还有为了国家命运、民族前途铲除腐朽反动势力而舍生忘死的义举。在小说第六十六章《娇小姐医院养病 勇少年酒楼买枪》中,作者把笔墨从"鸳鸯蝴蝶"切换到"英雄故事"时写道:"于今且另换一副精神,写一件英雄事业。不肖生换一换脑筋,诸君也新一新眼界。事情未必果真,做小说的,不能不自认为确凿,是非真伪,看官们自拿脑筋去判断,与做书的无干。"这里所写的"英雄事业",就是学习体育的留日学生吴大銮暗杀袁世凯走狗蒋四立,为民族除奸佞的故事。

在现实生活中,留日学生确实有不少英雄义士,最著名的有在绍兴发动起义的"鉴湖女侠"秋瑾和刺杀安徽巡抚恩铭的徐锡麟。而小说中吴大銮之所以刺杀蒋四立,与秋瑾和徐锡麟有着相同的原因——在政治倾向上痛恨专制,向往共和。

袁世凯篡夺辛亥革命胜利果实之后,一场轰轰烈烈的革命的意

---

① 鲁迅《战士和苍蝇》,见《鲁迅全集》(第三卷),人民文学出版社,1981年,第38页。

义便化为乌有,整个国家民族经历了一瞬间的光明之后,又堕入了无边的黑暗。在袁世凯的授意下,"筹安会"于1915年8月14日由杨度等六人发起,8月23日于北京成立,该会是一个主张君主立宪、力促恢复帝制的组织。袁世凯就在他们的"力促"之下,以"顺应民意"的姿态一步步登上了皇帝的宝座,使革命志士抛头颅洒热血推动的历史车轮又发生了急剧倒退。同时,为了肃清祸患,袁世凯大肆捕杀民党分子①,大量的民党分子被迫流亡日本。袁世凯对于流亡海外的亡命客鞭长莫及,于是就改换了策略,派蒋四立"携带巨款到东京来,收买这些穷苦亡命客"。

蒋四立来到东京之后,一边积极收买穷苦潦倒、志节不坚的民党分子,一边竭力迎合袁世凯的意愿,在东京成立了"筹安分会"。而激于民族义愤的吴大銮,对袁世凯深恶痛绝,"庆父不死,鲁难未已",必欲诛之而后快。但是又因为袁世凯已经布下了天罗地网,他有国难归,不可能行刺袁世凯,所以只好在域外翦除其羽翼,打击他的气焰了:

> 最伤心的,就是袁世凯那老贼,专一用这种卑劣手段,对付国人,把国民道德,破坏得一点根株没有。试看他手下,有一个好人?这样政府作国民的模范,不是一时之患,乃是万世之患!我是决计不在东京住了。此后尽我的能力,能将袁世凯手下的一般狐群狗党,斩除一个,中国即少了一个制造恶人的模型。若自己没有能力不中用,死在敌人手里,也就罢了。

---

① 尽管在小说书写中一再出现的都是"民党",但是在第一百零六章中,却出现了"湖南国民党支部长"的字样。这一无意识的征候,可以见出小说中虚构的"民党"即暗示现实中的国民党。这一发现,见董炳月《"国民作家"的立场——中日现代文学关系研究》,生活·读书·新知三联书店,2006年。

当时的中国,用湖南国民党支部长林胡子的话说就是:"偌大的一个中国,就听凭袁世凯一个人横行霸道。眼见得中华民国的灵魂都没有了。"尽管许多民党人士目睹袁世凯野心膨胀、国运日非,但只是看水流舟,无所作为。而吴大銮却以"存时时可死之心,行步步求生之路"为自己的座右铭,决定膺惩蒋四立,既为国家民族除害,又可以使袁世凯胆寒,同时还可以对附逆的民党分子以儆效尤。在费尽心机买到手枪之后,又设计骗开了蒋宅大门,对着蒋四立连放了两枪。然后躲开日本警察的追捕,逾墙而逃。

小说对人物身份的叙述很有意味。对于吴大銮这样一个有着杀身成仁、舍生取义豪情,为了国家民族大义置个人生死安危于不顾的英雄形象,叙述者赋予他"延陵世胄,三楚门楣"的出身,很明显,这是受了"楚虽三户,亡秦必楚"和"楚人一炬,可怜焦土"的影响。这暗示出在袁世凯严酷的高压政策之下,神州大地万马齐喑,只有强悍的楚人才有不屈的反抗精神(此前的辛亥革命就发生在楚地武昌,也是楚人富有不屈的反抗精神的证明)。

另外,小说《留东外史》对吴大銮的塑造同《史记》对于项羽的塑造也如出一辙。吴大銮和项羽一样"读书不甚聪颖",身手却不同凡响;区别在于项羽力能扛鼎,而吴大銮却是绑着铅块跑步;项羽用的兵器是剑,而吴大銮用的是手枪;项羽在中国起事抗秦,而吴大銮则在域外手刃国贼。这种人物刻画,无疑是受古代典籍影响所致。荣格认为,集体无意识对于作家的创作有着深刻的影响:"神话主题不时显现,但却穿了一身现代服装,例如替代宙斯的雄鹰或传说中的大鹏的是一架飞机,与龙王拼搏成了一次铁路撞车事故;杀死龙的英雄是一个男高音歌唱演员;大地之母是一个卖菜的胖妇;拐去普西芬尼的普路托是一个大大咧咧的司机,凡此种种不一而足。"① 尽管从时间上看,吴大銮生活在现代;从空间上看,他活动在域外,但由于英雄项羽堪称是吴大銮的"原型",可以说吴大銮本质上是"穿了一身现代服装"的古代英雄。需要指出的是,小说对于蒋四立的塑造也很出人意表,除了把他"畜牲化"为"走狗"之外,还赋予他一个丑陋的身份:"这三等走狗是谁呢?说起来大大有名,乃是《水浒传》上蒋门神的灰孙子。"叙述者在对正面英雄和反面丑角的叙述中,显示出了泾渭分明的道德观念、价值取向和情感态度。在某种意义上说,这也正印证和实践了小说"与恶党宣战"的宗旨。

从小说的政治倾向上看,平江不肖生对中华民国引以为荣,对共和制政体完全认同。所以他对污蔑中华民国为"清国"的日本陆军少尉极为愤慨,对倒行逆施、复辟君主专制的袁世凯也进行了严厉抨击,显示出鲜明的民族立场和进步的政治理念。正因为如此,所以在他的笔下,"丑角"、"恶党"和"英雄"才呈现出如此截然不同的面孔,他在对前者进行答挞的同时,对后者却给予了充分的肯定,让它代表了正义的道德力量,也折射出作者自己的人格追求。

---

① (瑞士)C·G·荣格《人,艺术和文学中的精神》(孔长安、丁刚译),华夏出版社,1989年,第96—97页。

第二章　身体与国家想象

在晚清向民国转型过程中,留学域外的中国学子的身体负载了明显的政治符号和文化符号——那就是男性的辫子和女性的小脚。在域外"他者"的眼光看来,这是一种野蛮和落后的标志,所以备受奚落和排斥。

接受了域外文明陶冶的中国留学生,现代思想得以启蒙,民族主义意识也潜滋暗长,于是对作为满族统治标志的辫子必欲去之而后快,对传统"步步生莲"的小脚也视为落后的表征。在满清政府控制鞭长莫及的海外,中国留学生的身体发生了革命性的变化,呈现出和本土身体形态迥然不同的特征。当然,这并不是对域外"他者"意识的归顺和认同,而是对落后传统的颠覆和解构。

鲁迅先生说过,"在中国搬动一张桌子都要流血",明恩溥也说过,在中国"改良则被视为极大的异端"[①]。由于中国人的极端因循守旧和"过去崇拜情结",对留学生在域外身体形态的变化总是视为异端而加以排斥,所以呈现出"异质"性的留学生回国之后,反

[①] (美)明恩溥《中国人的特性》(匡雁鹏译),光明日报出版社,1998年,第104页。

而处于一种无所皈依的尴尬境地。

"身体的形式不仅是一个自然的实体,也是一个文化的概念:这是一套通过它的外观、尺寸和装饰的属性对一个社会的价值进行编码的手段。"① 在域外"他者"看来,中国人的身体状态也是中国国运兴衰的标志;而中国留学生也正是利用身体作为工具,进行了民族主义复仇。因此,身体在不知不觉中和国家想象、民族立场纠结在了一起。

第一节 无所皈依的"异化"身体

一、头发的政治含义

"身体发肤,受之父母,不敢毁伤,孝之始也",这是《孝经》里说的话,它反映了中国人对身体的尊崇意识。这种意识深刻地影响了中国人的行为态度,在很大程度上使中国人持有"好死不如赖活着"的想法,消解了"杀身成仁"和"舍生取义"的浩然之气,精神趋于猥琐状态,缺乏至大至刚的伟岸人格。而当这种身体观念发展到极致的时候,又可以产生一些变态甚至恐怖的过激行为。在《三国演义》第十八回"贾文和料敌决胜 夏侯惇拔矢啖睛"中,写到夏侯惇在两军阵前左目中箭,"惇大叫一声,急用手拔箭,不想连眼珠拔出,乃大呼曰:'父精母血,不可弃也!'遂纳于口内啖之,仍复挺枪纵马,直取曹性。性不及提防,早被一枪搠透面门,死于马下。两边军士见者,无不骇然"。这里对于夏侯惇的描写固然突出了他过人的勇猛和豪气,但是在你死我活的沙场之上尚认为

---

① (英)丹尼·卡瓦拉罗《文化理论关键词》(张卫东等译),江苏人民出版社,2006年,第95页。

"父精母血,不可弃也",把眼珠子"纳于口内唉之",则可以看出传统文化中的身体观念对人影响有多深了。

老子说:"吾所以有大患者,为吾有身";庄子说:"大块载我以形,劳我以生。"自从身体来到人世间,就不再是解剖学生理意义上的肉体,自然的身体在现实生活中无法避免被社会文明所规范,被意识形态所形塑,所以身体具有深刻的社会特性。黄金麟先生正确地指出:"就身体的生成而言,它包括一个生物性的存有以及一个文化性的成分在内。这种自然与文化的交杂混合是所有古今身体都具有的共通特质。"① 中国人的身体在几千年历史风雨的浸染下,积淀和承载了大量的文化信息,甚至成为了一种文化符码,有着丰富而深邃的意义蕴涵。如和尚受戒、太监阉割、女子缠足以及历史上各种刑罚之于身体的关系等等,都具有发掘不尽的含义。孔子在《论语·宪问》中就说过:"微管仲,吾其被发左衽矣",虽然含有"华夷之辨"的思想成分,但是他对与身体密切相关的华夏衣冠制度的维护也是很明显的。《三国演义》中曹操马踏麦田便"割发代首"自处,赋予了头发以一种政治学的含义;而在有清一朝,头发作为意识形态争夺的战场,成为了各种政治力量注目的焦点,被赋予了特定的政治内涵,更呈现出一番新景观。

由于满族的旧俗要求男性"剃发垂辫",即在额角两端引一条直线,将直线以前部分的头发全部剃去,只留颅后头发,再将它编结为辫子,垂于脑后。此俗承自其先民——靺鞨人。据《大金国志》记载,靺鞨人"俗编发",而至女真人则"辫发垂肩"、"耳垂

---

① 黄金麟《历史、身体、国家:近代中国的身体形成(1895—1937)》,新星出版社,2006年,第4页。

金环,留颅后发,系以色丝"①。据现代专家分析,这种发式便于骑射,前部不留发,以免骑马或者射箭时头发披散开来遮住视线;而颅后留一条粗大的发辫,在露宿时又可以充作枕头,借以安眠。可谓是因事制宜,匠心独具,让身体最大限度地适应了野外生活的环境。另外,满族及其先民信奉的萨满教认为,发辫生长于人体顶部,与天穹最为接近,乃灵魂在所,故备受其族人珍视。为国捐躯的将士,若其骨殖无法运回故土,将发辫带回,亦可算是魂归故里。由此看来,满族传统对于头发十分重视。

1644年清室入主北京,正式建立中原王朝之后,便迫不及待地颁布"剃发令",要求"剃发垂辫"。次年五月清军攻占南京之后,又下了更为严厉的"剃发令",规定无论官民,十日之内"尽使薙发,遵依者为我国之民,迟疑者同逆命之寇",如果"已定地方之人民,仍存明制,不随本朝之制度者,杀无赦"②!当时流传着"留发不留头,留头不留发"之说,清朝统治者不但要在肉体上彻底消灭怀有不从心理和抵抗意识的汉族人,而且以摧毁汉族衣冠制度的形式来打击汉人的民族精神。无数汉族志士不甘受辱,坚决抗争,结果遭到残酷镇压。一时间阴风惨惨,人头纷落,血流成河。在强权之下,汉人的反抗无异于以卵击石,很快就看到华夏大地上发式尽改,世代相传的衣冠制度也消失净尽。欲保完发者,只得远避深山厝身崖洞,或栖身道观带发修行。

其实清廷颁布"剃发令"是有深谋远虑的。在他们看来,实行"剃发垂辫",让汉人从满制,可以在最直观的形式上显示出"满

---

① (日)桑原骘藏《东洋史说苑》,中华书局,2005年,第115页。
② 转引自朱正《辫子、小脚及其它》,花城出版社,1999年,第13页。

清"的胜利,是"中国人"从"满清",而不是满清从"中国"①。另外,让所有的汉人都"剃发垂辫",外观上与满人无异,使中国人原本固有的"华夷之辨"失去了依据,从而营造一种"普天之下莫非王土,率土之滨莫非王臣"的氛围和感觉。再说,强迫汉族在衣冠发式上与满族同一,则占人口绝对多数的汉人就不会把人数较少的满人视为异类,从而加强了对清朝政权的认同感,这样清室江山可以万世永固,国祚绵长。

然而太平天国时期,起义军留发不留辫,被清兵称为"长毛"。太平天国恢复汉制的国家想象,通过男子的发式表现出来,具有与清王朝针锋相对的性质。男子抛弃了"剃发垂辫"的奴隶标记,使民众的面貌和清政府统治下人民的面貌呈现出巨大的区别,这是太平天国改革最直观的表现。但是在当时动荡的历史语境下,一发维系千钧,头发被赋予重大政治内涵,而老百姓却无所适从,"全留着头发的被官兵杀,还是辫子的便被长毛杀"②!由此可见,头发成为了一种政治信仰和政治身份归属的标志,无论是太平天国还是清政府都对头发给予了高度的关注。

"夫中国吞噬于逆胡,二百六十年矣,宰割之酷,诈暴之工,人人所身受,当无不昌言革命。"③ 转眼到了20世纪,清王朝风雨飘摇,控制力量有所削弱,汉人民族精神也相应地开始复苏,发出

---

① 徐珂编撰《清稗类钞·服饰类》中有《孙之獬改装》一则云:"世祖初入关,前朝降臣皆束发,顶进贤冠,为长袖大服。殿陛之间,分满汉两班,久已相安无事。淄川孙之獬,明时官列九卿。睿亲王领兵入关时,之獬首先上表归诚,且言其家妇女俱已效满妆,并于朝见时薙发改装,归入满班。满以其汉人也,不许;归汉班,汉又以为满饰也,亦不容。之獬羞愤,乃疏言:'陛下平定中国,万事鼎新,而衣冠束发之制,独存汉旧,此乃陛下从中国,非中国从陛下也。'奏上,世祖叹赏,乃下削发之令。"
② 鲁迅《头发的故事》,见《呐喊》,人民文学出版社,1973年,第50页。
③ 章炳麟《革命军序》,见《中国近代文学大系·文学理论集》(第一集),上海书店,1994年,第119页。

了"驱除鞑虏,恢复中华"的强音。1911年辛亥革命成功之后,孙中山下了"剪辫令",倡导剪掉发辫,以雪旧耻。有意味的是,坚决抵制剪发的不是清朝贵族,而是张勋、辜鸿铭和王国维这一类以清朝忠臣和遗老自居的汉人,"他们曾经留过马尾辫,那是他们最珍贵之物"①,由于"奉豵尾为弘宝",故声称"头可断,辫不可剪"。考量到当初汉人为抵制"剃发垂辫"而流血牺牲,如今他们却为迷恋骸骨而捶胸顿足,这既是货真价实的数典忘祖,也说明了当年清朝"深谋远虑"的统治政策收到了预期的效果,对汉人产生了多么深刻的精神奴役作用!但是"青山遮不住,毕竟东流去",历史的洪流不可阻挡,此后留辫者逐渐鲜见于域中矣。

二、留学与剪辫

自鸦片战争以后,国门大开,中国再也无法独立于世界之外,被迫参与了现代化和全球一体化的进程。自1872年首批留美幼童负笈海外开始,这些走出国门的先行者常常因为脑后那条多余的辫子而受到歧视和作弄,无论是在西方还是在日本,中国人的辫子都被称做是"猪尾巴",中国人相应地也被称为"猪尾奴"②,而在极端的白人本位主义和种族歧视者那里,更"称中国人的辫子是'黄

---

① (美)哈罗德·伊罗生《美国的中国形象》,中华书局,2006年,第94页。
② 在西方的遭遇可以辜鸿铭为例:"辜去欧洲留学,其父告诫:一不准人基督教,二不准剪辫子。到了苏格兰后,每次出门,身后都有一群小孩子跟在后面叫喊:'瞧阿,支那人的猪尾巴。'后来因为朦胧的爱情冲动才剪掉了辫子送给了一个要好的女朋友。"(见黄兴涛《闲话辜鸿铭:一个文化怪人的心灵世界》,广西师范大学出版社,2001年,第6页)而邹容也曾经说过:"拖发辫,著胡服,蹀躞而行于伦敦之市,行人莫不曰pig tail(猪尾巴)、savage(野蛮人)者,何为哉?又蹀躞而行于东京之市,行人莫不曰拖尾奴者,何为哉?"(见邹容《革命军》,华夏出版社,2002年,第27页。)

狗'的尾巴"①。这样，辫子成为了域外"他者"对中国人进行价值编码的依据和手段。因辫子而受辱，辫子无异于惹祸的根苗，当然必欲断之而后快。另外，由于主体的人是"文化环境的一个产物"②，随着域外民主和平等的理念深入人心，一些留学生拒绝向朝廷委派的留学生监督员和孔子牌位磕头行礼，有人甚至去中国化"断发异服"，穿上了外国服装，并把象征大清国国民标志的辫子剪掉了，觐见中国长官时则用假辫子蒙混过关。首批留美幼童的留学生监督吴子登就曾经以此为由，诬蔑留学生政治上不合格，请求清廷将幼童如数撤回。而清政府出于对"变夏从夷"的恐惧，接受了吴子登的请求，结果使中国留学大业中途夭折了。辫子成了中国人走向世界的不堪承受之重。

首批留美幼童留学生涯半途而废，使中国留学大业遭受了巨大的损失和挫折，也延缓了中国现代化的进程。但是甲午战争之后，中国留学事业又恢复起来，并且留学范围也有所扩大，不仅包括了西洋，就是一直没有进入中国人视野的日本也成为了留学重镇。由于置身域外，清政府的控制显得鞭长莫及和力不从心，在域外文明风气的影响下，留学生剪辫之风仍然一脉相承。譬如邹容不但自己剪掉了辫子，还有过更"出格"的英雄举动，据章太炎所著《邹容传》记载，邹容在日本留学时，"陆军学生监督姚甲有奸私事，容偕五人排闼入其邸中，榜颊数十，持剪刀断其辫发。事觉，潜归上海"③。后来章太炎因为替《革命军》作序和著《驳康有为论革命书》而被捕入狱，邹容大为不忍，挺身而出，投案自首，也被关进

---

① （德）顾彬《关于"异"的研究》，北京大学出版社，1997年，第60页。
② （荷）佛克马、蚁布思《文学研究与文化参与》，北京大学出版社，1996年，第117页。
③ 转引自《鲁迅全集》（第一卷），人民文学出版社，1981年，第466页。

同一监狱，章炳麟便写了《狱中赠邹容》一诗："邹容吾小弟，披发下瀛洲。快剪刀除辫，干牛肉作糇。英雄一入狱，天地亦悲秋。临命须掺手，乾坤只两头。"对他勇于剪辫的英雄气概表达了高度的推许。而现实中的鲁迅，也是一个剪辫急先锋。1902年鲁迅留学日本，1903年4月，他在江南班中第一个剪掉了辫子①，并留"断发小照"以资纪念，在送给好友许寿裳的照片背后，题有《自题小像》诗一首："灵台无计逃神矢，风雨如磐谙故园。寄意寒星荃不察，我以我血荐轩辕。"由于辫子是清王朝臣民的外在标志，留辫子意味着对清王朝的服从，那么剪掉辫子则可以看成是对清王朝进行民族的、政治的反抗。

当时国内也有一些开明人士主张"断发易服"，例如康有为就曾经上过奏章说："今则万国交通，一切趋于尚同，而吾以一国衣服独异，则情意不亲，邦交不结矣。且今物质修明，尤尚机器，辫发长重，行动摇舞，误缠机器，可以立死，今为机器之世，多机器则强，少机器则弱，辫发与机器不相容也。且兵争之世，执戈跨马，辫尤不便，其势不能不去之。欧美百数十年前，人皆辫发也，至近数十年，机器日新，兵事日精，乃尽剪之，今既举国皆兵，断发之俗，万国同风矣。且垂辫既易污衣，而蓄发尤增多垢，衣污则观瞻不美，沐难则卫生非宜，梳刮则费时甚多。若在外国，为外人指笑，儿童牵弄，既缘国弱，尤遭戏侮，斥为豚尾，去之无损，留之反劳。"② 尽管康有为指出"欧美百数十年前，人皆辫发也，至近数十年，机器日新，兵事日精，乃尽剪之"是一种误读，但是他看到了在现代社会中剪发易服的必要，并指出了留辫子和现代工业文

---

① 许寿裳《亡友鲁迅印象记·剪辫》，人民文学出版社，1981年，第2页。
② 康有为《请断发易服改元折》，《康有为政论集》，中华书局，1981年。

明的不相容性，这无疑是很有眼光的。

宣统二年十一月己巳日，"资政院请明谕剪发易服"，这是顽固的清政府服式制度改制的先声。当时出国游学的人为了避免在国外被视为"猪尾奴"的尴尬，都纷纷作出积极响应。在李伯元的《官场现形记》第五十三回"洋务能员但求形式　外交老手别具肺肠"中，就有关于剪发游学的"仪式性"描写：

  那边安庆知府饶守的儿子，同着那里抚标参将的儿子，一齐都剪了辫子到外洋去游学。恰巧卑职赶到那里，正是他们剃辫子的那一天。首府饶守晓得卑职是洋务人员，所以特地下帖邀了卑职去同观盛典。这天官场绅士一共请了三百多位客，预先叫阴阳生挑选吉时。阴阳生开了一张单子，挑的是未时剃辫大吉。所请的客，一齐都是午前穿了吉服去的。朝主人道过喜，先开席坐席。等到席散，已经到了吉时了。只见饶守穿着蟒袍补褂，带领着这位游学的儿子，亦穿着靴帽袍套，望空设了祖先的牌位，点了香烛，他父子二人前后拜过，禀告祖先，然后叫家人拿着红毡领着少爷到客人面前，一一行礼，有的磕头，有的作揖。等到一齐让过了，这才由两个家人在大厅正中摆一把圈身椅，让饶守坐了。再领少爷过来，跪在他父亲面前听他父亲教训。大帅不晓得，这饶守原本只有这一个儿子，因为上头提倡游学，所以他自告奋勇，情愿自备斧资叫儿子出洋。所以这天抚宪同藩、臬两司以及首道，一齐委了委员前来贺喜。只可怜他这个儿子今年才十八岁，上年腊月才做亲，至今未及半年，就送他到外洋去。莫说他小夫妇两口子折不开，就是饶守自己想想已经望六之人了，膝下只有一个儿子，怎么舍得他出洋呢。所以一见儿子跪下请训，老头子止不住两泪交流,要想教训两句,也说不出话了。后来众亲友齐说:"吉时已到,不可错过,世兄改装也是时候了。"只见两个管家上来把少爷的官衣脱去,除去大帽,只穿一身便衣,又端过一张椅子请少爷坐了,方传剃头的上来,拿盆热水,掀住了头,洗了半天,然后举起刀子来剃。谁知这一剃剃出笑话来了:只见剃头的拿起刀来磨了几磨,哗擦擦两声响,从辫子后头一刀下去,早已一大片雪白的露出来了。幸亏卑职看得清切,立刻摆手,叫他不要再往下剃,赶紧上前去同他说:"再照你这样剃法不成了个和尚头吗?外国人虽然是没有辫子,何尝是个和尚头呢?"当时在场的众亲朋以及他父亲听卑职这一说,都明白过来,一齐骂剃头的,说他不在行,不会剃。剃头的跪在地下,索索的抖,说:"小的自小吃的这碗饭,实在没有瞧见过剃辫子是应该怎样剃的。小的总以为既然不要辫子,自然连着头发一块儿不要,所以才敢下手的。现在既然错了,求求大老爷的示,该怎样指教指教小的。"卑职此时早已走到饶守的儿子跟前,拿手撩起他的辫子来一看,幸亏剃去的是前刘海,还不打紧。便叫他们拿一把剪刀来,由卑职亲自动手,先把他辫子拆开,分作几股,一股一股的替他剪了去,底下还替他留了约摸一寸多光景,再拿刨花水前后刷光,居然也同外国人一样了。

正如小说点评所说:"冠礼古仪已亡,剪辫新法才行","剪辫游学,是变制度改服式的先声",只因为"内地风气未开,所以连一个西法整容匠亦找不出"。但是无论怎么说,能够先剪辫再出洋游学,毕竟是幸运的。而在鲁迅的笔下却是为辫子吃尽了苦头的留学生形象。他们像蝙蝠一样,非鸟类亦非兽类,无所皈依,找不到归宿感，处于一种悬浮无根的状态，受尽了排斥和歧视。

鲁迅在《藤野先生》一文中对当时的"清国留学生"进行了别有意味的刻画，留下了"清国留学生"的经典形象：

> 东京也无非是这样。上野的樱花烂漫的时节，望去确也像绯红的轻云。但花下也缺不了成群结队的"清国留学生"的速成班，头顶上盘着大辫子，顶得学生制帽的顶上高高耸起，形成一座富士山。也有解散辫子，盘得平的，除下帽来，油光可鉴，宛如小姑娘的发髻一般，还要将脖子扭几扭。实在标志极了。
>
> 中国留学生会馆的门房里有几本书买，有时还值得去一转；倘在上午，里面的几间洋房里倒也可以坐坐的。但到傍晚，有一间的地板便不免要咚咚咚地响得震天，兼以满房烟尘斗乱；问问精通时事的人，答道："那是在学跳舞。"

这里对清国留学生形象所进行的刻画，尽管没有正面叙述他们的身份意识、民族认同和国家观念，但是由于"画眼睛"和"勾灵魂"的形象描写，通过文本分析仍可以体会出来。他们置身域外，"剃发垂辫"这种另类形象和打扮本身就泄露了他们的国籍和身份。但是他们不愿意剪掉发辫，融入世界潮流，也从侧面折射了他们心中具有挥之不去的"清国情结"。这是因为，现实的政治权威和经济控制作用（特别对于公费学生而言，他们为了保住政府经济上的支持，更会谨小慎微，不敢越雷池一步），左右着他们的选择，迫使他们接受政治对身体的规训。而同时"异国"对他们也形成了不小的压力，因为在域外"他者"的视角看来，头上留着长辫子无疑是丑陋和野蛮人的象征，是遭受蔑视和挖苦的对象①，而露出辫子就有被称为"豚尾奴"之虞，在两面的夹缝中，在"影响的焦虑"下，清国留学生只有采取讨巧和折中的形式，把辫子盘在头顶上，"顶得学生制帽的顶上高高耸起，形成一座富士山；也有解散辫子，盘得平的，除下帽来，油光可鉴"，成为一大特殊的景观。鲁迅曾嘲谑说，在当时历史语境下，这于"盘辫家不能不说是万分的英断"②。身在域外，"辫子"作为身份归宿和传统文化的象征，成为了"清国留学生"相互认同的标志，他们"成群结队"，也就形成了一个想象的共同体。

当然，清国留学生在异域因"盘"辫子这种中庸和骑墙的举动而呈现出怪异的形象，并非在鲁迅的笔下首创。此前梦芸生的小说《伤心人语》中，就有与鲁迅惊人相似的刻画：

> 凡人之装束，欲西则全西，欲东则全东，总以上下一色为相宜。非以重视观瞻亦以存国体。如中学生之装束，有不可思议之妙。有通身西衣，脚应仍穿一镶云缎鞋；有外著和服，贴身乃衬一摹本缎袍。每至时交冬令，学生中有内著皮紧身棉背心数件，外仍以学生衣罩之者。臃肿畸形，胜于牛鬼，又益之以盘髻于顶，帽竿如山（有至东京不以剪发为然者，则梳而盘之于顶，发太多者，帽顶恒露一尖形，甚不雅观也）。此一种

---

① （法）米丽耶·德利特《19世纪西方文学中的中国形象》对此有论述，见孟华主编《比较文学形象学》，北京大学出版社，2001年，第248页。
② 鲁迅《阿Q正传》"不准革命"一章，见《呐喊》，人民文学出版社，1973年，第111页。

奇妙情形，日人谓之为"廿世纪支那学生之特色"，亦足羞也①。

在这里，中国留学生不但具有"清国意识"，而更值得注意的是叙述者的态度，他既有着把清国留学生"漫画化"的倾向，又把看似个人的衣饰装束赋予政治意义，提高到事关"国体"的地位，其价值取向颇值得玩味。

辫子在国内被当做宝贝，在域外却被视为落后和不文明的标志，被赋予一种负面的意义，处于被嘲笑的尴尬地位，因此中国留学生的辫子总处于一种藏掖状态。而把辫子盘起来藏在帽子底下，大概算最便利的藏掖方式了。假如在国外展览这头顶上的"国粹"，则逃不脱被"他者"猎奇的命运，也难免让中国同胞难为情。《留东外史》第十五章中，写了一个中国杂耍艺人在日本东京耍把戏，其中一项很重要的内容，就是以自己头上的辫子作道具，耍出各种高难动作和花样来，以博得围观者的喝彩。而中国留学生成连生看了之后颇觉得难堪，于是给予了否定性的评价："这该死的东西，还靠着这猪尾巴讨饭吃。"

三、无辫之灾

在鲁迅的作品中，辫子是常常涉及的写作对象之一。但很富有意味的是，他除了写留学生在域外盘辫或者剪辫之外，更写了留学生回到中国因为没有辫子往往要承受难以想象的痛苦。

中国人的辫子在域外被视为"猪尾巴"，在国内却享有至尊的

---

① 梦芸生《伤心人语》，第七章《东京支那学生现象记》"装束之怪异"一节，振聩书社印行，光绪丙午年（1906），第51—52页。

地位,被国人当成珍宝供奉。鲁迅曾经说过,辫子"是我们中国人的宝贝和冤家"①。在这里,"宝贝和冤家"可以从历时性的时间角度进行考察:明清易代之际,清统治者强行推广"剃发垂辫"政策遭到汉人的激烈对抗,因此辫子成为了"冤家";而一旦辫子"种定了",于是辫子就变成了人所钟爱的"宝贝";到了太平天国起义,象征清政治符号的辫子当然被视为"冤家";起义被镇压之后,辫子无疑又成为了"宝贝";而民国代清,"辫子"则又成为了"冤家"。另外,辫子作为中国人的"宝贝和冤家",还可以从共时性的空间角度进行考察,中国留学生在国内时是"大清臣民",而一旦置身于域外,便在某种意义上获得了一种"世界人"身份和"世界人"意识,在国内被视为"宝贝"的辫子,到了域外则成为了"冤家",所以许多留学生剪掉了辫子。而一旦留学归来,没有辫子就被视为是对一种"群体的成规"的背叛,很难被接受为"想象的共同体"中的一员,只能像无所皈依的蝙蝠一样,找不到自己的归属,甚至被视为异类和"假洋鬼子",有"里通外国"的嫌疑,因此辫子又成为了"宝贝"。而一些剪掉了辫子的留学生因为没有这一"宝贝",便装上一条假辫子瞒天过海。但不管是在历时性还是在共时性中,辫子都与留学生的国家想象和身份意识有着密切的关系。

在《头发的故事》中,N先生在国外留学时剪掉了辫子,尽管他自称"这并没有别的奥妙,只为他太不便当罢了"。但是,和盘辫的温和举动相比较,这无疑是一种激烈的反抗行为。作为"清国留学生",在朝廷鞭长莫及的域外反抗政府"剃发垂辫"的制度,这一行为本身就说明了他具有"精神界之战士"的气质,也意味着

---

① 鲁迅《头发的故事》,见《呐喊》,人民文学出版社,1973年,第49页。

清王朝已经不符合他的国家认同和国家想象,于是在万马齐喑的语境下"立意在反抗,指归在动作"①,以身体作为暴动的策源地。

这一举动,具有石破天惊的效果。"有几位辫子盘在头顶上的同学们",不能容忍这一"争天拒俗"叛逆举动,对此很"厌恶";留学生监督也"大怒",甚至说要停了官费,送回中国去。直到辛亥革命之后,象征清朝奴隶标志的辫子被民国法令所废除,N先生才终于被消除了"犯罪的火烙印",走在路上也"不再被人辱骂了","的确让身体经历了某种前所未有的'自由'与'快乐',让身体得以摆脱传统伦理与秩序的专断统治,进入一个新的发展纪元"②。

作为一个在域外受过现代思想熏陶的"新人",N先生无疑具有民主思想和现代国家意识。辛亥革命的成功,推翻了清王朝的腐朽统治,终结了中国历史上最后一个家天下的专制政权,使得民主共和观念深入人心,在一定程度上实现了他对现代国家的预期和想象,所以他对新建立的民族国家表示出了相当的认同,"显出非常得意模样"。

作为一个现代智识者,N先生理解这种变化,期待和呼吁这种变化。但是对于广大中国民众而言,属于他们的只有两个时代:"一,想做奴隶而不得的时代;二,暂时做稳了奴隶的时代。这一种循环,也就是'先儒'之所谓'一治一乱'。"③长期受到政治上的奴役和经济上的压迫,广大中国民众形成了一种根深蒂固的奴隶

---

① 鲁迅《魔罗诗力说》,见《鲁迅全集》(第一卷),人民文学出版社,1981年,第82页。

② 黄金麟《历史、身体、国家:近代中国的身体形成(1895—1937)·自序》,新星出版社,2006年。

③ 鲁迅《灯下漫笔》,见《鲁迅全集》(第一卷),人民文学出版社,2005年,第225页。

根性;而做奴隶久了,也就形成了一种心理定势,任何影响他们做不稳奴隶的风吹草动的改革,都会遭到抵制、嘲笑和辱骂。在《头发的故事》中,就有这样的叙述:

> 过了几年,我的家景大不如前了,非谋点事做便要受饿,只得也回到中国来。我一到上海,便买定一条假辫子,那时是二元的市价,带着回家。我的母亲倒也不说什么,然而旁人一见面,便都首先研究这辫子,待到知道是假,就一声冷笑,将我拟为杀头的罪名;有一位本家,还预备去告官,但后来因为恐怕革命党的造反或者要成功,这才中止了。
>
> 我想,假的不如真的直接爽快,我便索性废了假辫子,穿着西装在街上走。
>
> 一路走去,一路便是笑骂的声音,有的还跟在后面骂:"这冒失鬼!""假洋鬼子!"
>
> 我于是不穿洋服了,改了大衫,他们骂得更厉害。

清朝统治近三百年,到清王朝终结时"剃发垂辫"已是"古已有之",中国人也算是"做稳了奴隶"了。再说,在铁屋子中由昏睡进入死灭的人其实并不感到痛苦和悲哀,而剪辫所呈现出来的革命性的变化直接威胁到他们所熟悉的生存状态,结果遭到他们的排斥和辱骂也就毫不为奇了。这种心理,在阿Q身上就有鲜明的体现:"他有一种不知从那里来的意见,以为革命党便是造反,造反便是与他为难,所以一向是'深恶而痛切之'的。"

另外,中国自古以来就只注重"类"的观念,而"个"的意识极不发达。在传统名教的影响下,中国人树立了一套牢固的伦理观念,强调每一个人对于家庭、家族、社会、民族、国家,以及国家的代表"天子"的从属性,要求每一个人都成为"家之孝子"和"国之忠臣",而特立独行的个体则被目为异端。N先生作为一个与"众庶"相对立的"特异个人",难免会遭遇到这种宿命的困境,正如梭格拉第(今译苏格拉底)被"众希腊人鸩之",耶稣基督被"众犹太人磔之",中国"汉晋以来"的文人"多受谤毁"的命运一样①,"寡戮天才,殆人群恒状"。N先生作为一个首先"立"起来的人,作为一个孤独的先行者,自然难逃这一劫数。在中国社会中,民众常常"以多数临天下而暴独特者",形成一种"众数的专制","灭人之自我,使之混然不敢自别异,泯于大群"②。由于众意往往表现为社会裁断的法律,他们对于特异个人怀有的血腥的敌意,一点不比暴君温和,"暴君治下的臣民,大抵比暴君更暴;暴君的暴政,时常还不能餍足暴君治下的臣民的欲望"③。

这种情形在《阿Q正传》中也有生动的表现。小说中钱大爷的儿子"先前跑上城里去进洋学堂,不知怎么又跑到东洋去了,半年之后他回到家里来,腿也直了,辫子也不见了"。因为没有了辫子,"他的母亲大哭了十几场,他的老婆跳了三回井"。在当时,学洋务被社会上认为是"将灵魂卖给鬼子,要加倍的奚落且排斥的"④,身份极为暧昧和尴尬。因而在阿Q眼里他便跌落成了"假洋鬼子"和"里通外国的人","一见他,一定在肚里暗暗的咒骂"。

"假洋鬼子"当然不像N先生那样富于反抗和挑战精神,N先

---

① 鲁迅《文化偏至论》、《摩罗诗力说》,见《鲁迅全集》(第一卷),人民文学出版社,1981年,第52页、76页。

② 同上,第51页。

③ 鲁迅《暴君的臣民》,见《鲁迅全集》(第一卷),人民文学出版社,2005年,第384页。

④ 鲁迅《呐喊·自序》,见《呐喊》,人民文学出版社,1973年。

生是不屈不挠地对抗众数,昂然前行;而"假洋鬼子"却在规训和惩罚的压力下留起了头发,"象一个刘海仙"。周作人分析说"假洋鬼子"应该是留东"速成学生,头上顶着'富士山'的,不会得去混几个月却把辫子剪了,以致做不成大官",而"他当初剪了辫,后来留起了一尺多长的头发披在背上,像是一个刘海仙,这是一种补充的说法,也仿佛可以看出他当初辫子并不是那么爽快的剪掉"①。按照小说叙述,"假洋鬼子"是因为叫"坏人"灌醉了酒才被剪去了辫子,以致做不成大官,断送了前程,可见剪去了辫子,成为了假洋鬼子步入仕途的障碍。而一旦辛亥革命爆发,假洋鬼子介入政治的障碍被扫除,他便伺机而动,"咸与维新",参与了砸老龙牌、抢宣德炉以及虐待老尼姑式的"革命",并挂起了"银桃子",获得了一种特殊的政治身份。

"假洋鬼子"和N先生所受到的"无辫之灾"有相似之处,他们应对来自社会的辱骂所采取的手段也有相似之处。N先生在迫不得已、无计可施的情形下,"手里才添出一支手杖来,拼命的打了几回,他们渐渐的不骂了。只是走到没有打过的生地方还是骂"。"假洋鬼子"对付阿Q之流的辱骂,则把"手杖"置换成了"哭丧棒"。"假洋鬼子"对于阿Q是严加打压,但是N先生终究还是把被打的"众庶"视为想象的共同体中的同胞,并对自己的所作所为深深地感到"悲哀",因为觉得自己的举动与日本人本多静六何其相似乃尔。本多曾经游历南洋和中国,但他不懂马来语和汉语,"人问他,你不懂话,怎么走路呢?他拿起手杖来说,这便是他们的话,他们都懂!"对于这样一个以"东方学"的眼光来打量中国人和东南亚土著,自视高人

---

① 周作人《鲁迅小说里的人物》,见《书里的人生》,河北教育出版社,2002年,第139页。

一等、飞扬跋扈、滥施淫威的日本人，N先生异常愤慨。而回国之后，因情势所逼他又不得不步其后尘，违背自己的初衷，向同胞施以手杖的笞挞，其内心自然是极为复杂的。正如鲁迅在《两地书》中所说："这一类人物的命运，在现在——也许虽在将来——是要救群众，而反被群众所迫害，终于成了单身，忿激烈之余，一转而仇视一切，无论对谁都开枪，自己也归于毁灭。"

鲁迅散文集名《朝花夕拾》，带有明显的回忆性的自叙成分，而他的小说中也常常有着自身的影子。周作人曾经指出过："《头发的故事》也是自叙体的，不过著者不是直接自叙，乃是借了别一个人的嘴来说这篇故事罢了。"① 鲁迅在《从胡须说到牙齿》一文中写道："民国既经成立，辫子总算剪定了，即使保不定将来要翻出怎样的花样来，但目下总不妨说是已经告一段落。于是我对于自己的头发，也就淡然若忘。……虽然已是民国九年，而有些人之嫉视剪发的女子，竟和清朝末年之嫉视剪发的男子相同；校长M先生虽被天夺其魄，自己的头顶秃到近乎精光了，却偏以为女子的头发可系千钧，示意要她留起。设法去疏通了几回，没有效，连我也听得麻烦起来，于是乎'感慨系之矣'了，随口呻吟一篇《头发的故事》。"文中所说的"她"即指许羡苏。这篇小说的创作动机虽然是由许羡苏的遭遇所触发的，但是所写的内容却是鲁迅自己的生活经历和体验。如果把鲁迅自身的经历和小说题材进行"互文性"阅读和比较，也许可以认识得更加清楚。

"移动的身体"因为发生变化从而被"固定的身体"所敌视，鲁迅也未能幸免地亲炙过。鲁迅在日本剪掉辫子之后，曾将"断发

---

① 周作人《鲁迅小说里的人物》，见《书里的人生》，河北教育出版社，2002年，第41页。

小照"先后托人带回和函寄给家里。他剪掉辫子的事在家乡族人中引起了很大的震动,只不过身在域外的鲁迅并没有感受到。直到1903年8月,鲁迅回国探亲,才深切感受到了断发带来的巨大痛苦和心理冲击。周建人在他的回忆中详细记述了当时的情景:

> 大哥到家的那天,我正好在家里,我只看见一个外国人,从黄门熟门熟路地进来,短头发,一身旅行装束,脚穿高帮皮靴,裤脚扣紧,背着背包,拎着行李,精神饱满,生机勃勃,我仔细一看,原来是我的大哥呀!
>
> 他见过祖父、祖母、潘庶祖母、母亲,家里人倒也不说什么,没觉得这短头发有什么不好,可是台门里一听见大哥回来了,第一件要紧的事,便是来围观他的头发,好像看希奇的动物,那眼神真有形容不出的味道。等他们走后,大哥说,在上海,倒还不感觉什么。人家分不清他是中国人还是日本人,可是他想到,在杭州、绍兴恐怕大家不习惯,所以就花了二元钱买了一条假辫子。
>
> 第二天,他便穿上衣衫,戴上假辫。这样该好了吧,但还是不行。台门里知道我大哥回来的人更多了,无论台门里的族人或出去碰到的路人,便都首先研究这辫子,发现它是假的,就一声冷笑;听说伯文叔还准备去告官呢!我大哥并不怕,戴了假辫子去看望过寿老先生和别人。
>
> 假辫子既然要给人看出是假辫,那就不如显出真面目来得直截爽快。我大哥索性废了假辫子,穿着西装,和我一起到大街去,他照例要上街买些纸和笔。
>
> 这可不得了了,一路走去,一路便是笑骂的声音:"这冒失鬼"、"假洋鬼子"。我听了也很气愤,然而寡不敌众,只好

当作不听见。

　　于是,他不穿西装,改穿大衫,又和我一起到大街去。一路上,人们骂得更凶了:"这人一定犯了法!"

　　"说不定给人捉奸捉住,本夫剪了他的辫子呢!"

　　"这缺德鬼!"

　　我大哥试来试去,都找不出一个好办法,以后就索性在家里,不出去了①。

　　清人定鼎中原之后,颁布"剃发令"时实行了"两手抓"的政策,一方面采取铁的手腕,强制性地推行"剃发垂辫",对于违令者进行血腥的屠杀②;另一方面又进一步颁布法令,规定一切罪犯都不准留辫子,命令各地官员把所有罪犯的辫子剪掉,并且禁止这些罪犯剃掉头颅前部分的头发。这种规定,表明"剃发垂辫"是道德合格和受人尊重的标志,而所谓的罪犯都不能享受如此的优待,因而起到了很好的分化效果。正因为这样,清王朝统治下的汉族臣民渐渐都放弃了抵抗和抵触情绪,心甘情愿甚至趋之若鹜地接受了这一新潮发型。鲁迅剪掉了辫子之后,难怪有人骂他是"奸夫"和"缺德鬼"。当时一个美国传教士不无感慨地写道:"辫子普遍被视作一个人尊严与荣誉的标志","中国人对辫子的看重已几乎达到了迷信的程度"③。在这种语境下,中国人的辫子,自然受到精心的呵

---

　　① 周建人《鲁迅故家的败落》(周建人口述,周晔整理),福建教育出版社,2001年,第180—181页。

　　② 例如"扬州十日"和"嘉定三屠"就是证明,清初王秀楚的《扬州十日记》和朱子素的《嘉定屠城纪略》对这段惨痛的历史作了清晰的记载。

　　③ (美)何天爵(原名 Holcombe Chester)《真正的中国佬》,光明日报出版社,1998年,第130页。

护,成为了一个备受崇拜的图腾,甚至成为了奇特的"国粹"。

鲁迅亲炙了"无辫之灾",这种痛苦体验让他刻骨铭心,并且从自身的经历中,苦涩地发现中国人"做稳了奴隶"之后对于现实的认同已经形成了一种"心理定势",把剪发视为原罪的根据和标志,对现实稍微有所触犯的人都被视为异类,甚至视为"国民公敌"。他在《病后杂谈之余——关于"舒愤懑"》中写道:

> 对我最初提醒了满汉的界限的不是书,是辫子。这辫子,是砍了我们古人的许多头,这才种定了的,到得我有知识的时候,大家早忘却了血史,反以为全留乃是长毛,全剃好像和尚,必须剃一点,留一点,才可以算是一个正经人了。而且还要从辫子上玩出花样来:小丑挽一个结,插上一朵纸花打诨;开口跳将小辫子挂在铁杆上,慢慢的吸烟献本领;变把戏的不必动手,只消将头一摇,劈拍一声,辫子便自会跳起来盘在头顶上,他于是耍起关王刀来了。而且还切于实用:打架的时候可以拔住,挣脱极难;捉人的时候可以拉着,省得绳索,要是被捉的人多呢,只要捏住辫梢头,一个人就可以牵一大串。吴友如画的《申江胜景图》里,有一幅会审公堂,就有一个巡捕拉着犯人的辫子的形象,但是,这是已经算作"胜景"了。
>
> 住在偏僻之区还好,一到上海,可就不免有时会听到一句洋话:Pig—tail——猪尾巴。这一句话,现在是早不听见了,那意思,似乎也不过说人头上生着猪尾巴,和今日之上海,中国人自己一斗嘴,便彼此互骂为"猪猡"的,还要客气得远。不过那时的青年,好像涵养工夫没有现在的深,也还未懂得"幽默",所以听起来实在觉得刺耳。而且对于拥有二百余年历史的辫子的模样,也渐渐的觉得并不雅观,既不全留,又不全

剃，剃去一圈，留下一撮，又打起来拖在背后，真好像做着好给别人来拔着牵着的柄子。对于它终于怀了恶感，我看也正是人情之常，不必指为拿了什么地方的东西，迷了什么斯基的理论的（这两句，奉官谕改为"不足怪的"）。

我的辫子留在日本，一半送给客店里的一位使女做了假发，一半给了理发匠，人是在宣统初年回到故乡来了。一到上海，首先得装假辫子。这时上海有一个专门装假辫子的专家，定价每条大洋四元，不折不扣，他的大名，大约那时的留学生都知道。做也真做得巧妙，只要别人不留心，是很可以不出岔子的，但如果人知道你原是留学生，留心研究起来，那就漏洞百出。夏天不能戴帽，也不大行；人堆里要防挤掉或挤歪，也不行。装了一个多月，我想，如果在路上掉了下来或者被人拉下来，不是比原没有辫子更不好看么？索性不装了，贤人说过的：一个人做人要真实。

但这真实的代价也不便宜，走出去时，在路上所受的待遇完全和先前两样了。我从前是只以为访友作客，才有待遇的，这时才明白路上也一样的一路有待遇。最好的是呆看，但大抵是冷笑，恶骂。小则说是偷了人家的女人，因为那时捉住奸夫，总是首先剪去他辫子的，我至今还不明白为什么；大则指为"里通外国"，就是现在之所谓"汉奸"。我想，如果一个没有鼻子的人在街上走，他还未必至于这么受苦，假使没有了影子，那么，他恐怕也要这样的受社会的责罚了。

我回中国的第一年在杭州做教员，还可以穿了洋服算是洋鬼子；第二年回到故乡绍兴中学去做学监，却连洋服也不行了，因为有许多人是认识我的，所以不管如何装束，总不失为"里通外国"的人，于是我所受的无辫之灾，以在故乡为第一。

尤其应该小心的是满洲人的绍兴知府的眼睛,他每到学校来,总喜欢注视我的短头发,和我多说话。

学生们里面,忽然起了剪辫风潮了,很有许多人要剪掉。我连忙禁止。他们就举出代表来诘问道:究竟有辫子好呢,还是没有辫子好呢?我的不假思索的答复是:没有辫子好,然而我劝你们不要剪。学生是向来没有一个说我"里通外国"的,但从这时起,却给了我一个"言行不一致"的结语,看不起了。"言行一致",当然是很有价值的,现在之所谓文学家里,也还有人以这一点自豪,但他们却不知道他们一剪辫子,价值就会集中在脑袋上。轩亭口离绍兴中学并不远,就是秋瑾小姐就义之处,他们常走,然而忘却了。

"不亦快哉!"——到了一千九百十一年的双十,后来绍兴也挂起白旗来,算是革命了,我觉得革命给我的好处,最大,最不能忘的是我从此可以昂头露顶,慢慢的在街上走,再不听到什么嘲骂。几个也是没有辫子的老朋友从乡下来,一见面就摩着自己的光头,从心底里笑了出来道:哈哈,终于也有了这一天了。

假如有人要我颂革命功德,以"舒愤懑",那么,我首先要说的就是剪辫子。

我之所以不厌其烦地引用鲁迅的原话,是因为它在某种意义上可以作为民族寓言来读①。可以作为鲁迅笔下留学生形象的注脚,

---

① (美)詹明信曾经说过,"第三世界的文本,甚至那些看起来好像是关于个人和利比多趋力的文本,总是以民族寓言的形式来投射一种政治:关于个人命运的故事包含着第三世界的大众文化和社会受到冲击的寓言",并认为鲁迅堪称其中的代表人物。见詹明信《晚期资本主义的文化逻辑》,生活·读书·新知 三联书店,1997年,第523页。

对于我们理解小说的内涵不无助益。他这类小说中含有自叙的成分，就是"假洋鬼子"一词也包含了一种充满辛酸和悲凉的自况，有着鲁迅自己的影子。而他不仅把自己的经历写进了小说之中，就是他对于国家民族的认同也都赋予小说中人物了。

在某种程度上说，中国人的头发有着"奥德修斯的伤疤"的意义，它已经成为了一种身份的标志，并且是个人向群体归宿的条件。在希腊神话中，奥德修斯的身份就是通过他身上的一处疤痕来确证的。奥德修斯早年在围猎时被野猪咬伤，于右膝上留下了一处伤疤。而当他远征特洛伊并在海上历尽艰难终于返回故乡时，女仆欧律克勒阿就是凭着这处伤疤认出了二十年前的主人。在这里，奥德修斯的伤疤就成为了一种身份的标记。假如没有那处伤痕，那么他永远只能是一个"外乡人"，一个"乞丐"，而一旦这处身份标记被确认和肯定之后，他的身份马上就有一个华丽转身，来了一个一百八十度的大转弯，从"外乡人"摇身一变成为了"主人"，从"乞丐"变成了"国王"。正是这一处标记，使他的命运有了戏剧性的变化，发生了不可思议的逆转。同样，在当时的中国，辫子也是一种身份的标志，和"奥德修斯的伤疤"具有同样的意义，没有辫子便被认为"非我族类"，就要遭到奚落和排斥。《头发的故事》中的N先生和《阿Q正传》中的"假洋鬼子"，尽管在小说文本中叙述者对他们两个人的态度迥然有别，但是他们"无辫之灾"的际遇却不无相同之处。当然，这种追溯还应该包括《风波》在内，只是因为它的主人公七斤不在留学生谱系之内，所以就不特别加以论述了。

第二节 身体与意识形态的纠结

一、小脚文化与他者的审视

像现在男子欣赏女性穿上高跟鞋走起路来娉娉婀娜的姿态一样，过去男人喜欢女子的小脚，似乎也是不争的事实。现有诗词可以为证，苏东坡云："门外行人，立马看弯弓"；辛弃疾也曾经写过："闻道绮陌东头，行人曾见帘底纤纤月。"这里的"弯弓"意即裹脚女子所穿的弓形鞋子，而所谓"纤纤月"指的就是女性白皙的小脚。过去人们通常称女子的小脚为"三寸金莲"，从这种"美称"上足可见出国人对女性小脚的喜爱和推崇了。

根据钱泳《履园丛话》的考证，裹脚的起源可以追溯到南唐后主李煜。"李后主窅娘以帛绕足，令纤小屈足新月状。唐缟有诗云：'莲中花更好，云里月常新。'因窅娘而作也。"[①] 可以想见，后宫妃嫔因对独特审美效果的追求，所以裹足而舞，以显得婀娜多姿、轻柔曼妙。"裹脚"本来是一种舞蹈装束，可因为上行下效，后来慢慢地从宫廷向上流社会传播，宋代以后民间女子也纷纷仿效，逐渐成为了一种普遍的社会习俗，内化为国人"集体无意识"的审美风尚。虽然"裹小脚一双，流眼泪一缸"，但是女孩子们为了前途命运和将来的婚姻幸福，几乎全都在很小的时候就不惜肢体的毁损和形态的畸变而接受"美丽的摧残"。这种陋习要求将女孩子的双脚用长布条紧紧地缠住，使脚趾尖向下，脚掌形成倒马鞍状，整个足骨最终变得畸形。对于接受裹脚的女孩子来说，其痛苦万状是可想而知的，然而在那个时代却不得不接受这种规范的约束。正如有论

---

① 钱泳《履园丛话》(下)，中华书局，1979年，第628页。

者说过,"虽然我们都拥有一个身体,而'我'的存在也源自于我的'身体'的事实存在,但这并不代表我们可以,或经常掌握、主控身体的全部发展样貌"①。

而在某种意义上说,这种规范已经内化到了女性心里,成为一种自发的内在欲求和"为悦己者容"的集体冲动。当然,这样说,不仅意味着女性对于男性的主动迎合,更表明了当时社会秩序中男性处于中心地位,起着主宰和支配作用,男性的价值观念成为了社会的圭臬和标准,相反,女性则处于被支配被操控的地位,女性的身体、姿态、行为和思维方式都受到了男性审美标准的影响。当时女性大都处于"自我意识"蒙昧阶段,缺乏必要的主体性,不自觉地成为了男性意识形态的附庸和傀儡,还不具有现代女权主义和妇女革命的先进思想。

在以裹足为美的风尚的影响下,小脚往往"为容貌之一助"②,有时候甚至能带来意想不到的收获。在冯骥才的小说《三寸金莲》中,主人公戈香莲就是因为小脚而嫁入豪门,并在"赛脚"中胜出而得宠的。在当时历史语境下,裹脚成为了对女性必不可少的要求和规范,"三寸金莲"成为了社会上通行的审美标准,所以当女性有悖于这一美学标准时,就会被视为"另类"和"异端",轻则受到诟病,重则处处受到排斥和打压,影响一生幸福。当时,因大脚而受到讥笑和嘲讽者比比皆是,至于因为大脚而所适非人、婚姻不幸者也屡见不鲜。像莫言小说《檀香刑》中的孙眉娘,纵然生得一副好皮囊,有"孙家眉娘,容貌无双"的美誉,但因为长着一双大

---

① 黄金麟《历史、身体、国家:近代中国的身体形成(1895—1937)》,新星出版社,2006年,第6页。
② 钱泳《履园丛话》(下),中华书局,1979年,第629页。

脚,结果只能嫁给杀猪屠狗并且头脑痴呆的赵小甲,正像鲜花插在了牛粪上,毫无幸福可言。就连阿Q在对"革命"成功之后进行美妙畅想时,都"可惜"吴妈的脚太大,有一种不满意的心理情绪。即使贵为皇后,位极人臣,但因为一双天足有违封建社会"妇德、妇容、妇工"中"妇容"的要求,仍然不免遭到背地里的非议。明初马皇后就是典型的例子,因为她是淮西人,有人便在元宵节的灯谜画上把她漫画化——画了一个怀抱西瓜的大足女子,其谜底是"淮西妇人好大足",对她含沙射影地讥笑和讽刺。

在西方列强用坚船利炮打开中国国门之后,中国人开始了睁眼看世界,深感与世界潮流有着不小的差距,于是便掀起了学习西方的热潮。而派遣留学生出国求学,便是其中最为重要的举措。当时出国留学的学生中,就有不少敢为天下先的女性,例如单士厘、曾宝荪、秋瑾、陈衡哲、冰心、庐隐和苏雪林等都是较早留学国外的知识女性。

在这个时代转型期,那些曾经裹过脚的中国女性,要到国外留学,就必须伪装成大脚。而装成大脚最简单的方式,莫过于放脚。这样被缠过又重新放开的脚,被称为"文明脚"①。在张爱玲的小说《金锁记》里,对于曹七巧的脚就有这样的描写:"她的脚是缠过的,尖尖的缎鞋里塞了棉花,装成半大的文明脚。"而置身于域外,如果不伪装成"文明脚",结果就会遭致外国人指指点点,甚至嘲笑和讥讽。世界潮流和"他者"眼光极大地影响了中国留学生的自

---

① 鲁迅在《忧"天乳"》一文中说:"我们如果不谈什么革新,进化之类,而专为安全着想,我以为女学生的身体最好是长发,束胸,半放脚(缠过而又放之,一名文明脚)。因为我从北而南,所经过的地方,招牌旗帜,尽管不同,而对于这样的女人,却从不闻有一处仇视她的。"见《鲁迅全集》(第三卷),人民文学出版社,1981年,第468—469页。

我意识和价值取向，从而自觉、主动地赋予小脚以一种负面意义，认为是不文明的标志。而中国留学生在域外放脚，这既是入乡随俗，又隐含有对于中国固有文化传统背叛的意味，其"去中国化"的倾向是不言自明的。鲁迅在《范爱农》中就曾经说过，中国女子"到东京就要假装大脚"，所以没有必要带"绣花的弓鞋"到日本来。

当小脚藏在鞋子里的时候，因为在个人私密空间里，外人一般很难辨出其大小，因而还可以伪装成大脚，达到以假乱真、瞒天过海的目的。而在必须露脚的公共空间里，譬如说集体澡堂里的时候，便难保不"在麒麟皮下露出马脚来"。一旦中国女性的小脚暴露出"庐山真面目"，所带来的绝对不是尊严和荣誉，而是因为畸形所引起的好奇，因为走路不稳而受到的嘲笑，因为反人性的野蛮倾向而遭致的鄙视。在平江不肖生的《留东外史》第五章"肆丑诋妙舌生花　携重资贪狼过海"中就有相关的叙述。中国留学生朱钟的妹妹蕙儿也追随哥哥到日本留学，准备进一个女子手工学校，学习日本编物、插花之类的技艺①。由于到日本将近一月了还没有洗过澡，觉得身上腻腻的很难过，于是便随着日本女子蝶子到公共浴室去洗澡，小说这样写道：

>　　蕙儿同蝶子到得澡堂，见蝶子在外面即将衣服脱得精光，蕙儿就觉得不好意思。隔着玻璃望浴堂里面，都是女人，没有

---

①　关于日本的插花艺术，如下介绍可见一斑："'生花'的插置，在日本也是一种有派别师承的妙技。一只瓦盆，或一个净瓶之内，插上几枝红绿不等的花枝松干，更加以些泥沙岩石的点缀，小小的一穿围里，可以使你看出无穷尽的多样一致的配合来，所费不多，而能使满室生春，这又是何等经济而又美观的家庭装饰！"郁达夫《日本的文化生活》，见《故都的秋》，上海书店，1996年，第61页。

穿衣服的,只得面壁也将衣服脱了。他的脚虽是曾放过的,然小时候已将骨头包死,五趾都拳做一团,全不曾打过赤脚,又势不能穿着袜子进去。见蝶子已将玻璃门打开,对自己招手,只得一扭一扭的跟着走进门来。不两步,踏着木板一滑,倾金山倒玉柱,足的跌了一交(跤)。红着脸扒了起来,就蹲在板上,不敢再走。弄得一浴堂的女人都停手不洗,望着他一双脚嗤嗤的笑,羞得蕙儿几乎要哭了出来。幸得蝶子跑了过来,将他扶入池内。他(她)就躲在池角上浸了一会,也不敢出来擦洗,扶着壁一步一步的挨到外面,抹干水,穿好衣,坐等蝶子。

在这段描写中,蕙儿的小脚,作为一种文化符号,成为了她民族身份的标记,也确证了她的文化传统。但富有意味的是,叙述者把她和天足的日本女性进行了对比。由于日本在学习中国时亦善于"取其精华,取其糟粕",唐时不取太监、宋时不取裹足,明时不取八股,因此日本女性"缠足深居等习惯毫无,操劳工作,出入里巷,行动都和男子无差;所以身体大抵长得肥硕完美,决没有临风弱柳,瘦似黄花的病貌"[1],在澡堂湿漉漉的地板上行走自如,甚至可以"跑"来"跑"去,而裹脚的中国女性却只能"扶着壁一步一步的挨",稍不留神就会"倾金山倒玉柱"。在这种中外比较中,叙述者制造了一种"情景反讽"[2],意在对规训女性身体的中国传统文化进行彻底否定,从而折射出他进步的女性观和文化观。从这个意义上说,"倒"下去的不仅是中国女留学生的身体,更是富有象征

---

[1] 郁达夫《雪夜》,见赵李红编《郁达夫自叙》,团结出版社,1996年,第58页。
[2] 南帆《文学的维度》,上海三联书店,1998年,第125—130页。

意味的中国传统文化。

另外,这一段文字,也隐含有一种"看"与"被看"的模式。蕙儿在澡堂地板上"倾金山倒玉柱"般跌倒了,结果引来日本女性好奇的目光,大家一起盯着她的小脚"嗤嗤的笑"。在这种再生产社会关系也再生产话语的空间里,权力和眼睛是分不开的,中国女性处于"被看"的客体位置,日本女性则处于"看"的主体地位,"看"与"被看"在视觉政治上无疑是不平等的。日本女性自然的天足和中国女性畸形的小脚相比,其中寓含有一种等级关系和权力关系,具有文明与落后、天然与毁损、正常与畸形、优与劣、美与丑的差异,在这一对比中,日本女性代表着前者,具有毋庸置疑的优越感;中国女性代表后者,意味着丑陋和畸形。而一旦沦为"被看"的对象,一举一动就要接受"他者"的审视和评判,中国女性在公共空间这种拙劣的"表演",受到嘲笑和否定的决不只是具体的个人,更是深藏在个人背后的中国式畸形文化。而蕙儿正是因为自觉到自己在无意中充当了遭受否定的文化符号,所以有几乎要"哭"的冲动。

在西方神话传说中,美杜莎的凝视使人变成石头;奥菲士的凝视把妻子打入了地狱,而《留东外史》中中国留学生蕙儿在日本人的凝视下,"一朝被蛇咬,三年怕井绳",经历了这次出乖露丑之后,"发誓不再入这样的浴堂了",洗澡都是在浴桶里对付着进行的。这不仅仅是对于跌跤心有余悸,害怕重蹈覆辙,更主要的是,一双小脚使她在域外公共空间感到很不自在,于是把必须暴露小脚的公共空间视为畏途。正如陈西滢所说:"要是年纪稍大,思想稍旧，或是曾经缠过足的女子，这洗澡简直成了打不过去的难关。"[1] 强烈的形象意识和身份意识使蕙儿不敢在公共空间展露自己有中国特色的小脚，她作为小脚文化承载体的自卑感很明显地体现出来了。

霍米－巴巴曾经说过："文化认同的问题绝不是对一种先在的身份的确认，也绝不是一种自我实现的预言，它总是一种身份形象的生产，和在接受这一形象中主体的改造。"[2] 通过域外之镜的映照，蕙儿小脚文化身份在"他者"的笑声中遭到了否定，因此蕙儿的文化认同和身份意识难免要经历一个"自我鄙弃"和"自我改造"的过程，对中国传统文化加诸身体摧残式的规训和塑造，自然也就动摇了原先不加怀疑的认同。

与蕙儿形成对照的是颐琐小说《黄绣球》中的女留学生毕去柔的形象，她一双大脚，"走起路来，直挺挺的，两步跨作一步，倒着实爽快"。联系到她的名字"毕去柔"一起考察，所呈现出来的是消解了阴性色彩、充满阳刚之气、满怀自信的形象。经过"主体改造"后的蕙儿，难保不会成为"毕去柔第二"，尽管她的脚已经"万劫不复"，但是在精神上却趋于完整和健全。英国著名社会理论家吉登斯把现代世界个体从"传统的僵化"中解放出来的自我反思、自我选择、自我表达和自我实现称之为"生活的政治"。在现代社会中，"反思性把自我和身体与全球范围的系统联接在一起"，因此个人的反思、决策和行动最终都能归结为社会性、政治性问题

---

[1] 陈西滢《日本汤屋》，见《中国留学生文学大系·近现代散文纪实文学卷》，上海文艺出版社，2000年，第279页。
[2] 汪民安主编《身体的文化政治学》，河南大学出版社，2004年，第84页。

——"个人的便是政治的"①,它"提出有关'我们应该怎样生活'这样的问题伦理"②。由于这次难堪的经历使蕙儿觉醒过来,她自然要抛弃原先忠实奉行的"生活政治",萌发对"身体完美"的向往,不需要《黄绣球》中俚调的感化,更不需要《小足捐》中强制性的经济制裁。

对于蕙儿的遭遇,《留东外史》主要侧重于"被看"的中国留学生的感受,没有叙述作为"注视者"的日本人的心理。而在凌叔华的小说《千代子》中,作为"注视者"的日本人的心理得到了鲜明的呈现和极大的补充。"支那女子很糊涂,男子叫缠足便缠足。女子缠了足便不能自由行动,男人要怎样就得怎样了。""在千代子脑子里,浮现着的支那女子真是怪物。在家里软得像一块生海蜇,被水冲到哪里便瘫在那里不会动了。偶然立起来走路,却又得,得,得的像马一样走得很快。"在这里中国女性呈现出来的是一种"怪异"的形象,而究其原因,日本人认为在于中国女性意识上的"糊涂"和形态上的畸形。

中国女性这种病态的身体特征,作为一个有意味的能指符号,不仅被打上了民族文化身份的印记,甚至成为了判断国家强弱兴衰的标志和依据。"支那人,男的是鸦片烟鬼,女的一多半是瘫子,那三寸的小脚儿,你想她能做什么事";"支那真是一只死骆驼,一点都不必怕呢。你想男的国民整天都躺在床上抽鸦片,女的却把一双最有用的脚缠得寸步难移。实在说,这还不等于全国人都是瘫子吗?"正如子安宣邦所说:"近代日本在认识上始终一贯建构异质的

---

① (英)安东尼·吉登斯《现代性与自我认同》,生活·读书·新知 三联书店,1998年,第253页。
② 同上,第252页。

否定性他者中国像,其否定性最终付诸战争行为的结果。"① 在小说《千代子》中,随着两国交恶,特别是"一二八事变"中日本军人在中国战场上"送掉了不少的命",日本民众普遍把中国人视为"东亚病夫",对中国充满了怨怼和恶意的想象,认为中国是毫无生机和希望了,所以热切希望政府下定决心把战争进行到底,灭掉中国。这样,贪鄙的日本人就可以"放量吃支那料理,玩支那女人的小金莲",或者娶支那小脚姨太太了。

鲁迅曾经说过,凌叔华的小说"大抵很谨慎的,适可而止的描写了旧家庭中的婉顺的女性……使我们看见和冯沅君、黎锦明、川岛、汪静之所描写的绝不相同的人物,也就是世态的一角,高门巨族的精魂"②。"适可而止"四个字可以理解为含蓄节制的意思,很精到地概括了凌叔华小说的特点:具有鲜明的国家意识和民族立场,但是又"并非极端的国家主义者或爱国家"③;深刻揭示了日本人的贪鄙心理和对于中国的负面想象,但是却没有把日本人"鬼子化"和"妖魔化"。不过话说回来,将敌人妖魔化的作品虽然读起来让人解气,却无助于对事物本质的认识,而凌叔华充满理性的作品,在时过境迁之后,却能够经受住时间的考验。

随着中国留学事业的发展,女子留学亦如火如荼。五四时期在东京留学并积极参与新村运动的李宗武曾经给《民国日报》副刊《妇女评论》写信说:"近两年来,到东京的小脚女子,比从前多了。日本人见了伊们,自然要呆呆地瞧一下。因为不曾见过这样

---

① (日)子安宣邦《东亚论——日本现代思想批判》(赵京华编译),吉林人民出版社,2005年,第85页。
② 鲁迅《中国新文学大系·小说二集导言》,见《中国新文学大系》(影印本),上海文艺出版社,2003年。
③ 凌叔华《登富士山》,见《凌叔华经典作品》,当代世界出版社,2004年,第12页。

儿，自然很奇怪。如我们中国学生见了伊们，则一定立刻红涨了脸，飞快地走过。伊们自己也自然觉得很不好意思，拼命想装天足的模样"；"小脚女子去留学，实无异把丢脸的招牌，高悬到外国市场"①。裹脚的中国女留学生在日本处于一种"被看"地位，或者说她们是作为中国文化腐朽落后的符号被"他者"猎奇和审视，所以她们"觉得很不好意思"；而中国男学生则因为民族身份和国家意识，也有一种被殃及的痛苦和尴尬。要摆脱这种处境，女生只有装假，男生只有逃离。落后的文化对于他们的身份意识和心理影响，由此可见一斑。

当时任《妇女评论》主编的陈望道在给李宗武的回信中说："我以为伊们能在外国促起男子丢脸的羞耻心，正是伊们绝大的功绩"；"我们希望以后一切尽是天足，不再有小脚到东京去的热烈，正和希望一般日本留学生不再贩军阀主义从东京来一样"②。在这里，陈望道也表达了对中国女性缠足的否定，对天足的期许，当然也有对国家文化昌盛的盼望。

鲁迅有些文章堪称李宗武信中观点最好的注脚，例如在《藤野先生》一文中，鲁迅写道藤野先生"也偶有使我很为难的时候。他听说中国的女人是裹脚的，但不知道详细，所以要问我怎么裹法，足骨变成怎样的畸形，还叹息道，'总要看一看才知道，究竟是怎么一回事呢'"。在《范爱农》中，新来日本的中国留学生带来了"一双绣花的弓鞋"，结果在横滨海关接受检查时，让日本关吏从衣箱中翻出了这一"国粹"，并带有猎奇意味地欣赏了一番，鲁迅作

---

① 原载1921年9月21日《民国日报》副刊《妇女评论》第八期。
② 转引自董炳月《"国民作家"的立场》，生活·读书·新知 三联书店，2006年，第66页。

为一个中国人的国家立场和民族意识便使他感到受不了,"我很不满,心里想,这些鸟男人,怎么带这东西来呢。自己不注意,那时也许就摇了摇头"。

与对中国女性小脚的否定相映成趣的是,周作人初到日本时对日本少女乾荣子的天足产生了美好的印象。周作人初到日本时寄宿在伏见馆,"我在伏见馆第一个遇见的人,是馆主人的妹子兼做下女工作的乾荣子,是一个十五六岁的少女,来给客人搬运皮包,和拿茶水来的。最是特别的是赤着脚,在屋里走来走去"①。对于周作人而言,在国内触目所见的都是缠足的女子,而初到异域就见到了日本少女的天足,这对他无疑有着一种陌生化的"震悚"效果,并且从中看出了日本文化"天然"与"简素"的特质。乾荣子让周作人终身难忘,为此还与羽太信子发生过龃龉和冲突,其众多笔名之一的"子荣",就难脱与"荣子"的干系,暗示出了他某种心里隐秘。这一最初印象,周作人"在这以后五十年来一直没有什么变更或是修正",并由此发展出对于日本文化中"衣食住"的热爱。经过域外生存体验,周作人获得了一种全新的认识,在表达对日本女性天足热爱的同时,有意无意中又强化了对中国女性缠足的嫌恶。他曾经说过:"我所嫌恶中国恶习之一是女子的缠足,所以反动的总是赞美赤脚,想起'两足白如霜,不着鸦头袜'之句,觉得青莲居士毕竟是可人,在中国古人中殊不可多得。"② 当时的周作人可是"民族主义一信徒",颇有复古思想倾向③,而作为一个有着自觉的

---

① 周作人《知堂回想录·最初的印象》,敦煌文艺出版社,1998年,第119—120页。
② 同上,第120页。
③ 周作人《知堂回想录·日本的衣食住(上)》,敦煌文艺出版社,1998年,第121页。

国家意识和民族立场的中国人却对域外文化由衷的赞美，对本民族的缠足文化则给予无情的批判和否定，无疑只有一种解释：说明了小脚文化是反人性的，彻底丧失了合法性的支持。周作人曾经写过一系列的文章对传统"小脚文化"进行抨击，如《天足》、《闲话四则》和《男子之裹脚》等都是代表。

二、身体与冒犯策源地

在当时国际秩序中，中国是弱国，而"二十世纪的'人'是与'国家'相对待的：强国的人是'人'，弱国的呢？狗！""中国的微弱是没法叫外国人能敬重我们的；国与国的关系是肩膀齐为兄弟，小老鼠是不用和老虎讲交情的。"① 正因为如此，所以日本陆军少尉中村清八"拜访"黄文汉时，特意只"穿一件白纱和服，并未系裙"。在日本人的礼俗中，访客不系裙为不敬。在世人的心目中，日本是一个彬彬有礼的民族，待人恭顺而谦逊，其热情鞠躬的礼仪就是直观的表征。一般说来，日本人讲礼很注重道德动机，要求纯粹是"情动于衷"地对受礼对方以应有的尊重，"如果礼貌只不过是害怕有损良好的风度时，那就是微不足道的德行了。与此相反，真正的礼貌应是对他人的感情的同情性关怀的外在表现。它还意味着对正当事物的相应的尊重，从而也就意味着对社会地位的相应的尊重"②。并强调"由于尊重他人的感情而产生的谦让和殷勤的心态，构成礼的根本"③。对照日本人的礼仪规范，日本军人访客不系裙，无疑是"明知故犯"，有意流露出对中国人的歧视和侮辱。由

---

① 老舍《二马》，见《老舍文集》（第一卷），人民文学出版社，1980年，第409页、641页。
② （日）新度户稻造《武士道》（张俊彦译），商务印书馆，1993年，第36页。
③ 同上，第35页。

此可见，日本人为了遂其阴暗心理，有时候居然做出违反基本道德的举动来。

中国是弱国，中国人在国外一般都严厉约束自己，不敢越雷池一步，在留日学生中广为流传的《留学生自治要训》就是具体的证明①。在张资平的《冲积期化石》、《木马》和《绿霉火腿》等小说中，有不少内容写到中国留学生违反"自治要训"，目的是为了发掘民族习焉不察的劣根性以进行国民性批判；而在平江不肖生的《留东外史》中，黄文汉故意违反"自治要训"，则凸显了大中华意识和中国立场，并且和中村清八违反基本道德伦理相映成趣。

在《留东外史》第九章"莽巡查欺人逢辣手　小淫卖无意遇瘟生"中，写到黄文汉和郑少畋从万花楼回来时，时辰已晚，连末班车都收班了，他们没有钱雇车，所以只好步行回家。因为下过雨，街上满是积水，黄文汉穿了一双木屐，在水里行走极不方便，于是便把木屐脱了提在手里，打赤脚走在大街上。而当时的日本，因为要显示其"文明"和"现代性"的一面，把在公共场所打赤脚视为"不文明"的行为，禁止在公共场所打赤脚，假如违反的话，就要受到法律的制裁。对于黄文汉这种冒险的举动，郑少畋担惊受怕，惴惴不安，但是黄文汉却有一种明知故犯的冲动，执意要"倒行逆施"，冒犯日本"文明"的风习和法律，颠覆日本在国际格局中的秩序，教训一下日本警察，同时也以这种不同寻常的举动来确证自己的存在。

当他们走到神田町的时候，果然被一个"素来欺中国人惯了

---

① 《留学生自治要训》，"是当时在留学界非常流行的一本讲述留日生活心得的书，内容很广，"上面详细写着应注意的事项"，其中不少是关于自我约束方面的。在实藤惠秀《中国人留学日本史》中摘录了部分内容。见实藤惠秀《中国人留学日本史》，生活・读书・新知 三联书店，1983年，第165—167页。

的"日本警察叫住了。这对瞌睡找不到枕头的黄文汉来说，正遂了他暗中的期待：

> 黄文汉因要到家了，心中高兴，越显精神，故意用脚踏得水拍拍的响，那警察那里看得中国人在眼里呢？便大声喝道："站住!"黄文汉见这警察凶恶，知道不免口舌，陡然心生一计，反将木屐的纽子扭断，从容不迫的走了拢去，满面笑容的说道："足下叫住我们，有何贵干?"那警察气忿忿的指着黄文汉的脚道："你难道不知道法律吗？怎么敢公然打着赤脚在街上走？你们中国下等社会打赤脚，没有法律禁止。既到我日本，受了文明教育，应该知道我日本的法律，不能由你在中国一样的胡闹。"

在日本警察的逻辑中，中国属于"下等社会"，所以中国人才会打赤脚；日本社会在公共场合禁止打赤脚，是"进步"和"文明"的标志。而中国留学生在日本领土上打赤脚，无疑是应该禁止的"胡闹"行为。日本警察的自我本位主义和日本式的"东方主义"，在此暴露无遗。打赤脚的中国形象，成为了日本对中国属于"下等社会"的一种"集体性想象"。有论者说过，所谓的"异国形象"都是"一个幻影、一种意识形态、一个乌托邦的迹象，而这些都是主观向往相异性所特有的。因此形象是对一种文化现实的再现，通过这种再现，创作了它（或赞同、宣传它）的个人或群体揭示出和说明了他们生活于其中的那个意识形态和文化的空间"①。日

---

① （法）让—马克·莫哈《试论文学形象的研究史及方法论》，见孟华主编《比较文学形象学》，北京大学出版社，2001年，第24页。

本警察对中国的态度就具有很明显的丑化和贬低的倾向，而中国和日本的关系由是否打赤脚，被赋予了"下等"和"上等"、"落后"和"文明"的等级秩序的意味。黄文汉因为在大街上打赤脚，无疑构成了对日本"文明"法则的冒犯，自然罪在不赦。

但正如小说回目所示，既然被称为"辣手"，则证明黄文汉绝不是省油的灯。他故意"将木屐的纽子扭断"，早就找好了客观的借口，以便在日本警察干涉时，准备顺便将计就计地教训一下欺人太甚的日本警察，杀杀他的气焰，让他对中国和中国人保持应有的尊重。小说中叙述者不无欣赏地这样刻画了黄文汉的"刁蛮"：

> 黄文汉等他说完了，望着那警察的脸，端详了一会道："你几时学了几句法律，就居然开口也是法律，闭口也是法律？你就讲法律，也应该问问犯罪的原因呢。假使人家起了火，逃火的打双赤脚跑出来，那时候你难道也能说他犯了罪吗？"那警察怒道："你家里起了火吗？你有什么原因？就有原因，你的违警罪也不能免。你且说出原因来！"黄文汉将木屐望警察脸上一照道："你看，这断了纽子的木屐，请你穿给我看。"警察望了一眼道："这理由不能成立。纽子虽断了，你有修理的责任。"黄文汉道："我又不曾开木屐铺，这早晚叫谁修理？"警察道："不能修理，就应叫车子。难道这早晚车子也没有吗？你分明是个刁顽东西，有意犯禁。"黄文汉道："我有钱叫车子，还待你说。我从此处到家里，还有里多路，你就借几角钱给我叫车子回去，免得又遇了警察难说话。"警察更怒道："你这东西，说话毫无诚意。虽说无钱坐车，你也应知道打赤脚在街上走，为法律所不许可，何以见了我，不先报告理由，直待我将你叫住，你还要左右支吾哩？"黄文汉道："我也因你这东

西说话毫无敬意,故没有好话和你说。你说我应该先向你报告理由,我问你,从京桥到这里,路上有多少警察?若一个个去报告理由,只怕报告到明天这时分还不得到家。你这种不懂事的警察,在我中国下等社会中也没有见过,亏你还拿出那半瓶醋的法律来说。你这种态度,莫说对外国人不可,就是对你日本人也不可。你今晚受了我的教训,以后对我们中国人,宜格外恭敬些才对。"

在中国留学生黄文汉和日本警察冲突的背后,其实隐藏着中国和日本的矛盾;在身体与戒律的冲突之间,国家观念和民族立场便从中凸显了出来。由于日本警察"素来欺中国人惯了的",所以黄文汉有意碰钉子,顺便教训他一下,让他以后对中国人"宜格外恭敬些"。对此可以理解为在受尊敬和被欺侮之间,中国和日本进行了一场等级秩序的争夺和较量。中国留学生和日本警察都想竭力地"矮化"对方,尽量抬高自己国家的地位,或者说都竭力把自己置于中心地位,而把对方尽量边缘化。日本警察依恃所谓的国家法律,狐假虎威;而黄文汉则明知故犯、采取牺牲个人道德的形式,义正词严却又百般无赖地训斥日本警察。在作者貌似实录般的客观公正、毫不介入的书写中,我们可以看出"符号权力是建构现实的权力,是朝向建构认知秩序的权力"①,不肖生对于这种无赖式的抵抗赋予了民族主义的合理性。

当然,在这场由赤足引起的风波中,黄文汉不但教训了日本警察,而且上演了徒手夺刀的好戏,以"占优胜已占到极点"的方式

---

① (法)布厄迪尔《论符号权力》(吴飞译),见《学术思想评论》第五辑,辽宁大学出版社,1999年。

结束了对抗。而日本警察只有等他们走远了之后，才忿忿地骂了句"痞子"，并阿Q似地咕哝道"以后教你知道我的厉害"便完事。在这场由中国留学生明知故犯挑起的冲突中，作者把黄文汉塑造成为了一个民族英雄的角色。尽管黄文汉大获全胜而归，但是他这种对日本的反抗，终究只是一种"补天似的反抗"而已，虽然为中国人赢得了尊严，但是却无法改变国际格局和世界秩序，无法改变中国人整体上被歧视的地位和被欺凌的命运。

不过，日本军人存心侮辱和蔑视中国人，而中国留学生故意冒犯日本风习和法规，他们都以身体为策源地，并不惜牺牲基本的道德准则，两者比较起来，可谓具有一种"身体互文"性关系。日本军人对于自己的习俗肯定心知肚明，而黄文汉留学日本，"入其国，其教可知"，本应入乡随俗，尊重日本法律，但是却明知故犯。他们这样不约而同地"反"动，只能说明身体已经意识形态化了，成为了政治伦理的"载道之器"，一举一动都体现出国家观念、民族立场和身份意识。特别是黄文汉，作为作者认同的一个人物，其身体中蕴含了某种革命性和反抗性的能量，在小说中被赋予了"反者道之动"的内涵，体现了作者意识形态对于身体的巧妙征用，正如伊格尔顿所说："试图通过美学这个中介范畴把肉体的观念与国家、阶级矛盾和生产方式这样一些更为传统的政治主题重新联系起来。"[1] 鲁迅在《以脚报国》一文中说到杨缦华女士游欧时，以自己的脚现身说法破除了比利时人对中国固有的刻板观念和负面想象，从而达到"以脚报国"、为国争光的功效，同样，黄文汉以脚警戒日本警察，应该说更是如此。

---

[1]（英）特里·伊格尔顿《美学意识形态》（王杰、傅德根、麦永雄译），广西师范大学出版社，1997年，第7—8页。

第三章 边缘化的"弱国子民"

西方传教士马可·波罗曾在元朝时期来到中国,他在游记中记述了中国的文明富庶,无意中促成了西方想象中美好中国神话的产生,激发了西方人对中国的向往。由于工业革命的成功和工业文明的确立,西方人逐渐获得了一种优越感和自我中心意识,特别是自鸦片战争以来,西方列强用坚船利炮打开了中国国门,在一连串的失败中,西方对于中国也由美好的想象转变为直截了当、不加掩饰的蔑视,中国人相应地成为了西方"他者"眼中的"弱国子民"。

至于远东的日本,其文化是在长期学习、吸收和模仿中国文化的基础上形成的,可以毫不夸张地说,古代中国堪称日本的文化导师。但是近代以来,由于"明治维新"后"脱亚入欧"的成功,日本一跃而成为亚洲强国,先后打败了中国和俄国,摆脱了历史文化上的自卑感,同时民族自大心理急剧膨胀,对作为导师的中国报以了无以复加的轻蔑。

这种感受内化到了现代留日作家集体无意识深处,他们创作的文学作品中对此有着深刻的反映,如创造社作家郁达夫、郭沫若、张资平和藤固等都对此进行了书写。由于民族歧视的存在,他们的小说文本中中日两国男女两性关系存在着不可逾越的障碍,并渗入了国家意识和民族立场，使得中日跨国婚姻具有超越了个人属性而国家化的倾向。另外，作为初次在世界舞台上崭露头角的国家，日本具有暴发户的心态，为了确立自己在世界秩序中的地位，竭力把中国边缘化，以一种"东方学"式的眼光来打量中国，把中国看成"凝固"和"没落"的国家，把中国人相应地看成了"弱国子民"。由于承受日本这种特别注视的体验被创造社作家形诸笔墨，他们小说文本中多书写"零余者"的忧生之嗟，所塑造的留学生形象也被作为注视者的日本打上"东方学"的色彩。

第一节 跨国婚恋的障碍

一、现代化成就与日本式"东方学"的形成

在1894年甲午战争中，日本举全国之力重创大清帝国的北洋水师，1895年，腐败无能的清政府被迫签订了丧权辱国的《马关条约》，赔偿日本军费白银二万万两，割让辽东半岛、台湾以及澎湖列岛给日本。此后，日本人看待中国的态度就发生了戏剧性的变化，由原来的"仰视"变成了"俯视"，不知不觉间种下了轻蔑的种子。而随着日本国力的蒸蒸日上和中国的每况愈下，日本人对于中国的恶劣态度也就愈加无所顾忌。日本学者实藤惠秀指出，除少数人的好意外，一般日本人对中国人的态度是"一片黑暗的"，中国留学生"实已处于'是可忍，孰不可忍'的境况中"[①]。日本人对于中国人的歧视和轻蔑，当时许多在日中国人都有深切的体会，他们的笔保留了对此沉痛的记录。郁达夫作为在日本留学近十年之久的中国学子，对此

[①] （日）实藤惠秀《中国人留学日本史》，生活·读书·新知三联书店，1983年，第180页。

自然不会陌生。他曾经根据自己在日本的感受和经验，痛切写道：

> 有智识的中上流日本国民，对中国留学生，原也在十分的笼络，但笑里藏刀，深感着"不及错觉"的我们这些神经过敏的青年，胸怀那里能够坦白到像现在当局的那些政治家一样。至于无智识的中下流——这一流当然是国民中的最大多数——大和民种，则老实不客气，在态度上、言语上、举动上处处都直叫出来在说："你们这些劣等民族，亡国贱种，到我们这管理你们的大日本帝国来做什么！"简直是最有成绩的对于中国人使了解国家观念的高等教师了①。

所谓的"大日本帝国"，是在"明治维新"之后形成的，"明治维新"被称为"人类史上的一桩'灵迹'"，经过这次改革，日本"革故鼎新，旧日政令，百不存一"②，王韬在为黄遵宪《日本杂事诗》所写的序言中说到，日本进行现代化改革之后，"崇尚西学，仿效西法，丕然一变其积习"。而黄遵宪的《日本杂事诗》中，有相当一部分诗作就形象地反映了日本现代性生活的某些方面。如对于现代消防神奇威力和速效的描写：

> 照海红光烛四围，弥天白雨挟龙飞。
> 才惊警枕钟声到，已报驰车救火归。

（第四十七首）

---

① 郁达夫《雪夜》，见赵李红编《郁达夫自叙》，团结出版社，1996年，第57页。
② 黄遵宪《日本国志·凡例》，天津人民出版社，2005年。

日本常患火灾，学习西方之后，设消防局，专司救火。"弥天白雨挟龙飞"，可见救火水龙的威力之大，故才有末二句极写灭火的迅速。

另有一首写照相的云：

> 镜影娉婷玉有痕，竟将灵药摄离魂。
> 真真唤遍何曾应，翻怪桃花笑不言。

（第一百七十五首）

像这种威力如此之大、见效如此之快的救火车，以及神奇莫测的摄影术，当然是资本主义科学技术高度发展的新产物，无疑体现了日本现代化的成就。诗人对域外先进科技和新生事物有一种"陌生感"，充满了惊奇和羡慕之情，而将这种题材纳入自己的审美视野，在某种意义上也反映了诗人先进的思想和开放的意识。类似诗篇还有写医院（"维摩丈室洁无尘"）、博物馆（"博物千间广厦开"）、博览会（"左陈履宪右冠袤"）、新农艺（"重译新翻树蓄篇"）、人工授粉（"初胎花事趁春融"）等。这种诗歌题材对于当时的中国读者而言，堪称是别开生面，耳目一新，闻所未闻的。黄遵宪写这类诗篇，又详加小注，不是对"陌生化"的猎奇，其良苦用心在于：希望中国人由此得到启发，维新变法，学习日本，实现国家现代化。当然，由黄遵宪的《日本杂事诗》，确实可以管窥出日本当时在现代化程度上远远领先于中国。

坦诚地说，日本在文化上虽然缺乏独创性，但却是一个极其善于模仿的国家。它在文化上模仿中国，在政治、法律、军事、教育以及生产事业上效法欧美诸国。"根底虽则不深，可枝叶却张得极茂，发明发见（现）等创举虽则绝无，而进步却来得很快。我在那里留学的时候，明治的一代，已经完成了它的维新的工作；老树上接上了青枝，旧囊装入了新酒，混成圆熟，差不多丝毫的破绽都看不出来了，新兴国家的气象，原属雄伟，新兴国民的举止，原也豁荡，但对于奄奄一息的我们这东方古国的居留民，尤其是暴露己国文化落伍的中国留学生，却终于是一种绝大的威胁。说侮辱也没有什么不对，不过咎由自取，还是说得含蓄一点叫作威胁的好。"① 由此可见，日本"现代化"的成就，对中国构成了现实压力，对中国留学生也构成了巨大的心理压力，成为了他们"弱国子民"体验的源泉和有机组成部分。

　　日本在文化方面师法中国，但是又进行了自我改造，用郁达夫的话说就是："她的模仿，却是富有创造意义的。"② 这种"创造意义"，导致了日本文化与中国传统文化有很大的不同。无论是在日常生活上，在情感模式上，还是在精神信仰上，日本人与中国人之间都存在着巨大的差异。仅就道德规范而言，日本人效法中国，确实学会了表面上的恭敬有礼，但是对于中国道德规范中至高境界的"仁爱"，不仅没有学到皮毛，反而还不屑一顾，弃之如敝屣。在他们看来，"中国的道德规范就是将'仁'、'公正'、'博爱'上升到一个绝对的高度，按照这个标准，人们会发现自己的缺点与不足。18世纪的日本神道家本居宣长曾这样写道：'当然，这种道德规范对中国人来说是有用的，是好的，因为中国人的劣根性需要这种人为的约束方法。'近代，不少日本佛教学者及民族主义者也都以这类话题著书立说，发表自己'独到'的见解"③。日本人在学习中国

---

① 郁达夫《雪夜》，见赵李红编《郁达夫自叙》，团结出版社，1996年，第57页。
② 同上，第57页。
③ （美）本尼迪克特《菊与刀·人的情感世界》，见《日本四书》，线装书局，2006年，第122页。

文化的基础上为我所用地加以改造，经过篡改后的日本文化当然不同于中国本土固有文明；而当日本文明中出现"仁爱"缺失的时候，即使日本人对自己天生"性善"有着一厢情愿的固执信仰，但是因为战争胜利和现代化的优越感，他们形成了一种日本式的"东方学"，对于中国人仍表示了无以复加的蔑视。

　　日本和中国都是在西方列强进行全球性扩张的历史语境下被迫进行现代化的国家，但是因为"明治维新"导致了日本现代化运动的成功，而中国则因为种种原因，现代化进程一再受阻和中断，这样导致了日本和中国之间存在着巨大的落差，甲午战争以中国的失败而告终就是这种差距最有说服力的注脚和证明。甲午战争之后的第二年，即1896年，清政府正式向原本不受重视的日本派遣留学生，这既是对日本先进性的肯定，又意味着对中日之间现代性差距无奈的接受。但是因为种族歧视、"现代性"的压迫以及文化上的差异，留学日本的中国学子在心理上承受着巨大的压力，使他们不可避免地产生一种"弱国子民"的感觉。首批留日学生13人中，有4人因为不堪忍受日本人的歧视和嘲弄，入学不到一个月便自动退学回国了；而在整个中国人留学日本史上，中国人一直都感受到这种压力和苦楚。

二、创造社作家对跨国婚恋障碍的书写

　　现代留学语境下的感受，在中国文学中有深刻的反映；而文学对这种感受的书写，又来源于现实依据和生活基础。当然，中国学子在不同的国度留学，对"弱国子民"的感受也有所不同。有论者指出："就'弱国子民'反映的强度而言，首推留日文学，其次是留美文学，再次是留英文学，最后是留法文学"，"就'弱国子民'的心理内涵及其反应方式而言，留日文学与留欧、留美文学又有差

异:前者集中于种族歧视,后者是种族歧视、'现代性'压迫和文化差异三昧俱全,互相作用"①。

这种"弱国子民"的感受,有各种各样的形式。在平江不肖生的《留东外史》中,主要体现在颟顸自负的日本军官在中国留学生面前肆无忌惮地叫嚣吞并中国,并且无视中国辛亥革命后改元的历史事实,故意把"清朝"与"民国"不分,以达到曲折隐晦地贬低中国的目的。在鲁迅的笔下,就是日本人对中国人智力的怀疑,"中国是弱国,所以中国人当然是低能儿,分数在六十分以上,便不是自己的能力了"②。而表现得最为明显的是在中日跨国婚恋上。这种创作,以创造社作家为主体。创造社作家这种创作取向,堪称是共同经验的心理凝聚物。在他们的作品中,对中国留学生在日本求偶不得、婚恋受到歧视多有反映。正如郁达夫所言:"国际地位的不平等的反应,弱国民族所受的侮辱与欺凌,感觉得最深切而亦最难忍受的地方,是在男女两性正中了爱神毒箭的一刹那。"③

1921年7月成立的"创造社",被当时文坛称为"异军突起",其主要代表人物有郭沫若、郁达夫、田汉、成仿吾、郑伯奇、张资平、陶晶孙和穆木天等。他们都有留学日本的经历,受到了域外文化的熏陶。在他们留日期间,较多地接受了欧洲浪漫主义文学的影响,其创作主张与"文学研究会"自是不同。郭沫若曾经说过:"我们的主义,我们的思想,并不相同,也并不必强求相同。我们所同的,只是本着我们内心的要求,从事于文艺的活动罢了。"④ 强调文学必须忠实地表现自己"内心的要求",正是初期创造社文艺

---

① 李兆忠《"东洋罪"与"西洋罪"》,《博览群书》2005年第5期。
② 鲁迅《藤野先生》,见《朝花夕拾》,人民文学出版社,1973年,第65页。
③ 郁达夫《雪夜》,见赵李红编《郁达夫自叙》,团结出版社,1996年,第58页。
④ 郭沫若《编辑余谈》,见《创造季刊》第1卷第2期。

思想的核心。另外，他们主张"为艺术而艺术"，强调文学的"全"与"美"，推崇文学创作的"直觉"与"灵感"，比较重视文学的美感作用。

创造社作家在留日期间受到了风靡日本的"私小说"创作的影响。日本"私小说"吸取了现代主义小说的手法，同时加以创造性的发展和转化，淡化对外部景物的描写，主张再现自己的心境，侧重于作家内心的大胆暴露，包括对自己个人私生活中灵与肉的冲突以及变态性心理的暴露。初期创造社的小说，就是以此作为向一切旧道德、旧礼教挑战的艺术手段，因此具有抒情特质和"自叙传"色彩。

创造社作家留学日本期间，在当时的世界秩序和中日国力对比来看，难免经历了"弱国子民"的痛苦体验。这种痛苦体验具体说来，包括种族歧视、"现代性"的压迫以及文化之间的差异和错位等几个方面。日本对中国的歧视，较之欧美有过之而无不及[①]，因此这种痛苦沦肌浃髓，刻骨铭心。又因为处于青春易感时期，这份经历作为他们人生最深刻的感受和体验，自然会被形诸笔端，物化为饱含血泪的文本，其间所凸显出来的留学生形象，就是抒情主人公，颇值得我们关注和探讨。

郁达夫的小说《沉沦》就是这样一篇代表性的作品，小说通过对一个留日学子忧郁性格、变态心理和颓废行为的刻画，抒写了"弱国子民"在异邦所受到的屈辱冷遇，以及渴望纯真的友谊和爱

---

① 李兆忠先生说过："就'弱国子民'反映的强度而言，首推留日文学，其次是留美文学，再次是留英文学，最后是留法文学。文学上的这种反映，同实际的历史情景应当说很一致。就'弱国子民'的心理内涵及其反应方式而言，留日文学与留欧、留美文学又有差异：前者集中于种族歧视，后者是种族歧视、'现代性'压迫和文化差异三者俱全，互相作用。"见李兆忠《"东洋罪"与"西洋罪"》，《博览群书》2005年第5期。

情而终不可得的失望与苦闷,同时也表达了盼望祖国早日富强起来的热切愿望。小说大胆披露人物内心深处的隐秘,表现了对爱与性缺失的焦灼与痛苦,有论者认为"作品主人公的苦闷具有独特的历史时代特征,代表了'五四'时期那些受着压迫、开始觉醒而自身又带点病态的知识青年的共同心理"①。尽管"'五四'运动的最大的成功,第一要算'个人'的发现"②,但是这种苦闷不仅是时间坐标轴上一个时代的符号,更主要的是还具有空间地域特色,是在异域求学的中国留学生作为"弱国子民"痛苦感受的真实写照。

在小说《沉沦》中,主人公在日本求学,由于性格忧郁,再加上周围环境"风刀霜剑严相逼",于是变得极为敏感和神经质,终于形成了一种自闭症。这种病态的孤独,使他自绝于同学和朋友,变成了一个"零余人"。除此之外,"支那人"的民族烙印和身份意识成为了他的一种心理禁忌,即使对此讳莫如深,也仍让他感到芒刺在背,痛苦不堪。而这种心理上的脆弱反过来又强化了他的"弱国子民"意识,并发酵成了挥之不去、如影随形的自卑。上学的时候,"他每觉得众人都在那里凝视他的样子。他避来避去想避他的同学,然而无论到了什么地方,他的同学的眼光,总好像怀了恶意,射在他背脊上的样子"。课堂上,"他虽然坐在全班学生的中间,然而总觉得孤独得很:在稠人广众之中感得的这种孤独,倒比一个人在冷清的地方感得的那种孤独还难受。看看他的同学,一个个都是兴高采烈的在那里听先生的讲义,只有他一个人身体虽然坐在讲堂里头,心思却同飞云逝电一般,在那里作无边无际的空想"。

---

① 唐弢主编《中国现代文学史》(一),人民文学出版社,1979年,第194页。
② 郁达夫《现代散文导论》,转引自李欧梵《现代性的追求》,生活·读书·新知三联书店,2000年,第96页。

下课后，他的同学都在谈笑风生，"只有他一个人锁了愁眉，舌根好像被千钧的巨石锤住的样子，兀的不作一声"，而别人一见他那副愁容，也只好敬而远之。

由于被冷落和遗忘，所以他分外憎恨他的日本同学，"他们都是日本人，他们都是我的仇敌，我总有一天来复仇，我总要复他们的仇。"走在放学路上，遇到两个日本女学生，心思则变得异常复杂，形成了自卑、解嘲和仇恨交织的混合情绪。小说中有这样的叙述："她们已经知道了，已经知道我是支那人了，否则她们何以不来看我一眼呢！复仇复仇，我总要复她们的仇。"

这是一种典型的"自内殖民"心理。在异国求学的中国留学生，因为"弱国子民"的民族烙印和文化身份，在强势民族和强势文化的压抑之下，很容易以"他者"的眼光来看待和想象自己，不知不觉地形成一种对"他者"视角的认同。在跨文化创作中，在跨文化的形象自塑中，这种"自内殖民"心理往往与"他者"对"我"的论述所采用的刻板印象（或者说固定形象），也就是形象学上所说的"套话"发生呼应和吻合，形成一种与"他者"口味相同的共谋关系。当然，这种心理倾向并不是为了迎合和取悦居于主导地位的"他者"，而是弱势族裔自卑心理无意识的流露。在《沉沦》中，主人公因为"支那人"的民族身份，认同和接受了"他者"对"自我"的看法，产生了一种浓重的自卑情结，自绝于异国周围的社会和人群，从而导致一种病态的孤独感。

每个男人心中都有一个美好女人的形象——"阿尼玛"。一般说来，留学域外的中国学子正值青壮年时期，由于生理和情感的需要，不由自主地就将异国的女子当成了追求的对象。在《沉沦》中，主人公以日本女性为"阿尼玛"，在狂热的幻想与追求中抒发了对性爱不可遏止的渴望：

我知识也不要,名誉也不要,我只要一个能安慰我体谅我的"心"。一副白热的心肠!从这一副心肠里生出来的同情!

从同情而来的爱情!

我所要求的就是爱情!

若有一个美人,能理解我的苦楚,她要我死,我也肯的。

若有一个妇人,无论她是美是丑,能真心真意的爱我,我也愿意为她死的。

我所要求的就是异性的爱情!

苍天呀苍天,我并不要知识,我并不要名誉,我也不要那些无用的金钱,你若能赐我一个伊甸园内的"伊扶"(指"夏娃"——引者注),使她的肉体与心灵全归我有,我就心满意足了。

这是主人公日记中的自白,也是主人公心底的声音。对爱情的呼求,成为了他压倒一切的人生愿望。然而作为一个"弱国子民",这种最基本的人生愿望在域外注定难以达成。于是主人公便产生了种种爱而不得的颓废。他曾经对房东女儿"窥浴"过,惊异于她"那一双雪样的乳峰!那一双肥白的大腿!这全身的曲线"!他曾经在梅园"窥淫"过,尽管理性的"道德原则"使得他在心里骂自己无耻和下流,"然而他那一双尖着的耳朵却一言半语也不愿意遗漏,用了全副精神在那里听着","他想跑开去,但是他的两只脚,总不听他的话"。此外,对日本女性的幻想,以及愿望的不能满足,使他在"快乐原则"本能的支配下不可救药地走向了"被窝里的犯罪",患上了不可遏止的手淫癖,"他平时所看见的'伊扶'的遗类,都赤裸裸的来引诱他。中年以后的 madam 的形体,在他的脑里,比处女更有挑发他情动的地方"。假如说手淫是一种"自慰"的形式,是为了获得一种替代性满足的话,更可悲的是,他还走上了"他慰"的歧途,鬼使神差地一头扎进了日本妓院里。小说对于日本妓院的描写,很具有狭邪小说情致;而日本妓女,在郁达夫的笔下则成为了另类的"恶之花",她们不仅销蚀男人的金钱、吞噬着男人的精髓,更主要的是民族歧视弥漫在日本的空气里,无孔不入,连妓院也不例外。当日本妓女问"他"的身份时,"他"那"清瘦苍白的脸"蓦地就"红了",又有了"站在断头台上"的感觉。

几乎相同的书写内容,把《留东外史》和《沉沦》做一番比较,则可以见出中国留学生的个人心理和身份意识前后有着天壤之别。在《留东外史》中,中国留学生在日本女性面前处于一种"看"的主体地位,而在《沉沦》中中国留学生则沦落为"被看"的客体地位。这种戏剧性的逆转,使中国留学生心理优势被阉割尽净,彻底沦落为被审视和被盘问的对象。就拿"窥浴"来说,在《留东外史》中,最不济的王贵和在"在东征纪诗"中都显出一副虽然无知却也无畏的气概来:"天赐良缘逢浴家,玉似肌肤貌似花。问余虽不通莺语,口唱足踏亦可嘉。"相比之下,全无《沉沦》中中国学子的畏缩和恐惧。而至于"召妓",在《留东外史》中黄文汉去箱根旅游时一次召了四个日本艺妓,并在她们面前显出一副"临幸"的姿态;而《沉沦》中中国留学生则成为了"被看"的对象,被日本妓女问询时惊恐得如"站在断头台上",对自己的国籍、民族和个人身份讳莫如深。这种转变使得中国学子的形象也经历了从"白天鹅"到"丑小鸭"的巨大落差,在精神上由豪情万丈变成了猥琐自卑。当然,其背后的终极原因乃是因为小说作者"中国意识"的不同所致:平江不肖生还残存着"大中华"的自信;而郁达夫则自我定位为"弱国子民"了。

因为在东瀛备受民族歧视，中国学子不堪承受现实的压迫，在人格上产生了分裂，在心理上发生了变态，而在行动上则走上了一条不归路，没有过多的徘徊和延宕便蹈海而死了。在临死的时候，发出了撕心裂肺的呐喊：

> 祖国呀祖国！我的死是你害我的！
> 你快富起来，强起来吧！
> 你还有许多儿女在那里受苦呢！

在这里主人公虽然有强烈的民族国家意识，但是却把自己在域外所遭受的不幸全都归咎于国家的积贫积弱，把气全都撒到了国家的身上。而正由于不堪承受"弱国子民"所遭受的歧视，他才走向了彻底的沉沦。

在中国古代，一般都主张"文以载道"的诗教传统，注重"温柔敦厚"的诗学风格，在个人感情与道德礼教之间，要求"发乎情，止乎礼"，情的表达必须止于"无邪"，必须服从传统的道德规范，必须反映和蕴含"道德律令"。宋明理学更倾向于"善"的天性充满庄重的道德内涵，他们认为情感位于表层，道德才是内核，"'情'被降到更为低级的'气'的领域——它迥异于渗透在人的道德天性中的'礼'。这样，'情'被等同于'欲'，沦为不甚光彩的'气'的变种。于是乎，情与欲便都具有了邪恶的涵义"[①]。这种对"载道"的过分注重，使中国文学长期以来形成了蔑视个人感情表达的传统规训，稍有僭越便被视为异端。

自郁达夫的《沉沦》问世之后，因其明显的"原欲"倾向引起

---

① 李欧梵《现代性的追求》，生活·读书·新知 三联书店，2000年，第92页。

了激烈的争议。郁达夫曾经说过："《沉沦》是描写著一个病的青年的心理，也可以说是青年忧郁病 Hypochondria 的解剖，里边也带叙著现代人的苦闷，——便是性的要求与灵肉的冲突。"① 周作人似乎较为赞同这一说法，他认为《沉沦》是一部"受戒者的文学"，所写的是"青年的现代的苦闷"，"生的意志与现实之冲突，是这一切苦闷的基本；人不满足于现实，而复不肯遁于空虚，仍就这坚冷的现实之中，寻求其不可得的快乐与幸福"②。而苏雪林则不无指斥意味地说："不意郁达夫的《沉沦》只充满了'肉'的臭味，不见'灵'的馨香。说这部书表现灵肉冲突，也太辱没这个好名词了！"③ 即使是同为创造社成员的成仿吾，对于郁达夫的"灵与肉的冲突"的观点也持有保留态度，认为《沉沦》的主要色彩，"可以用爱的要求或求爱的心来表示"④。不管各家评论观点如何，反正有一点是可以肯定的，那就是《沉沦》把背景和人物设置在域外成就了自己作为"这一个"的独特性，从而迥异于中国文学的传统，触动了中国人的神经，使他们有"话"可说，有"话"要说。

《沉沦》并不孤独和唯一，郁达夫还有一系列其他作品也都表达了"弱国子民"婚恋受阻的痛苦体验。《银灰色的死》写了中国学子"Y君"对日本女子静子产生朦胧的恋情，因为最后无果而终，Y君于一个洒满银灰色月光的夜晚在绝望中孤寂地死去。《南迁》写的是中国留学生伊人被日本M夫人玩弄于股掌之间所受的

---

① 郁达夫《〈沉沦〉自序》，见赵李红编《郁达夫自叙》，团结出版社，1996年，第65页。
② 仲密（周作人）《沉沦》，见1922年3月26日刊《晨报副镌》。
③ 苏雪林《郁达夫论》，转引自王自立、陈子善编《郁达夫研究资料》（中国现代文学史资料汇编·乙种），天津人民出版社，1982年，第381页。
④ 成仿吾《〈沉沦〉的评论》，转引自王自立、陈子善编《郁达夫研究资料》（中国现代文学史资料汇编·乙种），天津人民出版社，1982年，第309页。

心灵的创伤。《胃病》里写到了一位中国留学生对于萍水相逢的日本少女一厢情愿的痴迷和最后的功败垂成。《空虚》(原名为《风铃》)写了"于质夫"与日本少女在温泉疗养所具有传奇色彩的一夕共眠,纵有"芬芳悱恻之怀",而劳燕分飞之后一切皆如镜花水月,终究只是一场空虚,令人徒增感伤而已。

在郁达夫所写的这些中国留学生东瀛之恋的故事里,大体遵循这样的结构模式:一见钟情——小尝甜头——最终败落。作为主人公的中国留学生很容易就爱上了日本女子,并为之神魂颠倒,寝食不安,但是最后的结果无一例外的都很悲惨,主人公不是倒毙街头,就是在绝望中蹈海自杀,最好的结局也就是败下阵来落荒而逃。考察中国留学生跨国婚恋失败的原因,无不与"弱国子民"有着潜在而深刻的联系。在《银灰色的死》中,日本女子静子已经订婚,算是"罗敷有夫"了,"Y君"一接触到那个作为静子未婚夫的日本男人,"就如同伤弓的野兽一般,匆匆地走了",由于在现实中失败,所以只能以杯酒浇块垒。小说《南迁》中,"身体雄伟得很"的日本男子W一出现,中国留学生伊人就一败涂地,最后只能逃之夭夭。对《空虚》中的"于质夫"而言,日本少女表哥的"品貌学校年龄,都在他之上,他又不得不感着一种劣败的悲哀",只好在自卑中含恨提前离开了汤山温泉,而"那火车站的站台板,若用分析化学的方法来分析起来,怕还有几滴他的眼泪中的盐分含在那里呢"。《胃病》中中国留学生W君对于一见钟情的日本少女抱有千般幻想,但是结果却得到这样的通牒:"这就是我们的最后的会见了。你也永远不要想起我来罢!""我虽然爱你,你却是一个将亡的国民!你去罢,不必再来嬲我了。"这种情形正如郁达夫描述在东京小石川植物园和五藏野的井之头公园遇见日本少女一样,"你若和她们去攀谈,她们总一例地来酬应:大家谈着,笑着,草地上躺着,吃吃带来的糖果之类,像在梦里,也像在醉后,不知不觉,一日的光阴,会箭也似的飞度过去。而当这样的一度会合之后,有时或竟在会合的当中,从欢乐的绝顶,你每曾立时掉入到绝望的深渊底里去。这些无邪的少女,这些绝对服从男子的丽质,她们原都是受过父兄的熏陶的,一听到了弱国的支那两字,那里还能够维持她们的常态,保留她们的对人的好感呢?支那或支那人的这一个名词,在东邻的日本民族,尤其是妙年少女的口里被说出来的时候,听取者的脑里心里,会起怎样的一种被侮辱,绝望,悲愤,隐痛的混合作用,是没有到过日本的中国同胞,绝对地想象不出来的"[1]。

在这里郁达夫把日本少女想象成纯洁无邪的一族,她们对于中国和中国人的蔑视只因渊源有自——"原都是受过父兄的熏陶的"。其实日本少女是否真正的纯洁无邪是值得怀疑的,而她们这种心态渊源则不言自明。近现代中日两国因为复杂的历史原因和国家关系,现实生活中跨国婚姻遭到的阻碍与排斥,不仅来自中国,更主要的是来自日本。在现实生活中,佐藤富子和郭沫若同居的消息传到家里的时候,家里人的反应是"家里出了和支那人结婚的女儿,愧对祖先"。当妹妹佐藤操和陶晶孙结婚的时候,亲戚们在佐藤父母的授意下对她进行了劝阻和谴责,并且最终拒绝出席婚礼[2]。庐隐在《东京小品》中也记述了一个名叫斋藤半子的日本女性和中国留学生余君发生了恋爱关系,但是因为家庭反对,两人只得在东京私自结婚。后来她身怀六甲,而余君则回国参加革命,成为了黄花岗七十二烈士之一。由于这种婚姻得不到她家族的认可,那么她的

---

[1] 郁达夫《雪夜》,见赵李红编《郁达夫自叙》,团结出版社,1996年,第59页。
[2] 董炳月《"国民作家"的立场——中日现代文学关系研究》,生活·读书·新知三联书店,2006年,第169—170页。

孩子就只能算是私生子，在无计可施的情形下，只得把孩子给了她妹妹收养，孩子也就改随了她妹夫的姓，与她断绝了母子关系①。从这些跨国婚恋受阻的事例的背后，不难发现日本人对中国人轻视的情感态度。

　　郁达夫说过："独自一人在东京住定以后，于旅社寒灯的底下，或街头漫步的时候，最恼乱我的心灵的，是男女两性间的种种牵引，以及国际地位落后的大悲哀。"② 这句话包含着丰富的潜台词，具有极大的阐释空间，也就是说东京的日本女性让他意乱情迷，但是中国在国际秩序中地位的落后成为了他达成自我愿望的最大障碍。这种感受使郁达夫的留日小说几乎都在演绎一个永恒的主题：作为"弱国子民"的"支那人"身份是性苦闷之源，同时也是爱情的最大杀手，应该为跨国婚恋的难以达成负责。从一般意义上讲，这一逻辑和结论并不错。但是在域外受了委屈就把怨气撒到自己的祖国身上，这种哀怨似的悲叹，应当说和郁达夫的个人性格不无关系。从本质上说，郁达夫生性敏感、脆弱，又因为为文极为诚实，信奉"'文学作品，都是作家的自叙传'这一句话，是千真万真的"③；"作家的个性，是无论如何，总须在他的作品里头保留着的"④，因而在他大胆的书写中，主人公情欲旺盛，感情恣纵，在面对日本女性的诱惑时，既无法克制自己，又无力征服和占有"她者"，永远处在"性"的苦闷和"爱"的饥渴当中。可以说，"弱国子民"既是这种苦闷的根源，又成为了

---

　　① 庐隐《东京小品·烈士夫人》，《中国留学生大系·近现代散文纪实文学卷》，上海文艺出版社，2000年，第342—343页。
　　② 郁达夫《雪夜》，见赵李红编《郁达夫自叙》，团结出版社，1996年，第58页。
　　③ 郁达夫《五六年来创作生活的回顾——〈过去集〉代序》，见赵李红编《郁达夫自叙》，团结出版社，1996年，第74页。
　　④ 同上，第75页。

在现实中受到挫折之后的出气筒。

郁达夫小说凸显了"弱国子民"身份的中国学子在东瀛情场上的悲哀,他对"弱国子民"身份的强调,确实体现了留日小说创作的一种转向,与此前平江不肖生的《留东外史》迥然不同。在《留东外史》中"弱国子民"的逻辑并不存在,中国浪子在东瀛情场上生龙活虎,如鱼得水,他们在肉体上离不开日本女人,但是在精神上却极其蔑视和贬损她们,把她们视为下贱的卖淫妇。这种把日本及日本女性"妓女化"的倾向,虽然折射出作者落后的妇女观,但是其终极目的无非是为了要显示出大中华的胜利。到了郁达夫的笔下,则"将颠倒的历史重新颠倒",日本女性的地位获得了极大的提升,由下贱的泄欲工具摇身一变为美丽而高不可攀的"女神"①,具有生命力蓬勃的肉体和活泼温柔的心灵;而中国学子则沦为了"弱国子民",没有任何优越感可言,只能在自卑的炼狱中饱受煎熬。日本在现代化序列中领先于中国,面对一个充分现代化了的日本,受"进化论"史观支配的郁达夫无力在文本中对这种社会现实进行颠覆和解构,或者以"丑化"日本的方式获得一种替代性补偿,凭着一种诚实的书写,他笔下的留学生呈现出"弱国子民"的形态也就不奇怪了。

中国积贫积弱和在国际秩序中的落后,许多负笈海外的学子感受到了,在他们的创作中都留下了"弱国子民"的身影。当时除郁

---

① 其实,这只能算是一种有意味的书写,那个时候的日本女人虽然有其自身的魅力,但是其致命的缺陷——如身材矮小、腿短也是一望而知的,当时游学日本的丰子恺,凭着画家敏锐的视觉,一眼就发现了这一点,他认为日本女人最缺少当模特的资格,"平时穿着长袍,踏在半尺高的木屐上,看上去还不讨嫌。等到脱了衣裳,除了木屐,站在画室里的台上,望去样子真是难看,只见肥大的一段身体,四肢短小如同乌龟的脚"。转引自李兆忠《郁达夫的东瀛之恋》,见《文学自由谈》2002年第2期。

达夫之外，还有郭沫若、张资平、滕固、巴金等，他们在小说创作中也对留学生形象进行了刻画，对"弱国子民"这一主题模式进行了发掘和书写。郭沫若在《鼠灾》中写到中国学子即使和日本女子自由结婚了，但是他们却遭到女方家庭的"抛弃"；在《飘流三部曲·歧路》中日本女子嫁给中国学子，却"因此受到了破门的处分"；在《人力以上》中，日本女子与中国留学生结婚后，只得"和家庭绝了缘"。这种书写取材于作者自身的生活经历，在一定程度上"现身说法"似地揭示了当时日本社会对中国和中国人的歧视，中国人在日本人眼里只是"弱国子民"而已，中日跨国婚姻有着重重障碍，难以被日方家庭所接受。

当然，对中国留学生是这样，对中日跨国婚姻所生的孩子，这种歧视也仍然存在，尽管他们身上存留着日本人的基因，流淌着日本的血脉。在小说《未央》中，爱牟和他的日本妻子所生的孩子"一出门去便要受邻近的儿童们欺侮，骂他是'中国佬'，要拿棍棒或投石块来打他：可怜才满三岁的一个小儿，他柔弱的神经系统，已经深受了一种不可治疗的创痍"。本来天真无邪的孩子是最容易和睦相处的，而中日孩子之间却似乎不共戴天，这只能说明日本人自甲午战争完胜中国开始，便产生了一种自大心理，产生了一种民族优越感，对中国人的蔑视已经内化和延续到了未谙世事的孩子身上。正如幸德秋水所说："他们藐视中国人，骂中国人软弱无能，还痛恨中国人，而且这些不只是用言词来表述；从白发老人直到幼童都对这四亿人满怀着血腥的敌意。"① 在现实中，最初的十三名留日学生之所以有四人中途辍学回国，日本孩子的嘲弄和辱骂就起了

---

① （美）费正清编《剑桥中国晚清史》（下卷），中国社会科学出版社，1985年，第410页。

不小的作用①。

和郁达夫一样,郭沫若也有一些小说直接书写"弱国子民"体验。在《喀尔美萝姑娘》中,"我"狂热地爱上了一个卖 Caramelo(糖、糖果——引者注)的日本姑娘,对她已经到了一日不见就神情恍惚、如坐针毡的地步。尽管"我""很焦灼地想见她,但我又惭愧着怕见她",因为"我""怕她晓得我是中国人,会使她连现在对于我的一点情愫都要失掉"。在小说《月蚀》中,上海黄浦滩公园不让中国人进入,即使"海归"的中国学子也不得入内,只有"高人一等"的外国人才可以自由出入。中国人要进去就得乔装易服,"穿和服也可以,穿印度服也可以,只有中国衣服是不行的。上海几处的公园都禁止狗与华人入内,其实狗倒可以进去,人是不行,人要变成狗的时候就可以进去了"。这里显示出了公园管理者深重的"自内殖民"情结,也表明了小说叙述者的愤激情绪。正如《留东外史》第六十七章吴大銮租房子遭到日本老太婆的拒绝一样,在郭沫若的《行路难》中,中国学子爱牟求租房屋时,内心的自卑情结和"自内殖民"意识在鲜明的贫富对比之下激发出来,连留言都不敢写上自己的真实姓名,只好虚构了一个"桑木海藏"的日本名字,企图瞒天过海。在被日本军人看出来之后,又十分懊丧,"他悔他不该来。他也悔他不该假冒了一个日本式的姓名,把一个'虚假'捏在那一位阔夫人的手里去了。日本人本来是看不起中国人的,又乐得她在奚落之上更加奚落"。

---

① 据实藤惠秀考证,首批留日的十三名中国学生,"抵日两三个星期之后,韩筹南、李清澄、王某及赵某四人,即离校归国",究其原因,其中很重要的一条就是"他们频频受到日本小孩子'猪尾巴猪尾巴'的嘲弄"。见实藤惠秀《中国人留学日本史》,生活·读书·新知三联书店,1983年,第19页。

郭沫若信奉"文学是苦闷的象征"①，他的小说大都有着自己苦闷生活的影子，他小说中的自我形象，"贫困漂泊，耿介率真，愤世嫉俗，毅然奋行，他与郁达夫笔下的悲戚哀苦，未脱文酒风流的名士气的零余者形象有别，同样胸怀坦荡，不容于流俗，却带有更多一点'天行健，君子自强不息'的气质"②。以上分析确实可以证明这一特点。

除了郭沫若，创造社作家张资平也在一系列小说中书写过相似的题材。《约檀河之水》写中国留学生爱上了日本房东的女儿，可是女方家族察觉出端倪之后，在"他"去远方矿山实习的时候，限制女儿与"他"通信的自由，而姨妈则把她带到东京，为她介绍了一个日本大学生，使他破碎的心灵无法弥合，只能向基督忏悔自己的罪孽。在这里，虽然中日男女两情相悦，但是作为女方家长的日本人，他们对于中国留学生的歧视是不难感觉到的。即使小说最后充满了宗教意味和宽恕意识，也不能掩盖这一点。

小说《木马》选材非常奇特，这篇小说叙述了中国留学生对一个日本小女孩的动人情谊。小女孩美兰是一个私生女，承受着绝然不同的"双重注视"：家族和社会给了她以极大的歧视，而中国留学生C君则给了她真挚的同情和关爱（甚至在她失踪之后一直备受不曾为她买木马的内疚的折磨），母亲教小美兰称C君为"叔父"，而小美兰却称他为"爷爸"。就是在这样一篇洋溢着"中日亲善"的小说中，"弱国子民"的幽灵也仍然存在。中国留学生C君当初求租房子时，面对日本人的盘问，如同"惊弓之鸟"一般，因为"他怕再听日本人说讨厌中国人的话了"。在小说《绿霉火腿》中，

---

① 郭沫若曾说，"我郭沫若所信奉的文学的定义：'文学是苦闷的象征'"。见《暗无天日的世界》，原载1923年6月《创造周刊》第7号。

② 杨义《中国现代小说史》（第一卷），人民文学出版社，1986年，第585页。

固然有中国留学生不讲卫生的一面,但是日本房东的故意刁难和欺凌也是显而易见的。留学生邬伯强挂绿霉火腿动辄得咎,而且番头还侮辱说"这样脏的东西只好挂到厕所里去。幸得不臭,如果有臭味,挂在厕所里也不妥当,怕上厕所的人闻着要说话"。与日本人"卫生"和"清洁"形成对比的是,后来邬伯强邀请日本房东吃火腿,他却不嫌火腿的"脏"和"霉",欣然接受,并且嚼得津津有味。而《一班冗员的生活》中,日本Y博士有着明显的人格分裂症,并且准备了两幅面孔,"对着中国人便拿高帽子出来,背过脸去便把中国人说得卑鄙狗贱",其骨子里对中国留学生的蔑视也是不言而喻的。

  滕固是一位颇有成就的美术理论家,但早年加入创造社时也创作了一些小说。在滕固的一系列小说中,多抒发了"零余者"的悲愁和辛酸,其基本结构模式,大体上都是作为中国留学生的主人公因为婚恋问题,或者导致精神分裂,或者自杀身亡,譬如《银杏之果》、《壁画》、《石像的复活》、《古董的自杀》和《葬礼》等都是如此。小说结局如此设计,爱而不得的苦闷堪算最为致命的原因。在他的小说中,虽然主要叙述的是中国留学生作为"零余者"的不圆满的生活状态,但是也涉及"弱国子民"的心理刻画。在小说《旧笔尖与新笔尖》中,叙述者就触景生情,不遗余力地赞美过日本女学生的"丰丽端好"和"活泼生趣",而这种崇仰之情发展到极致,就是对于自身"弱国子民"的贬抑。"心里一转机,觉得刚才对于异国姑娘们的广漠之思,未免有些内疚了。但是我要申说的,不要说你们看我是——连我自己也讨厌——早已腐朽的了,我不配来景仰你们的了","我……我现在谨致三跪九叩首,为你们前途祷祝十二分之幸福。"在《鹅蛋脸》中,日本女性的"鹅蛋脸"成为了中国学子法桢挥之不去的图腾记忆,但是"弱国子民"的身份使他无缘亲近芳泽,而他又不能释怀,即使回国之后,也仍然摆脱不了"鹅蛋脸"在心灵上的烙印,从而变得神思恍惚,精神病态。郜元宝曾经说过:"除了鲁迅有数的几篇回忆之作外,反映中国留日学生的心态和生态,几乎为创造社诸君子所专美。滕固的许多创作灵感也都来源于此,其个性风格,如果有的话,便是在这一类小说中定型的。异国生活情调,日本女子的风仪姿态,无法排遣的乡愁,性的渴望与困惑,他好像总也写不厌。"①

当然,跨国婚姻的障碍绝不只限于中日之间,在中国和西方欧美世界之间同样存在。老舍的长篇小说《二马》,就对英国人的傲慢自大以及中国人"弱国子民"的身份都有深刻的揭示。在小说中,伊牧师是个在中国传教逾二十多年的英国人,他以一种"东方学"式的特殊方式"爱着"中国人:"半夜睡不着的时候,总是祷告上帝快快的叫中国变成英国的属国;他含着热泪告诉上帝:中国人要不叫英国人管起来,这群黄脸黑头发的东西,怎么也进不了天堂!"而在伊太太的意识中,中国话和印度话都是低级语言,她的教育理论是:小孩子一开口就学下等语言以后绝对不可能有高尚的思想,"比如一个中国孩子在怀里便说英国话,成啦,这个孩子长大后不会像普通中国人那么讨厌。反之,假如一个英国孩子一学话的时候就说中国话,无论怎样,这孩子也不会有起色!英国的茄子用中国的水浇,还能长得薄皮大肚一兜儿水吗"?主人公温都太太最初极不情愿把房子租给中国人住,因为在她的印象中,中国人会在房子里煮老鼠吃,会杀人放火抽鸦片。只不过迫于经济上的压力才勉强答应了。经过一段时间的相处后,她发现老马和小马并非像传闻中所说的那样可怕,她不怀疑传闻是否属实,而是怀疑他们

---

① 贾植芳、钱谷融主编《滕固小说全编·导言》,学林出版社,1997年。

"是不是中国人"。尽管温都太太一度对老马产生了感情,但是她对是否嫁给老马却顾虑重重,因为当时英国人是世界上"第一等公民",与中国人相比具有无与伦比的优越感,英国人嫁给中国人算是"下嫁"了。加上"英国人是一个极骄傲的民族,看不起嫁给外国人的妇人,讨厌娶英国老婆的外国人"!另外,假如嫁给一个"Chink"(中国佬——引者注),甚至会危及女儿的婚事,因为"一个年青气壮的小伙子爱上她,一听说她有个中国继父,要命他也不娶她!人类的成见,没法子打破"!温都太太深受英国社会传统观念的影响和束缚,所以把感情扼杀在萌芽状态,不敢越雷池一步,这是快乐原则对社会文明的屈服和妥协,也是因为对惩罚的恐惧而被迫接受规训的结果。尽管中国留学生马威对而玛力小姐一往情深,但是她却根本不会考虑和马威缔结婚姻的可能性,甚至不愿意和马威一起到海岸去玩:"我不愿和中——国——人——一块而去!跟着他去,笑话!"总而言之,"中国的微弱是没法叫外国人能敬重我们的;国与国的关系是肩膀齐为兄弟,小老鼠是不能和老虎讲交情的"。

在老舍的笔下,老马作为一个"老中国儿女",身上因袭了这个古老民族太多的传统和缺点,叙述者对他一以贯之地进行嘲谑。但是对于在域外求学的年轻一代中国留学生,则是另外一种态度。中国学子马威勇于以牙还牙、以暴制暴,在决斗中一拳击倒傲慢的英国小子保罗,小说叙述者充分肯定了他"居然在伦敦打洋鬼子"。而留学生李子荣在某种意义上说则是作者心目中的一个楷模,精明能干、脚踏实地,面对英国人的歧视,深知与其不切实际地强求他者改变对中国的歧视态度,不如默默地规划未来,确立改变国家现状的长远目标,以期最终赢得西方人的尊敬。这种书写,说明了老舍对中国人"去弱国子民化"有着非常务实的看法与思考。

第二节 "东方学"视野下的"国"与"民"

一、被凝固的中国

中国学子作为"弱国子民"在域外遭受歧视，不仅体现在跨国婚恋上，还体现在中国作为一个总体受到种种别有用心的贬抑上。这种贬抑具有很鲜明的"东方学"色彩，其最常用的方法就是通过叙述把中国凝固在特定的时空中，成为一个"发展受阻的典型"。在域外"他者"的视角看来，不管中国是否已经开始了现代化的历程，也不管这种现代化的程度如何，当下的中国永远不能摆脱其过去对它施加的强大制约，现代中国只是古代中国的一种延续和变体。中国"被向后、向下抽象概括为某种基本的终极形式，每一现代的、当地的行为都被归入这一原初的终极形式之中，而这一原初形式在此过程中又得到进一步的加强"①。一个积贫积弱的晚清就是这种"基本的终极形式"的具体表现。由于这种形式具有强大的时间和空间的制约功能，没有哪一个中国人在历时性的发展过程中能够超越于其"古典"时期之外，因此作为具有中国身份的国民，在"他者"具有"东方学"色彩的视野中不可避免地遭到了被"劣化"和"矮化"的命运。

在《留东外史》中，日本陆军少尉中村清八"拜访"（其实无异于黄鼠狼给鸡拜年）中国学子黄文汉时，问道："贵国是清国么？"黄文汉道："不是。"中村诧异道："日本吗？"黄文汉道："不是。"中村道："那就是朝鲜了。"黄文汉道："不是。"中村道："那

---

① （美）爱德华·W·萨义德《东方学》（王宇根译），生活·读书·新知 三联书店，1999年，第298页。

么是那里哩?"黄文汉正色道:"是世界各国公认的中华民国。"从这富有意味的问答里面,可以看出在颟顸的日本军人的头脑中,中华民国处于一种"缺席"状态,他无视中国业已改元的客观历史,也罔顾世界各国对中华民国承认的事实,还是拿老眼光来看待中国。这种抱老皇历的动机,无非是要含蓄地侮辱和贬低中国,从而确证自己的优越感(要知道清朝是日本的战败国)。而中国学子黄文汉否认了作为清朝"臣民"的身份,肯定了自己作为中华民国"公民"的身份,一方面是因为历史已经发生了客观的变化,但更体现了他的国家立场和个人身份意识——在心底里认同中华民国,以做中华民国国民为荣,同时对日本军人含蓄的贬抑给予了有力的回击。

在《留东外史》第六十三和六十四章中,中国学子在东京寄宿舍庆祝"双十节"①,于酒酣耳热之际不禁纵情高歌,逐渐进入了一种"嘉年华"的状态。但是这种狂欢却遭到日本人斥骂:"豚尾奴不要闹,再闹我就要喊警察了!"中国学子举行"双十"国庆纪念,说明中华民国已经成立了,也意味着中国人已经剪掉辫子呈现出了新面貌。而日本人仍呼中国人为"豚尾奴",在显在意义上是对中国人的侮辱,但是却也隐含着蔑视甚至无视中华民国的意味,因为"辫子"只是清王朝一个直观的政治符号,并不适用于中华民国。日本人把清王朝的符号移植到改元之后的中华民国身上,这种不含有任何真理成分的张冠李戴的表述,无疑具有"固化"中国的意味,否认中国已经发展变化的事实。

嘉年华仪式中的中国学子处于酒醉神迷状态,产生了一种"狂

---

① 1911年(辛亥年)10月10日,武昌起义爆发,此后清政府土崩瓦解。这一天后来成为了辛亥革命纪念日,也是中华民国的国庆节。

欢节的世界感受",激发出一种颠倒等级关系、特权和禁令的冲动,面对日本人高高在上的姿态,特别是面对日本人的侮辱和谩骂,中国学子当然不依不饶。堪称中华民族荣誉干城的黄文汉,"逞雄辩压倒法学士",挫败了日本人的干预,消解了日本人的优越感。他在为日本人优越性"脱冕"的同时,也为中国人"加冕",最终维护了国家民族的尊严。

当然,域外"他者"别有意味地赋予中国一种刻板的、固定的形象,最典型的书写还算张资平的《银踯躅》。在小说叙述中,中国经过辛亥革命,推翻了清王朝的统治,建立了中华民国,以五色旗定为国旗。但是日本人却无视中国改元的事实,仍把清王朝的"黄龙旗"认定为中华民国国旗。这种"东方学式"的别有意味的误读,除了还原日本历史上的胜利之外(因为甲午海战中挂着"黄龙旗"的北洋舰队在与日本舰队交战中全军覆灭),其实隐含了日本对中国恶毒的集体想象。所谓"黄龙旗",乃是特定历史时间中的一个政治符号,但是一旦把这种历史时间叙述成为恒定的神话时间,并加诸现实的中国,就炮制出了一个封建专制、贫穷落后和不曾进行现代化的停滞的中国形象。有论者指出,东方主义这一现象主要涉及的不是东方主义和东方之间的吻合,所谓"'东方'本身就是一个被炮制出来的实体"[①]。只有坚持这种"不愆不忘,率由旧章"中国的想象,日本人才能确立自己无上的优越感。当然,对于日本人这样蓄意的侮辱和贬损,中国学子奋起反对,捍卫国家的形象和尊严,无疑就具有了一种正义性。

从"套话"理论的角度看,"黄龙旗"作为一种套话承载了日本

[①] (荷)佛克马、蚁布思《文学研究与文化参与》,北京大学出版社,1996年,第134页。

人太多的意识形态因素。"黄龙旗"套话"被视为一种信仰，一种观念，有关一个群体即其成员的描述"①，很鲜明地表现了其"对外部某群体成员所采取的态度"，是一种预先存在的反感情绪的原因，但也使得这种反感情绪合法化了。"黄龙旗"作为一种历史陈迹和历史记忆，却在日本人对中国的想象中复活，"一旦外部条件合适，想象就会在各个方向上扩散开来，启动以往的经验，唤醒沉睡的记忆，浇灌临近的感觉场，使历史记忆如滚雪球般被迅速放大和膨胀"②。需要指出的是，套话在描述"他者"的同时，最终指向的却是炮制者自我，"黄龙旗"作为清王朝的一个标志性符号，充满了贫穷落后和封建独裁等负面意义，把它移植到"五色旗"时代的中华民国身上，作为对中国的描述和指代，无视中国已经"改朝换代"的事实，无疑折射出了日本对中国的歧视，也体现了日本人不希望中国有任何变革，而希望中国永远维持落后现状的阴暗心理。

另外，民国时期日本人还用"黄龙旗"来指称中国，一方面说明了这一套话具有顽强的生命力，在"能指"消亡之后"所指"仍很活跃；另外一方面也表明了日本人潜意识中企图通过套话以含蓄的方式维持一个恒定的国际等级秩序，也就是在日本与中国之间，确立高下优劣的对位。这样的中国形象想象，最终揭示出的乃是形象炮制者"置身于其间的文化的和意识形态的空间"③，即使现实发生了变化，他们仍然抱着陈旧观念不放。曾有学者指出过，"造成

---

① （法）吕特·阿莫西、安娜·埃尔舍博格、皮埃罗《俗套与套语》，天津人民出版社，2003年，第36—37页。
② 孟华《试论他者"套话"的时间性》，见孟华主编《比较文学形象学》，北京大学出版社，2001年，第190页。
③ （法）达尼埃尔·亨利·巴柔《从文化形象到集体想象物》，见孟华主编《比较文学形象学》，北京大学出版社，2001年，第121页。

人们对某一群体的不友好态度的因素,并不是该群体的特征,而是一种预先存在的排斥心理,这种排斥心理动用所有可以利用的俗套来证明自己的正确性"①。日本人这种无视中国发展,执意把中国"固化"的倾向,也正如萨义德所说:"他们与其说寻找的是一种科学的现实,还不如说寻找的是一种奇异然而却具有特殊吸引力的现实",他们所看到和所叙说的是"与其自身的神话、迷恋和要求心心相印的东西"②。

  日本把中国视为凝固在特定时间中的国度,还体现在它对中国国号的复杂态度上。在中华民国成立之后,日本人却讳称中国或者中华民国,而称中国为"支那",这种心理是颇值得玩味的。部分原因是,在日本人的意识中,认为中国是个傲慢的名称,熟悉中国传统文化的日本汉学家都知道古代中国自以为处在世界的中心,称东邻民族为东夷、西邻民族为西戎、南邻民族为南蛮、北邻民族为北狄,四周环绕的都是野蛮人,而普天之下唯我独尊,故称自己的国家为中国。日本人讳称"中国"也有悠久的历史,在《隋书·倭国传》中记载了日本天皇致隋文帝的国书,就称"日出处天子致书日没处天子",隋文帝"览之不悦,谓鸿胪卿曰:'蛮夷书有无礼者,无复以闻'"。其实更深层次的原因是,日本在骨子里希望中国永远凝固在特定的时空之中,不希望看到中国任何的变化和发展。所以在民国改元之后,日本人无视这一事实,仍然称中国为"支那",这一具有政治修辞学意味的称呼,是日本人阴暗心理的明显症候。因为"支那"在严格意义上说只能算是个地理名词,而不是

---

① (法)吕特·阿莫西、安娜·埃尔舍博格·皮埃罗《俗套与套语》,天津人民出版社,2003年,第38页。
② (美)爱德华·W·萨义德《东方学》(王宇根译),生活·读书·新知 三联书店,1999年,第220页。

中国的国名，以此来称呼中国反倒有点像一个绰号。正如王拱璧所说，日本"政府公牍则舍'中华民国'四字之简，而用'支那共和国'五字之繁，是对我不但无国际敬仪，并不以国家视我也。是我中华民国成立八年而倭人尚不承认也。犹忆当民国肇造之初，倭人闻我将以'中华民国'名我国，即由著名浪人某固请我民党领袖，易以'大汉'，希冀离我五族，从可知堂哉皇哉之'中华民国'四字早为岛国君民所不喜矣，推其用心，直不愿地球上有中华民国之产出也"①。由此可见日本在中国改元之后不愿称"中华民国"，实在是因为有"唱衰"中国的心理在作祟。

　　至于"支那"一词的词源，现存有多种说法，其中最为流行的一种说法是：秦始皇声威远播印度，而秦字的读音是Chin，印度人在发音中于Chin之后加上元音，就成了Chi－na（支那）一词。China作为梵语中中国的代称，逐渐向东流入中国和日本，向西传到欧洲。由于"支那"一词在晚清暗含有颠覆清朝的意味，所以最初并没有引起中国留学生的反感。例如梁启超还用过"支那少年"的笔名，宋教仁也办过刊名为《二十世纪之支那》的杂志。但是由于日本人赋予"支那二字若无意义适可代表华人之蒙昧者"，于是"支那二字乃风行三岛，以资倭人轻侮华人之口实。每逢形容不正当之行为，则必曰'支那式'，借以取笑"。日本孩子嘲弄别人时，都常常爱说："笨蛋笨蛋，你的老子是个支那人！""恍若支那二字，代表华人之万恶者。"再加上日本政府"称我华为'支那'，垂为国民教育"，对于"增长其国人之侮华程度"，又起到了推波助澜的作

---

　　① （日）实藤惠秀《中国人留学日本史》，生活·读书·新知 三联书店，1983年，第187—188页。

用①。这样,"支那"便成为了带有轻蔑意味的称谓,在这一词语的背后隐藏着日本人复杂的心理内涵、情感诉求和价值取向。

二、被贬抑的国民

所谓国,乃是国民之国;所谓民,乃国家之民。国与民之间的关系,是密不可分的。正因为如此,当一个中国学子听到日本少女说出"支那"二字的时候,心里"会起怎样的一种被侮辱,绝望,悲愤,隐痛的混合作用,是没有到过日本的中国同胞,绝对地想象不出来的"②。在《沉沦》中,当中国学子在妓院里被问到"你府上是什么地方"的时候,"他"就有着神经质的紧张反应:

> 一听了这一句话,他那清瘦苍白的面上,又起了一层红色;含含糊糊的回答了一声,他呐呐的总说不出话来。可怜他又站在断头台上了。
>
> 原来日本人轻视中国人,同我们轻视猪狗一样。日本人都叫中国人作"支那人",这"支那人"三字,在日本,比我们骂人的"贱贼"还更难听,如今在一个如花的少女前头,他不得不自认说"我是支那人"了。
>
> "中国呀中国,你怎么不强大起来!"
>
> 他全身发起痉来,他的眼泪又快滚下来了。

郁达夫小说中的中国留学生被"弱国子民"身份压得抬不起头来,把在域外所受的气都转撒到国家的头上,责怪国家的贫弱连累

---

① (日)实藤惠秀《中国人留学日本史》,生活·读书·新知 三联书店,1983年,第182页,第187页。
② 郁达夫《雪夜》,见赵李红编《郁达夫自叙》,团结出版社,1996年,第57页。

了他在域外受歧视，在临死前呼吁祖国快点强大起来，以解救众多像他一样在域外遭罪的同胞。而郭沫若的小说则不同，中国留学生在"他者"的压抑之下产生了剧烈的反弹，在受到歧视的同时进行了严厉控诉。所以他们之间书写风格就有着"逆来顺受"和"不平则鸣"的差别。在《行路难》中，爱牟对日本和日本人就表达过这样激烈的情绪：

……我们住在这儿随时有几个刑事侦伺，我们单听着"支那人"三字的发音，便觉得头皮有点吃紧。啊啊，我们这到底受的是甚么待遇呢？

日本人哟！日本人哟！你忘恩负义的日本人哟！我们中国究竟何负于你们，你们要这样把我们轻视？你们单是在说这"支那人"三个字的时候便已经表示尽了你们极端的恶意。你们说"支"字的时候故意把鼻头皱起来，你们说"那"字的时候要把鼻音拉作一个长顿。啊，你们究竟意识到这"支那"二字的起源吗？在"秦"朝的时候，你们还是蛮子，你们或许还在南洋吃椰子呢！

啊，你忘恩负义的日本人！你要知道我假冒你们的名字并不是羡慕你们的文明，我假冒你们的名字是防你们的暗算呢！你们的帝国主义是成功了，可是你们的良心是死了。你们动辄爱说我们"误解"了你们，你们动辄爱说别人对于你们的正当防御是"不逊"，啊，你们夜郎自大的日本哟！你们的精神究竟有多少深刻，值得别人"误解"呢？司马昭之心路人皆见，你们别要把别人当成愚人呢！你们悔改了罢！不怕我娶的是你们日本女儿，你们如不悔改时我始终是排斥你们的，便是我的女人也始终是排斥你们的！……

这是爱牟在遭受日本人的歧视之后，出于心理平衡的需要，在唐津生发思古之幽情的一部分。因为唐津是当年日本遣唐使和留学生前往中国的门户，在这里不但"可以疗慰乡愁"，还可以畅想李白、钱起等和当年日本遣唐留学生阿倍仲麻吕之间的友谊神话。这种友谊神话和自己在日本受歧视的现实遭遇相对照，形成一种强大的意义张力，不但隐含着对日本"发迹变泰"之后对中国人"忘恩负义"歧视的谴责，更隐含着对于中国重新强盛的殷切期望。

关于日本人对中国国号问题的态度，在郑伯奇的《最初之课》中有一个细节很富有意味：中国留学生屏周初到东京时，向日本人打听"中华民国的公使馆在那里"，没有人搭理他；而当他迫不得已改口询问"支那公使馆在那里"时，"那时才有一个人向他，问道'你问的是清国公使馆吗？若是清国公使馆便在坡上'"。在这里日本人顽固地坚持"清国"论，其对于中华民国的抵触和排斥情绪是很明显的。让中国人说出"支那"二字无疑有着自取其辱的意味；而当"支那"一词从日本人口中说出时，其贬斥和蔑视的意味也就不言自明了。

屏周在东京受尽了闲气，"成天的被感情冲来激去，几乎要得神经病哩"。后来转移到京都求学，由于京都曾经是日本"千余年的古都，东邦的名胜地"，"山紫水明"，气候宜人，屏周希望它人情也淳厚些，可以"作规则的生活，要读我想读的书，研究我想研究的学问"。但是他的心愿和计划在"最初之课"上全都被粉碎了。

在京都，在"最初之课"上，日本人对于中国表示了无以复加的蔑视。日本学生称中国为"大肥猪"；日本先生则无视中国革命和改元的事实，在课堂上公然蔑称"中华民国"为"清国"，称中国人为"支那人"，并且恶毒地把中国人和老鼠相提并论，说"世界上最多而处处都有的只有老鼠同支那人"。除了这样对中国蔑视之外，更为嚣张和狂妄的是居然肆无忌惮地叫嚣对中国进行殖民和占领。由于日本是东洋岛国，"投在茫不可知的荒洋中"，日本人认为"这洋真是风紧浪高，我们稍一不慎，便沉没了。我们为在荒洋中救我们的沦没，我们才这么着离群去国去找安全的法子"。这里所谓的"去找安全的法子"，就是对中国东北实行侵略。其实，日本长期以来一直觊觎和垂涎中国的东北，对中国实行了一系列蚕食鲸吞的策略，孜孜以求一块安稳的陆地，在中日战争期间提出的"宁舍本土，确保满洲"的口号，可以说是对此最好的注解。郭沫若曾经把自己在日本的留学经历概括为"读的是西洋书，受的是东洋气"，郑伯奇把这句话写进了小说《最初之课》中，并且暗示日本对于中国的蔑视已经深入人心，像瘟疫一样，无处不在。中国留学生"那些愉快的感情，被几次不快之波荡尽了"，深感"此邦之人，不我肯觳"，"此邦之人，不可与处"。不过，话说回来，在小说中日本人对中国的歧视，也不是没有正面作用，它极大地激发了中国留学生"民族身份"的意识，并且引起了他对"国家"和"人类"能否相容的深刻思考。

日本教师不但无礼地对中国予以蔑视，而且还为自己的所作所为进行狡辩，"我原不是对你讲的，不算失礼"。这正像司各特充满"东方学"色彩的小说《护身符》的作派："从'总体上'谴责整个民族，同时又以一句冷冰冰的'我并不是特指你们萨拉辛人'，试图对这一谴责进行某种程度的缓和。"[①] 日本教师这种从"总体上"否定中国，而在"特指上"耍花招的伎俩，很快就在"弱国子民"所受的东洋气

---

① （美）爱德华·W·萨义德《东方学》（王宇根译），生活·读书·新知 三联书店，1999年，第133页。

中破产了。中国留学生首先是作为一个具有着"中国身份"的人,然后才是作为"一般意义上"的人而存在。正如萨义德所说:"不管特定的例外事件有多么例外,不管单个的东方人能在多大程度上逃脱在他四周密置的藩篱,他**首先是东方人**,**其次**才是一般意义上的人,**最后还是东方人。**"(加粗为原文所有——引者注)①

在现实生活中,日本人对中国留学生的歧视和侮辱,连稍有良知和稍有远虑的日本人都无法对此视而不见。日本国会议员清水留三郎认为:"日本各地的中国留学生,往往受到学校冷漠的对待、公寓管理人员的剥削,以及一般日本人的轻慢侮辱,种下不平愤懑的种子。又因为接触中等以上的家庭的机会甚少,难以感到家庭的温暖。故在日本留学之际,既对日本抱有恶感,归国之后成为排日论者,自是当然之理。"而上田万年在察觉到中国留学生的实际生活状况后,也认为中国留学生蒙受了极大的委屈,确实处于"是可忍,孰不可忍"的境地中②。

1905年,日本文部省颁布了《清国留学生取缔规则》③,要求各学校有针对性地加强对中国留学生进行管理和监督,拒绝所谓可疑分子入学,取消违规学生的学籍。对于这种动机暧昧且含有歧视性的规定,中国留学生以罢课、归国的行动表示抗议。1905年12月7日,日本《朝日新闻》称:"罢课理由是站不住脚的,它是由于留学生对文部省规则进行了极为狭隘和片面的解释引起的不满造

---

① (美)爱德华·W·萨义德《东方学》(王宇根译),生活·读书·新知 三联书店,1999年,第133页。
② (日)实藤惠秀《中国人留学日本史》,生活·读书·新知 三联书店,1983年,第98页、180页。
③ 在这里"取缔"二字含有管理、约束和监督的意思。可能因为没有相对应的词汇,当时的汉语杂志皆沿用"取缔"二字。

第三章 边缘化的"弱国子民"

成的;它还起因于中国国民似乎特有的卑劣放纵的意志。"正是这"卑劣放纵"几个字,深深地刺痛了当时正在日本留学的陈天华,让他联想到中国学子在日本所受的"弱国子民"的遭遇,联想到自己的命运和祖国的前途,最后愤而投海,以死明志,也对日本作出了强烈的抗议。他在临死前一天晚上连夜写就的《绝命书》中说:

> ……如《朝日新闻》等,则直诋为"卑劣放纵",其轻我不遗余力矣。夫使此四字加诸我而不当也,斯亦不足与之,若或有万一之似焉,则真不可磨之玷也。

> ……二十世纪有卑劣放纵之人种,能存于世乎!鄙人心痛此言,欲我同胞时时勿忘此语,力除此四字,而做此四字之反面,坚韧奉公,力学爱国,恐同胞之不见听,而或忘之,故以身投东海,为诸君之纪念①。

其实,当"取缔规则"颁布时,有人请陈天华著文陈述反对意见,曾遭到他的拒绝。但是当日本媒体以简单、粗暴和种族主义的方式来描述中国留学生群像时,陈天华真正愤怒了。他以死进行了强烈抗议,这既是民族身份意识的最高表现,也是对国家尊严的捍卫。"面壁十年图破壁,难酬蹈海亦英雄",一百多年来,陈天华的名字成为了一个具有特殊意义的符号,激励了一代又一代人远渡重洋,探求真理,为振兴祖国而努力;他的《绝命书》也构成了中国留学背景最为重要的底色和基础,代表了中国留学运动的精神和意义。

日本人在甲午战争和日俄战争胜利之后,有着空前强烈的国家

---

① 陈天华《绝命书》,谭合成编《世纪档案:影响20世纪中国历史进程的100篇文章》,中国档案出版社,1995年,第90页。

优越感，对作为"弱国子民"的中国留学生的歧视，在当时成为一种十分普遍的现象，就连日本操贱业者都概莫能外。郁达夫《沉沦》中的日本妓女，梦芸生《伤心人语》中的日本车夫，凌叔华《登富士山》中的日本马夫，都对中国存有一种蔑视心理。竹内好在对鲁迅《藤野先生》一文的分析中指出："作者对藤野先生所以表现如此敬爱之情，大概是忘不了周围的黑暗吧！"这"'周围的黑暗'是指甚么呢？那是指一般日本人对于中国人的态度。这态度是一片黑暗的。由于周围都黑暗的缘故，一两线幽光的出现，就分外引人注目"①。在这充满歧视的"黑暗"世界中，藤野先生那充满着"国际主义"意味的关爱，就像"黑暗王国的一线光明"，让鲁迅备感温暖，所以鲁迅尊他为"在我所认为我师的之中，他是最使我感激，给我鼓励的一个"。鲁迅毕竟是幸运的，遇上了藤野先生，其他留学生则未必有鲁迅这样的好运气，所以在他们的书写中，多反映了日本人对中国学子的歧视和贬抑。

　　因为当时这一现象太普遍了，就是在日本人作家的笔下都有所体现。佐藤春夫在昭和十三年（1938）写了一个以"郭沫若"为"原型"的电影剧本——《亚细亚之子》，无论是其《东天红》主题歌还是故事内容，都打上了明显的日本国家优越感的烙印，凸现了日本帝国主义的政治野心和军事野心；而作为中国人的"郭沫若"则被随心所欲地符号化了，成为了日本大东亚政策的拥护者和追随者。尽管如此，其因"弱国子民"身份所遭受的歧视还是挥之不去。在剧本中，郭沫若变成了"汪某"，富于文学天赋，澎湃着诗人的热情，并且"风度翩翩、聪慧清秀"、"学资宽裕"，"再加上受

---

① （日）实藤惠秀《中国人留学日本史》，生活·读书·新知 三联书店，1983年，第180页。

到教授们的信赖等等,很快就成为看护妇们青睐的对象"。但是那宿命的"支那人"身份,则成为了"白璧之瑕"。"于是便有人说:如果不是支那人的话肯定会被教授们选去当女婿的,恐怕怎么也轮不到看护妇们吧。"由于"汪"在众多倾心示好者中间选择了一位名叫安田爱子的看护妇结为伉俪,而安田爱子又不是特别漂亮,于是吃醋者的酸葡萄心理和民族歧视相互发酵,诋毁他"支那人的趣味毕竟有些特别云云"。

除了这种较浅层次的对于中国留学生"弱国子民"身份的歧视之外,佐藤春夫还十分隐蔽地撒播了"中国文化终结论",这是一种更深层次的对"凝固中国"的贬抑态度。虽然此前日本有人提出"汉字废止论"遭到过佐藤春夫的反对,但是佐藤所谓的汉字并非中国的汉字,而是"日本的汉字"。如果联系到他在同一时期《大陆与日本人》文章中炮制出"支那非文化国"的谬论①,那么在《亚细亚之子》中呈现出"中国文化终结论"的症候也就不奇怪了。在剧本中,日本侵略者已经占据了北京通州,并正在那里进行殖民建设,准备用日本文化取代中国文化。佐藤春夫的"中国文化终结论",暗示中国文化如同明日黄花,已经走到了历史尽头,行将终结;而日本文化则是新鲜活泼、充满生机的,即将在中国大陆上开花结果。他说:"风习也罢

---

① 佐藤春夫《大陆与日本人》一文其中一节的标题就是"支那非文化国",在该文中佐藤提出了"我等非东夷"、"支那非文化国"的逻辑,说"金元等蛮族看到往昔多少拥有些许文化时期的支那——中国,简直像乡巴佬来到江户一样感到眼花缭乱、轻易地身败名裂的事情是很可能有的。但是,现在今天的日本人进出支那大陆,毋宁说像是城里人向乡下移动"。并进而指出:"(中国)唐宋明清算是文化国,但是,可以断言中华民国没有文化。……明清文化当然传来我国。乾隆可能是支那文化凋落之际的芳香。从那以后,称得上文化的东西连影子都看不到。"为此,他得出一个强盗式的结论:"支那之文化于本国枯死而将于吾国开花结果。唯其如此,吾等有权利且有义务进出大陆,于彼处树立文化。"见董炳月《"国民作家"的立场——中日现代文学关系研究》,生活·读书·新知 三联书店,2006年,第132—133页。

其它的什么也罢，新东西一旦进入新的地方，一段时间内比在原地更加繁盛。这是定律。看看植物学、细菌学吧。一旦那段时间过去之后，则是真正能够结实地附着在土地上的全新品种之类的东西能够正常地繁荣、发展下去。日本文化也同样会进入这里的土地，风靡起来。不，现在已经那样。"佐藤在这种"中国文化终结论"中，虽然引入了自然界中植物学、细菌学等物种发展规律的支持，但只是披上了一层科学的外衣，在本质上不过是一种民族沙文主义和对日本文化优越性的自恋而已。这种"中国文化终结论"所秉持的逻辑依据，就是社会达尔文主义的理论，佐藤将日本本土与中国的空间地理范畴别有意味地置换成为了"新"与"旧"、"先进"与"落后"历时性的历史范畴，中国文化被打上了低等的标签，从而确证了"中国文化终结"的"必然性"；而日本文化被建构成了处于高级序列，必将取代中国文化。尽管这种置换不无荒诞色彩，但它隐含着对中国文化的轻视和"固化"是不言而喻的，特别是他炮制出"适者生存"的观念，认为"不适应"历史发展的作为"他者"的中国文化应该被消灭，无疑是在为日本军国主义的侵略行径寻找学理上的合法性，因此引起了中国人特别的警惕。佐藤春夫的谬论当时就遭到了郁达夫的驳斥。郁达夫曾在《雪夜》等文章中指出过日本文化缺乏独创性，在《日本的娼妇与文士》一文中针对佐藤的"中国文化终结论"指出："因此也可以看出日本民族的决不能与世界各伟大民族相并立的痼疾；因此也可以断定日本的抄袭文化，决不能有在世界文化史上放一点异彩的运命。矮子登场，弄了一辈子的轻薄小技，终也不过是些沐猴冠者而已。"①

---

① 郁达夫《日本的娼妇与文士》，见1938年5月14日汉口《抗战文艺》第1卷第4期。

鲁迅在《藤野先生》一文中说过："中国是弱国，所以中国人当然是低能儿，分数在六十分以上，便不是自己的能力了：也无怪他们疑惑。"鲁迅在日本留学时虽有过被日本人怀疑能力的屈辱，但因为得到了藤野先生的关爱，算是意外地涂上了一抹玫瑰色。曾在日本留学七年的鲁迅一生著作卷帙浩繁，而他关于日本留学生活的文字记录却并不多。这不多的留学记录大都和仙台有关，特别是藤野严九郎先生，更成为了他记忆中的珍宝之一。后来，日本作家太宰治根据鲁迅在仙台求学和生活的素材，创作了长篇小说《惜别》，把鲁迅在仙台的留学生活这一文化资源转化成了日本的文化产品。

太宰治在创作意图中声称："打算描写仅仅作为一位清国留学生的'周先生'。不卑视中国人，亦绝不进行浅薄之煽动，欲以所谓洁白、独立亲睦之态度对年轻之周树人作正确、善意之描写。所怀意图为让现代中国之年轻知识人阅读，使其产生'日本也有我们的理解者'之感怀，在日本与支那之和平方面发挥百发子弹以上之效果。"①但是实际创作中，作者在对创作意图努力遵循和贯彻的同时，也不知不觉地超出了创作意图所规范的边界，致使实际创作和主观意图之间出现了一个偏离角，甚至呈现出一种矛盾和错位的症候。

在小说中青年鲁迅最初是以一个怀着自卑感的孤独者形象出现在仙台的，他自称是没有故乡、飞来飞去的候鸟。甚至刚刚与他相识的日本同学田中卓也敏感地意识到"这位留学生好像十分喜欢'孤独'一词"。鲁迅的孤独和自卑并非是个人性格使然，在日本作家的笔下，这是民族国家地位的一种折射，是在国际格局和国际秩

---

① 太宰治《〈惜别〉之意图》，见董炳月《"国民作家"的立场·附录二》，生活·读书·新知 三联书店，2006年。

序中"弱国子民"屈辱身份的一种直观显现。在小说中鲁迅和田中卓有过这样的对话:

> "您家乡是哪里?"我(田中卓)坦率地问。
> 对方露出奇异的笑容,无声地看着我的脸。我感到几分茫然,再一次问道:
> "是东北吗?是吗?"
> 对方的脸色突然不高兴起来。
> "是支那。您不会不知道!"
> "啊啊。"(略)
> "今后好好相处吧。支那人,您讨厌支那人吗?"稍微有些脸红,一边笑一边说①。

尽管太宰治在《〈惜别〉之意图》的声明中充满了"中日亲善"的道德意味,但是他的创作实际仍然不时地对他的主观意图构成了颠覆。这段描写体现出太宰治对"支那人"的自卑感有很深的体察,但是也很明显地赋予青年鲁迅一种挥之不去的"弱国子民"的身份意识,使他不敢或者羞于承认自己是中国人。而对鲁迅构成如此强大心理压力的,就是作为"他者"的日本的强大,在本土与异域、自我与他者之间,落后的边缘化的中国恰好成为了进步的日本的陪衬。太宰治虽然没有像一般日本人那样对中国留学生加以蔑视和丑化,在一定程度上保持了所谓道德的"洁白",但是因为小说《惜别》本身是应日本内阁情报局与日本文学报国会的要求而创作

---

① 董炳月《"国民作家"的立场——中日现代文学关系研究》,生活・读书・新知三联书店,2006年,第218页。

的，所以终究与判断的"独立"有着不小的距离，或者说，日本总体的意识形态和社会心理，仍在一定程度上潜在地左右着作者的独立判断。他所建构出来的日本进步的神话和对于中国落后的暗示，终不脱"御用小说"、"国策小说"的性质，有着明显的为政治服务、归顺主流意识形态的倾向[①]。

在当时国际秩序中，中国是弱国，而在这个信奉弱肉强食丛林法则的世界上，中国留学生在域外受到歧视也就不足为奇了。需要指出的是，留日学生如此，留学欧美的中国学子也未能幸免。尽管在容闳的《西学东渐记》、李恩富的《我的中国童年》，以及蒋梦麟的《西潮》中，对美国人的热情友好都作了相当感激的记载，但是这并不意味着美国人对中国人普遍友好而没有丝毫的歧视。由于中国和西方在"传统"与"现代"发展进程上的错位、在生活方式上的巨大差异以及文化观念上难以逾越的鸿沟，中国学子在实际生活中面临着难以破解的困境。再加上西方人因为优越感而产生的傲慢与偏见，给予中国留学生的刺激实不容小觑。

佚名的小说《苦学生》叙述了中国学子黄孙前往美利坚求学，在这片新大陆上备受"他者"的歧视，海关警察一味与他为难，同班学子排斥他兼工兼读，诋毁他是"穷汉"、"苦力"、"乞丐"和"叫化子"，甚至拒绝与他同窗共读。诚如黄孙所感慨的，"黄色种中，像我们华人，在美人的眼里，是地球极贱的人种，故此不容分享种种的权利"。但是黄孙在第一代旅美华人华盛先生的帮助下，终于以优异成绩完成学业。小说以"黄孙"和"华盛"来对人物进行命名，背后民族国家的意味是不难体会到的。所谓"黄孙"，指

[①] 董炳月对太宰治《〈惜别〉之意图》有精到的分析，本书进行了借鉴。见董炳月《"国民作家"的立场·附录二》，生活·读书·新知 三联书店，2006年。

的是黄种人（以中国为代表）的子孙；所谓"华盛"，寓意着华人的繁荣昌盛。"黄孙"以优异成绩毕业，最终实现了华丽转身，为民族国家扬眉吐气，争光添彩。

1924年3月25日，美国珂泉大学出版的《The Colorado College Tiger》上发表了一首题为《支那佬》的诗歌，对中国学生进行了污蔑和挑衅。这首诗是这样写的：

在你那面具般的面孔背后，
什么样的思想掠过你的脑海？
在你总是咧嘴而笑的时候，
是在嘲笑我们？
嘲笑我们的思维方式？
你眼中那渺茫的目光
是狡诈？
是罪恶？
抑或仅仅是智慧？
你是否明白我们所说的一切？
抑或你正苦思着沿袭至今的
什么观念？
当我们谈论女权的时候，
我喜欢观察你的表情。
愤世嫉俗的人！
"无聊之徒"，但是我要问你：
你宁愿坚持你们的方块字，
也不接受我们的现代符号？
宁愿穿绣花的绸缎

也不喜欢我们的花呢?
宁愿苹果似的微笑,
也不要"敞开心扉"?
宁愿喝茶也不饮酒?
我觉得你脸上的笑容
像是古人看幼儿学步时的微笑?
无论那是什么,
你都使我迷惑①。

　　面对这首充满歧视和轻蔑意味的诗歌,闻一多和梁实秋都气愤不已,并且给予了有力的回击。梁实秋写了《"支那人"的答复》,闻一多写了《另一个"支那人"的回答》,两首诗同时发表在后一期的《The Colorado College Tiger》上,除了给挑衅者以回击之外,还"引起全校师生的注意,尤其是一多那首功力雄厚词藻丰赡,不能不使美国小子叹服"②。

　　梁实秋曾经说过:"他们(美国人)有他们的优越感,在民族的偏见上可能比欧洲人还要表现得强烈些,其表现的方式有时是直截了当的侮辱,有时是冷峻的保持距离,有时是高傲的施予怜悯。"③ 美国珂泉大学举行毕业典礼时,按照学校的传统惯例,须是毕业生一男一女组合在一起,一双一双的排成纵队走上台领取毕业文凭。而梁实秋毕业的那一年,包括他在内中国留学生共有六个人

---

① 该诗原题为《Chinese》,毛迅译、朱辉校,见王锦厚《闻一多与饶梦侃》,电子科技大学出版社,1999年,第77—78页。
② 梁实秋《谈闻一多》,《传记文学》第九卷216期,台北传记文学出版社,1967年。
③ 同上。

毕业,但是美国女生没有一个愿意和他们组合成对完成这一仪式。学校当局煞费苦心,却无计可施,最终只能改弦易辙,让六个中国毕业生自行排成三对,走在行列的前头。平时因为"弱国子民"受到美国人的歧视,在毕业仪式上还经历了"最后的蒙羞",这件事对梁实秋刺激很大,让他一直耿耿于怀。

性情平和的梁实秋曾写过一篇金刚怒目似的小说《公理》,也可以印证这种在域外遭受"弱国子民"歧视和贬抑的问题。小说叙述三个中国留学生在一个春假的午后驾车到丹佛游玩,吃中国饭,解乡思愁。孰料节外生枝,在路上不小心与另外一辆汽车相撞。本来中国学子是无辜的,但是因为他们是中国身份,于是傲慢的警察就"胡涂官判断葫芦案",武断轻率地判定他们违规。当中国学子据理力争时,美国警察觉得自己的权威受到了挑战和质疑,结果反而更坏,其中驾车的中国学子遭到监禁。在无可奈何中,中国学子只好主动认罚款,救出同伴,铩羽而归。小说题名为《公理》,其实包含着一种反讽意味,对于"弱国子民"的中国留学生来说,根本就没有什么公理可言。

闻一多曾经在留美通信中痛陈自己在美国的遭遇:"且美利加非我能久留之地也,一个有思想之中国青年留居美国之滋味,非笔墨所能形容。俟后年年底我归家度岁时当于家人围炉絮语,痛哭流涕,以泄余之积愤。我乃有国之民,我有五千年之历史与文化,我有何不若彼美人者?将谓吾国人不能制杀人之枪炮遂不若彼之光明磊落乎?总之,彼之贱视吾国人者一言难尽。我归国后,吾宁提倡中日之亲善以抗彼美人,不言中美亲善以御日也。"① 闻一多在家书中出言如此愤激,可以想见美国人对于中国学子歧视、贬抑和伤害

———

① 闻一多《致父母》,《闻一多全集》(第12卷),湖北人民出版社,1980年。

程度有多深了。

　　本书以留日学子的创作为中心，之所以把留学欧美的中国现代作家的创作纳入考察的视野之内，是因为他们在书写内容、创作倾向和叙事风格上具有很大的相似性，可以作为一个谱系来进行分析。理查德·卡尼说过："受害者的历史需要一种记忆的方式，但不是纪念英雄和神明那种仪式化的方式。被征服者的'弱势叙事'（Little narratives）与胜利者的'宏大叙事'（Grand narrative）有着本质的区别，但在我看来，那些叙事性记忆的'道德家'似乎没有完全认识到对痛苦的怀念与对光荣的纪念一样需要被感受。"[①] 摒弃留学日本和留学欧美的中国学子叙事空间的藩篱，正视他们作为"弱势叙事"相同的感受，所以就将二者合并在一起进行梳理和论述了。

[①] （爱尔兰）理查德·卡尼《故事离真实有多远》，广西师范大学出版社，2007年，第112页。

第四章 中国的白马王子

甲午战争之后，日本把中国人视为"弱国子民"，对中国人表示了无以复加的轻蔑和贬抑。对这一不容忽视和回避的历史事实，当时中国留日作家根据自己的切身体验进行了书写和揭示。但是，作为对这一刚性书写的反动，陶晶孙的小说呈现出另外一番景观。

陶晶孙个人在东瀛的体验并非像绝大多数中国留日作家那样苛酷，他的多才多艺颇得日本女性的青睐（在现实婚姻中他就娶了日本女性佐藤操为妻），再加上国家意识和民族立场的发酵，所以，陶晶孙颠覆和解构了刻板的"弱国子民"的书写模式，他笔下的中国留学生成为了东瀛女性热烈追求和崇拜的"白马王子"。

但是陶晶孙身上又存在着解不开的矛盾：作为一个中国人，他具有鲜明的国家意识和民族立场；因为自幼留学日本，他对日本文化具有更大的认同感。这体现在他的小说中，使得他的小说既具有明确的中国立场和个人身份意识，但是又"反认他乡是故乡"，在文化价值取向上存在着向日本皈依的趋势。

陶晶孙虽然隶属于创造社，并且是早期创造社的重要成员，但是他的创作和创造社中其他人不同，除开文化价值取向上的区别之外，还有小说风格上的差异。长期留学日本，母语生疏，而日语表达却得心应手，因此他的小说东洋风十足，读起来颇像"硬译"的日本小说。

第一节 "东瀛女儿国"里的"贾宝玉"

一、"齐人之福"模式

在中国现代留日作家的创作中，日本女性所呈现出来的面孔各不相同，而与之相对应的中国留学生形象也迥然有别。在平江不肖生的《留东外史》中，日本女性大都被渲染得"骚风凛凛，淫气腾腾"，难以摆脱被"妓女化"的命运；而中国留学生也乐得在这"游仙窟"里恣意寻欢作乐，成为令人不齿的"嫖客"。在郁达夫的笔下，日本女性如同罗马神话中的两面神雅努斯（Janus），一方面是令人绝望的"恶之花"，另一方面是可望而不可即的高高在上的"女神"；与之相对应的中国留学生则成为了深受其苦、充满了自卑情结的"弱国子民"。在平江不肖生的笔下体现出了强烈的"大中华"意识和矮化、丑化日本的倾向；而郁达夫则"把颠倒的历史重新颠倒"，把日本形象抬得很高，中国学子对于日本女性大都取一种仰视的姿态。

法国文论家保尔·利科曾经"把各种传统的形象想象理论归结为两条轴：在客体方面，是在场和缺席轴；在主体方面，是迷恋意识和批判意识轴"[①]。所谓客体轴的两端，其实就是"再现式想象"和"创造性想象"；而主体轴上的变化则由信仰的程度来调节，当批判意识为零时，在迷恋的心态下异国形象被美化，形象与现实相混并且被视为现实，而在此轴的另外一端，迷恋意识渐趋淡薄，想

[①] 孟华主编《比较文学形象学》，北京大学出版社，2001年，第6页。

象就成为了对现实进行批判的工具。根据这一理论，可以说，平江不肖生和郁达夫笔下的日本女性形象分别处于"批判"和"迷恋"的两极，他们不是过"左"就是过"右"，并没有真正反映出日本女性的风情，同时也导致了他们笔下的中国留学生的形象也走向了偏执和变形。

在留日文学中，陶晶孙的创作可以说是一个"另类"，因为只有他才把东洋的风土人情真实地表达出来，尤其是把日本女性的万种风情表达得惟妙惟肖，成为了中国现代文学画廊中一个特殊的存在。陶晶孙笔下的中国籍留学生，既不同于平江不肖生《留东外史》中颓废、糜烂的"嫖客"形象，也不同于郁达夫笔下处于性的饥渴和爱的匮乏状态下的"弱国子民"形象。相反，在他众多的小说中塑造了一个"东瀛女儿国"，其中日本男性基本上处于缺席状态，只有中国留学生厕身其间，由于在跨国情场上没有竞争对手，中国学子在与日本女性的交往中总是如鱼得水，游刃有余，深得日本女性的青睐和爱慕，成为了"东瀛女儿国"里的贾宝玉[①]。

陶晶孙的小说大都以"晶孙"和"无量君"为主人公进行叙事，他们凭着乖巧玲珑的性格和超群出众的音乐才华，除了在极个别的场合偶尔有一点微小的失意之外，虽然身为中国学子，但"在日本人的乘汽车的阶级间交际"，周旋于日本上流社会，颇得日本的太太、小姐和女学生们的喜爱和欢迎，无论走到哪里，都有日本的异性主动示好，都有他的女朋友。而正因为性格软弱、情绪伤感，有着明显的女性化倾向和阴柔色彩，他与温顺的东瀛女子相处，堪称珠联璧合，得其所哉。

---

① 李兆忠在《陶晶孙的"东瀛女儿国"》里提出这一有趣的发现，见《文学评论》，2003年第6期。

陶晶孙在小说中营造了一个"东瀛女儿国",中国留学生犹如大观园里的贾宝玉,成为了这个"国度"里唯一的男性。他和众多日本女性之间的关系,大致可以划分为两种类型:一种是一男两女的"齐人之福"模式①;一种是"俄狄浦斯"模式。前者是两个女性(主要为日本女性)围绕着并且钟情于中国留学生"晶孙"或"无量君",而中国学子在她们中间左右逢源,如鱼得水;后者是性格柔弱的中国留学生受到年龄较长的或者心理更加成熟、性格更加刚强的日本女性的喜爱和呵护,而他对于她们既有依恋,也产生了真挚的爱情,形成一种弗洛伊德所谓的"俄狄浦斯情结"。

在小说《暑假》中,中国留学生"晶孙"受日本少女爱丽的邀请,到逗子海滨度暑假,从而得以入住她的亲戚——一位日本海军军医的家里。女主人十分热爱音乐,虽然已是一个十岁男孩的母亲,但是依然显得年轻娇美。丈夫因为工作关系常常不在家里,所以她平时颇觉冷清寂寞。中国留学生"晶孙"的到来让她感到分外欣喜,尤其是当"晶孙"弹钢琴时,"夫人常常要送她的媚视向他,夫人听他的音乐,凝听自己不甚会弹的钢琴里,会发那种音乐;她被他眩惑了,她只会赞叹了。她看着他的手指的一个微动也要赞美了。不过她在年轻处女爱丽的面前又不能呈什么动作"。夫人对"晶孙"非常优待,他心里甚至觉得这种待遇太"过分"了;但是

---

① 语出《孟子·离娄下》:"齐人有一妻一妾而处室者,其良人出,则必餍酒肉而后反。其妻问所与饮食者,则尽富贵也。其妻告其妾曰:'良人出,则必餍酒肉而后反;问其与饮食者,尽富贵也,而未尝有显者来,吾将瞷良人之所之也。'蚤起,施从良人之所之,遍国中无与立谈者。卒之东郭墦间,之祭者,乞其余,不足,又顾而之他——此其为餍足之道也。其妻归,告其妾,曰:'良人者,所仰望而终身也,今若此。'与其妾讪其良人,而相泣于中庭,而良人未之知也,施施从外来,骄其妻妾。由君子观之,则人之所以求富贵利达者,其妻妾不羞也,而不相泣者,几希矣。"后来在中国文化中把一夫一妻一妾的美满组合称为"齐人之福"。

对"晶孙"同样满怀爱恋的爱丽对夫人的举动却是别样一种理解,她"好像在感谢夫人的一切优待都是代替她做的满足"。在这爱的乐园里,"他成了这两个女性的珠玉,没有不安也没有不和",在两个日本女性之间"诗意地栖居",如刘晨、阮肇入天台一般,"烂若舒锦,无处不佳",过着神仙一般的快乐日子,小说这样写道:

> 他呢,他连他应该把什么样的好意给两人,都不能想了,他没有思考的工夫了。夫人也很趁心他了,夫人的有力的魅力里,他自然要被拉了进去,而他对爱丽又是——
> 所以他成了极淡泊的宾客,他替夫人弹许多他所记得的钢琴曲,又会教法国话给A——夫人的男儿,——又会同爱丽作无言的散步。

在这里,中国学子"晶孙"在两个多情的日本女性中间周旋,貌似不即不离,实则相互间心有灵犀;貌似笃定淡泊,实则绚丽之极。正印证了中国古代两句诗词:"道是无晴却有晴","情到深时情转薄"。

郁达夫曾经说过:"有智识的中上流日本国民,对中国留学生,原也在十分的笼络,但笑里藏刀。"[①] 所以尽管"有许多中国人也走进过日本的上流人家受他们的优待,只是大都也不过他们一时弄弄中国人,试试优待,试试中日亲善罢了"。而"晶孙"能够超越这种命运,"仿佛中世纪的游历者,在这儿得她们真心的优待,是很快活的事体"。

不过,中国留学生"晶孙"深获东瀛女子的芳心和"优待",

---

① 郁达夫《雪夜》,见赵李红编《郁达夫自叙》,团结出版社,1996年,第57页。

是与他出色的音乐才华分不开的，或者说他以音乐作为利器，彻底征服了东瀛女性。在日本文化中有着"爱美"和"尚艺"的传统，对身怀绝技的艺人向来崇敬有加，尤其是日本女性对于艺术家的崇拜更是不遗余力。也许身为日本女性的鸠山安子的话可以作为一个有力的佐证："日本女子的心理，除了下等无知识的不说，凡是中上等的女子，最敬重两种人：一种是具有绝高技艺的人，如狩野守信的画龙，本因坊秀哉的围棋，云右卫门的浪花节；一种是有特殊性质，或任侠，或尚武，虽下贱无赖如积贼电小僧，大盗云龙，因有特殊性质，也能博得一般有好奇心的女子的欢迎。"① 日本作为一个岛国，民族单一，虽然有着狭隘排外的岛国根性，但是"爱美"和"尚艺"的原则仍适合于对待身为"他者"的艺人，尤其是当这个艺人掌握了精湛的技艺并且已经充分"日本化"了的时候。

正因为如此，所以中国留学生"晶孙"才能够凭借出色的音乐才华在日本女性中间左右逢源，如鱼得水，享受刘阮天台之乐。甚至当开学临近，他必须要离开逗子回S市上学的时候，夫人都对他殷勤挽留："C先生的大学还可以耽搁一阵罢，请你住到秋风将来的时候好罢。"尽管他也很留恋和犹豫，但是在"现实原则"的约束下，只得陪同爱丽一起回去，于是依依惜别。而当他蓦然回首时，"夫人好像很冷清，他举手返答夫人的手巾"。他们那份不舍之情，正如《孔雀东南飞》所描述的："举手长劳劳，二情同依依。"

小说《暑假》中的主人公，在一定程度上说有着作者自身的影子，凝聚着作者的自我想象。20世纪初，自然主义和唯美主义在日本十分流行，日本的"私小说"就是在自然主义影响下发展起来

---

① 平江不肖生《留东外史》（下），第一百二十章"浪荡子巧订新婚 古董人忽逢魔女"，岳麓书社，1988年，第216页。

的小说流派,该派作家注重以自身生活经历的琐事为创作题材,大胆描写灵与肉的冲突,并喜欢对人物进行心理剖析,充满了感伤悲哀的色彩。创造社作家所主张的"文学作品,都是作家的自叙传"①,虽然承袭于法郎士,但是无疑与日本"私小说"也有渊源关系。陶晶孙留学日本的时候,受到了日本"私小说"的影响,他的小说具有鲜明的"自叙传"特征,从中可以朦胧地看出他生活的实际状态和原型。在《暑假》中,主人公名为"晶孙",单从名字上看就和作者"陶晶孙"的名字接近,既能给人以暗示,也很能够引发人们的联想。而主人公所具有的音乐才华,也正是作者自己的特长所在。关于陶晶孙具有音乐才能,可以找到很多证据支持。郑伯奇曾经说过:"在创造社初期几个同人中,他的艺术才能最丰,而这才能又是多方面的。他能写作,他又通音乐;他对于美术有理解,他又能自己设计建筑;他是学医的,他又能观测天文。"② 另外,他还曾在夏衍主编的《艺术》创刊号上发表了《舞台效果与音响》等论文,还为经过改编的德国雷马克的《西线无战事》剧中的《摇篮曲》谱了曲,并在该剧上演时负责舞台效果③。

在小说《音乐会小曲·秋》中,中国留学生 H 收到一张音乐会的入场券,而入场之后不期与先前认识的 A 女士联席,故人相逢,重叙旧情,两人状甚亲密。然而他们的一举一动却被另外一双眼睛密切注视着——那就是匿名送票人 Muff 夫人。H 虽然身在异

---

① 郁达夫《五六年来创作生活的回顾——〈过去集〉代序》,见赵李红编《郁达夫自叙》,团结出版社,1996 年,第 74 页。

② 郑伯奇《〈中国新文学大系〉小说三集·导言》(影印本),上海文艺出版社,2003 年。

③ 《陶晶孙小传》,见丁景唐编选《陶晶孙选集》,人民文学出版社,1995 年,第 403 页。

国,但是因为"女朋友太多了",所以不能够断定票是谁送的。而Muff夫人之所以送票,则是为了"要看一看还在醉心于她的文章的他";之所以采取匿名的方式,乃是因为她的丈夫于音乐会时将在场的缘故。

颇有意味的是Muff夫人弄巧成拙、成就他人重温旧情时的酸楚心态。当她看到H和A女士两人亲密耳语时,首先是感到事情太不凑巧了,而这种不凑巧恰恰成就了他人的好事,反而更加遮蔽了自己的存在。"那位女士是他的夫人么?可是票是我寄给他的,他怎的这样凑巧,会弄到那连接的号码!?"接着就产生了强烈的醋意和莫名的怨怼,甚至有着强烈的要把H从情敌手中夺回来的冲动,"我寄去的票子反弄到他们一同去,真可算倒了运了。我真是——我要对她去说:'H是我从前的情人!'唉,这真倒运!"虽然Muff的理性最终战胜了感情的冲动,没有做出出格的举动,但是H和A女士的"亲密接触"却深深地刺激了她,当"她看见A女士把嘴放在H的耳边时,不意之中发起声音来了",这一异常的举动,也引起了Muff夫人丈夫的警觉,他也在二层阶上"向下面看了",好在Muff夫人只是暧昧地说了一句:"是H,你看!",并且不失时机地向她丈夫撒了个"极辉亮的娇态",才掩饰住自己的失态。

而当音乐会终于散场时,为了引起H的注意,也为了暗示什么,Muff夫人从后面走过来,"左手轻轻碰着H的外套边而过去了",这一个微小的动作,包含了深远的用心。虽然H身为中国留学生,但由于风流倜傥,"他这样在日本人的乘汽车的阶级间交际,他必定在交际最时髦的日本女子",那么Muff夫人就在他的交际版图上处于边缘化地位了。尽管很失落,但是Muff夫人对于H仍是恋恋不舍——这一点从她对于她丈夫背影惊鸿一瞥的感受中暗示出来,"她的眼前映着一个执电车皮条的夫君的粗短的颈部",这个粗俗和丑陋的丈夫其实并非她真心所爱,她爱的是身材颀长(陶晶孙确实身材修长,风度翩翩)、并且富有音乐天赋的中国留学生H。

在这里虽然出现了一个日本男子,但是他的出现对于东瀛情场上的中国学子却构不成丝毫威胁;相反,由于二者之间雅俗、美丑判若云泥,只是更加促成了日本女性对中国留学生的追慕和思恋。这一点和郁达夫笔下"弱国子民"形象的中国留学生叙事迥然不同。在郁达夫的《沉沦》、《南迁》、《胃病》、《空虚》和《银灰色的死》等小说中,中国留学生尽管对日本女性一往情深,但是一旦日本男性在日本女性身边出现,马上就对中国留学生构成一种压力,形成巨大的威胁,使他从国家和种族上产生自卑心理,感到一种"劣败的悲哀"。而陶晶孙却正好相反,他所塑造的"东瀛女儿国"里日本男性基本上处于"缺席"状态,即使偶尔有日本男性出现,也对中国留学生构不成威胁,相反只是中国留学生的负面陪衬而已。

凭着音乐这个媒介,中国留学生具有超越国界的魅力。在小说《洋娃娃》中,中国留学生就深受向他学习钢琴的日本C姑娘的喜爱。一次她抱了鲜花来到先生寓所,由于先生不在,在"窥视欲"的驱使下,同时也出于对自己钟情的男性私密生活空间的好奇,她折进先生的卧室,发现床角上有一个可爱的洋娃娃,于是情不自禁地抱了起来,并对洋娃娃产生了莫名的嫉妒——因为洋娃娃有幸陪伴先生,而自己却无缘亲近心仪的对象。先生回来之后,C姑娘为阴郁和悲凉的情绪所控制,再也无心弹奏了。流着眼泪在月光下与先生握别后,C姑娘却发现先生当晚在舞台上为某国夫人的音乐会伴奏了。这个音乐会"是声乐家的某国夫人,在她的放浪世界的生活中"所开的音乐会。翌日,当她再次抱着许多蔷薇花去先生家时,发现人去楼空。先生给她留下了一封信,称为命运所逼迫,"跟随那老妪,放浪在世界的老夫人,我做她的伴奏者,上世界去了"。先生带走了C姑娘所遗落的手巾,留下了洋娃娃送给她,并说:"你也常常想起我,我也要常常会想你。"尽管这里的跨国恋情不无悲凉的底色,但是其范围不仅仅局限于中日之间,还延伸到了"某国夫人"身上。看来音乐作为一种情感的利器,无往不胜,具有出色音乐天赋的中国学子,极容易发展跨国恋情,并成为异国女性的宠爱对象。

陶晶孙"齐人之福"结构模式的小说,人物多是一男两女,其中偶尔也闪现出中国女性的面影,例如在《女朋友》、《两姑娘》和《毕竟是个小荒唐了》等小说中,其中的一个女性就是中国身份的女子。虽然周旋于她们中间的中国留学生"晶孙"或"无量"(有时候采用第一人称叙事,主人公是"我")受到两方面的欢迎,但是其中日本女性似乎用情更为专一,人品也更经得起考验。在《女朋友》中,两个女性为"无量"展开了争夺战,结果他被一个生活放荡、道德败坏的中国女子所诱惑,在不经意间反而对深爱自己的日本女友K子造成了伤害。在K子不屈不挠地提醒和感化下,他终于认识到自己确实是失足了。整篇小说都笼罩在一种淡淡的忏悔气氛中。而《两姑娘》中,中国女子的冷漠寡情和日本女性的热情周到形成了鲜明对比,日本女子甚至表示:即使他同中国女子结婚,她也愿意永远伴随着他。这里体现出来的,不仅是对于爱情的执著,更是日本女人和中国女人之间的天渊之别。在加西亚·马尔克斯的小说《百年孤独》中,阿玛兰塔·乌苏拉用一根丝带套着丈夫的脖子,把他从比利时的布鲁塞尔牵回了故乡马孔多,而在陶晶孙小说《毕竟是个小荒唐了》中,中国学子"晶孙"似乎也用一根无形的丝带套住了日本女郎雪才纳,使她不远万里,从日本来到中国，并且说出了一番让金刚动容的话语："你肯叫我替你陈设姊姊今天的寝室么？替你准备洗面的盥盆么？你要的东西好像我都晓得了。我会在你旁边，会服侍你，我会尽心尽身为你出力。"正是为日本女性的温柔所感动，所以"晶孙"觉得她眼睛里流出来的眼泪是"真珠"，替她拭去后马上把它送进自己的嘴巴里，居然觉得"有些咸味有些麝香香"。

在这"被追求"的叙述语境下，中国留学生成为了东瀛女儿国里的贾宝玉，备受日本女性青睐，其实这也体现了一种权力关系。陶晶孙的《暑假》、《音乐会小曲·秋》、《洋娃娃》、《女朋友》、《两姑娘》和《毕竟是个小荒唐了》等小说中，男主人公虽然是"弱国子民"的中国身份，但因为具有过人的音乐才艺，照样受到异国女子的追捧和崇拜。在这里个人才艺有着超越藩篱的功能，淡化了国别意识形态，弥合了种族隔阂的鸿沟，消解了国际格局中的等级秩序。而在郁达夫的小说中，中国留学生追求日本女性而不得，或者受到被追求者的作弄和伤害，除了与"弱国子民"身份有关外，也因为缺乏征服日本女性的才艺，所以最终只能处于落败的地位，受到性饥饿的折磨。

二、"俄狄浦斯"模式

陶晶孙小说的另外一种模式，就是"俄狄浦斯"模式。在这种模式中，性格柔弱的中国学子总扮演着"被保护者"的角色，受到年龄较长或者性格刚强的日本女性的喜爱和呵护，他与日本女性的恋爱基本上是属于"俄狄浦斯式"的母子型的关系。

在小说《木犀》中，中国学生素威与比他年长十岁的英语教师Toshiko相恋，而素威完全是一个乖孩子的形象。在遇到Toshiko教师之前，素威心里憧憬的是"母亲携着他的手儿"登上棕榈竹修饰台阶的情景；而小说描写他和 Toshiko 教师在木犀花香潮中相爱时，写道："……他不回答，只跳起抱着先生的颈项接吻。——同平时在家里和母亲的接吻——在素威心里想来，觉得有些不同——自从那晚浴在月光之中，在恋爱中剧烈地战栗后以来。"这种总将母爱放在一起比照的爱情，显然带有弗洛伊德所谓的"恋母情结"的意味。"母亲身体的这个形式，原始幻想的崇高创造物，被神话为虔诚的信徒保留了下来"[①]，并且移植到了女教师的身上。在小说中，素威和年长而成熟的女教师相爱时，确实表达过"唉，我只想永远是个小孩子"的心愿，这种拒绝成长、自我"弱化"的心理，不能简单地理解为缺乏男子汉大丈夫的阳刚之气，而实在是潜意识中"恋母情结"在起作用。

让人惊叹的是，这种师生恋尽管很快就传得尽人皆知，但周围的日本人对此却毫无非议。正像寄宿舍寮母 Tanisan 所说："素威君，你和 Toshiko 先生的事情，大家都在谈论呢，你还年轻，倒很泰然；但是先生和你不同呢，你晓得么？她无昼无夜都在挂念着你，在你看来，怕只当是先生待得你好；但是在我们旁人看来，我们是很明白的呢。女人想的事情，我们女人立地是晓得的。唉，你同 Toshiko 先生年龄要差十岁。但是，年龄之差又有什么呢，恋爱到底是恋爱。"对这种由于年龄差距所导致的"母子恋"式的爱情，日本人表现出了相当的宽容和理解，即使他们分别属于两个不同的民族和国家，日本人也无异议。需要指出的是，这和郁达夫笔下中国留学生在跨国婚恋上处处受排斥和打压的书写迥乎不同。

但是，天公不作美，有情人难成眷属。在圣诞节前夕，Toshi-

---

① （奥）西格蒙德·弗洛伊德《论文学与艺术》，国际文化出版公司，2001 年，第 142 页。

ko先生病逝了。此前,她曾经在给素威的一封信中说:"我一生只有你一人是我真正的朋友。我想我会痊愈,我想我是能够痊愈,因为有你要留我在这世上。只有今天我把日记中辍了。在最后一行我写了你的名字和我的名字……"并且给素威留下了一张照片和一个小表。在她病逝后,素威睹物思人,神情恍惚,无限往事涌上心头,不知道是活在现实中,还是活在回忆中。虽然阴阳悬隔,但"其人虽已殁,千载有余情",让用情至深的中国学生素威感伤不已。

在小说《两情景》中,"他"跑到隅田河岸去听"三弦总温习会",但是因为人太多了,没有立足的空间。正准备打道回府的时候,却被一个似曾相识的日本中年妇女带到了一处适合观看的位置。更要命的是,因为人多天热,她"拉她的日本衣服的高襟,开她胸,右手执长袖向胸一挥。她这时候的襟脚的美!他被她的这美完全失了心中的安定,许多衣服色彩美丽的许多姑娘太太们的集会不算话,这极美丽的襟脚的美,倒深深刻在他的印象里"。日本女性"春光乍泄",就对他形成了一种不可抵挡的诱惑,心中失去了定力,成为了情感的俘虏,看来真是"春色动人不须多"。而这种情感,也是"母子型"的。

在小说《音乐会小曲·春》里,中国留学生和日本女同学之间交往密切,在电车上,他们有这样一段对话:

"我问你baby是叫什么?"
"叫小孩。"
"唉,那么我的小孩,我昨天请母亲要许你常常来玩,我们是幼稚园以来的老朋友。"
我看她的瞳孔里映着我。

"不过,我的小孩,妈说不是有婚约的人不可以常常往来的。"

我说:"我是中国人,你又是——"

"我也晓得,但这有什么妨碍,若是有妨碍,我们早已不能天天见面了。我们不妨就说是有婚约了,去报告妈,好常常来往。不过,明天我们要搬到海岸去住,我倒要天天乘火车来东京,那镰仓海岸太杂沓了,春天的风光很好,我要请你每星期六到我们家来,等到星期日你下午可以回去。"

在这里日本女友不仅把中国留学生当成了 baby(小男孩),并且为了两人能够名正言顺地常在一起,还不惜编造他们已经订了婚约的谎言来欺骗妈妈。而作为中国留学生的"他",完全是一个性格温顺的乖孩子的角色,处于一种被呵护的地位,也正是因为性格温顺柔弱,才更吸引了日本女性对他的爱怜。

小说《菜花的女子》中,日本银行家的小姐对作为中国留学生的"他"的爱,带着一种美丽的专横,连她的斥责都是赏心悦目的。她"命令"他去采些菜花来,第二天他就"拿着一把菜花到医院里来"了;她让他为她的宠物狗梳梳毛,"他像新雇的佣人一样,替她梳狗毛了";大海涨潮了,经她的要求,"他替她脱去靴子了,袜也脱去,只有袜带是她自己脱的"。这位习惯于"领导"的日本女子,原来是位社会活动积极分子,因为"有加入乱党嫌疑"和"欲谋叛我帝国国体(这里所谓"帝国",指的是日本——引者注)"而被捕,当他在报上看到这一消息时,"才知道自己毕竟是不及她了"。这一切都使中国学子处于"被支配"的地位,成为"被保护"的角色。但是"被支配"和"被保护"并不意味着"被动"。事实上,中国学子总是依托着"被支配"和"被保护"的弱者地位,积极地回应,得心应手地施展爱术,驾轻就熟、自然而然地将"母子"之爱发展成为"男女"之爱。这种双重性质、双重保险的爱,既可靠,又不容易变质,必要时又容易解散,为中国学子在东瀛女儿国的纵情搭好了宽阔的舞台①。

不管是在一男两女的"齐人之福"模式还是在"俄狄浦斯"的模式中,中国留学生在紧要关头总是声明"我是中国人",主动地亮出自己的民族身份。这固然折射了中国学子到底摆脱不了作为日本人眼中"他者"的身份意识的焦虑,但也表明了中国学子对日本支配性价值体系的不从。这一点与郭沫若《行路难》中中国学子对民族身份竭力掩饰、郁达夫《沉沦》等小说中中国学子对民族身份讳莫如深迥然不同。要知道,在当时的国际秩序中,中国是积贫积弱的国家,而当时日本的国民性理论则以种族和民族国家的范畴作为理解人类差异的首要准则,以帮助日本建立其种族和文化优势,为它的对外侵略扩张提供进化论的理论依据。这种做法在一定条件下剥夺了那些被征服、被边缘化的民族国家的发言权,使它们的国家观念和民族立场丧失了存在的合法性,或根本得不到阐释的机会。有鉴于此,作为一个"弱国子民"在和日本女性恋爱的过程中暴露自己的国民身份,无疑是一桩冒险的事情。

但出人意料的是,"我是中国人"的国民身份并没有成为陶晶孙小说主人公的"阿喀琉斯的脚踵",相反,这种民族身份成为了他的一种保护色——因为弱者的身份更容易激起日本女性的保护欲,进而得到日本女性的青睐和喜爱。在小说《独步》中,"我"对有着"清冷的,Sepia色的眼睛"的日本女子说:"要请你了,不过我是中国人。"没料到对方居然"微笑了,极温暖的微笑"。本来

---

① 李兆忠《陶晶孙的"东瀛女儿国"》,《文学评论》,2003年第6期。

"我"在银座只是因为寂寞无聊才寻找女性解闷的,而对方却很真诚投入,由于她从小学起就认识我,倾慕我,和我握过手的,并且称赞我"在高等时候是漂亮少年,中学时候很可爱"。甚至我从前有一次送她回家,她送我一个十字架,我吻了她的手这些尘封的细节,都成了她记忆中的珍宝,即使时过境迁也仍然铭记不忘。而现在重逢,她感到"真是好运气了"。从这种叙述中可以看出,日本女性并没有因为我是中国人就对"我"加以白眼和轻蔑,相反,有着美好形象的"我"一直都是她心仪的对象。

在小说《两姑娘》中,"晶孙"晚上在银座街上散步时,"他的手里忽然感觉着一个女性的手了"。当他说出:"先要同你讲好,我是中国人"时,对方告诉他,原来是早年曾经被他"饱看过"、接收过他的情书的情人。她虽然经历了世事沧桑,但是对他"不醉而活泼"的"好看的模样"仍然倾倒不已,并表示他即使和别人结婚,她也愿意留在他身边。在《菜花的女子》中,"我是中国人"的身份和在日本坎坷的求学经历,不但没有遭到富有的银行家小姐的歧视,反而引起了她聆听我的"故事"的兴趣。在《音乐会小曲·春》中,那位像大姐一样呵护他的女友真诚地邀请他到家里来度周末,听他说"我是中国人,你又是——"时,马上回应说:"我也晓得,但这有什么妨碍,若是有碍,我们早已不能天天见面了。"看来,对于"中国身份"的顾虑,在陶晶孙的小说中完全是多余的,反倒显得中国学子小家子气,有"以小人之心,度君子之腹"之嫌,太低估日本女性的境界了,因为明确无误地亮出自己的国民身份,绝对不会带来任何不利的后果。在当时的国际秩序中,虽然"中国身份"是"弱国子民"的标志,但是陶晶孙企图对此进行颠覆和解构,他的小说多书写了"弱国子民"身份的"白马王子"的故事,这有点像"丑小鸭"变成"白天鹅"的童话,尽管有许多不现实的成分,但是在一定程度上修正了郁达夫对于"弱国子民"留学生形象伤痕累累的书写,充实和丰富了人们对于这个问题的认识。

陶晶孙小说中中国留学生成为了东瀛女子"白马王子"的故事,不禁让人联想到他的现实婚姻。在日本箱崎海岸郭沫若居住的抱洋阁,曾经对中国人抱有偏见和歧视的佐藤操对风流倜傥、多才多艺的陶晶孙一见钟情,她排除阻碍于1924年和陶晶孙在仙台结婚。当时佐藤父母秉持"家里出了和支那人结婚的女儿,愧对祖先"的执念,若非爱得真挚,佐藤操和陶晶孙这种跨国婚姻是很难达成的。日本作家武田泰淳也说过:"T先生(指陶晶孙)就是忍不住地喜欢日本女人"[①],而滨田麻矢则推测"可能日本时代的他还有许多风流韵事"[②]。可见陶晶孙小说中"中国白马王子"的幻想,绝不是空穴来风,而是有着潜在的现实支持。

肯定陶晶孙小说具有现实支持,并不意味着否定其小说中想象因素的存在。华莱士·史蒂文斯在论述诗的本质时,认为想象和现实是平等而不可分离的,"不仅是想象依附于现实,现实也依从着想象,二者的本质就是互相依赖"[③]。以这样的观点来看待陶晶孙的创作,许多问题就可以迎刃而解,而陶晶孙自己的道白,也可以印证这种观点。陶晶孙曾经说过:"我想,如小说,如戏剧等就是一种幻想的谎语……不过人都会梦,有时那梦倒含有些风味的,用笔

[①] (日)泽地久枝《具有里程碑意义的人物》,见张小红编《陶晶孙百年诞辰》,百家出版社,1998年,第145页。

[②] (日)滨田麻矢《文化的"混血儿"——陶晶孙与日本》,《中国现代文学丛刊》,1996年第3期。

[③] (英)拉曼·塞尔登《文学批评理论——从柏拉图到现在》(刘象恩、陈永国等译),北京大学出版社,2003年,第33页。

纸来抄它出来,那梦幻有时也会变为一个创造。"① 陶晶孙就是激扬"幻想的谎语",创造了一个新异的"纸上现实"。而这个"纸上现实"为他提供了庇护所。"原来,罗曼主义是国家意识昂扬时代的国民的热情之反映,所以罗曼主义者惯以飞跃的精神,走着向上之路,也不忘自我之意识。罗曼主义者对于永久和无限,有非功利的憧憬,有综合全体的欲求。他们不举空洞的理想,他们立在现实,但也知道现实之苛酷,因此做自己的架空,虽在逃避于架空之中,但也切实供给自己以出路。"② 陶晶孙的小说创作,在"现实的苛酷"里逃避于"架空"之中,不注重性的描绘,却瞩目于爱的营构③,在"幻想的谎语"中描述了一男两女的"齐人之福"模式和"俄狄浦斯"模式的爱,在神秘奇幻和感伤迷离中逃避现实,并获得一种替代性满足。正如有论者指出的:"他的小说有很多是写爱情的,可他的爱情描写从未接受过严峻的现实洗礼,仅仅是在迷离恍惚的臆想境地,在恋爱双方或其中一方的纯粹审美的观念世界中,朦朦胧胧,如一团雾纱,披几匹云彩,稍有风吹草动,便烟消云散,留下几缕情思,留下一片洁白。"④

跨国恋情在留学生写作中始终是一个敏感的主题,由于"弱国子民"身份、现代化程度以及文化差异等原因,这种书写总是笼罩着一片愁云惨雾,如性的苦闷、爱的饥渴、变态、疯狂和自杀等,诸如此类,不一而足。陶晶孙的小说塑造了"东瀛女儿国里的贾宝

---

① 陶晶孙《书后》,丁景唐编选《陶晶孙选集》,人民文学出版社,1995年,第162页。
② 陶晶孙《记创造社》,丁景唐编选《陶晶孙选集》,人民文学出版社,1995年,第245页。
③ 陶晶孙在戏剧《尼庵》中说过:"性不是人生的全体,要爱才是人生的根本义。我们由纯洁的爱求个近于美,近于真,便是人生的目的。"
④ 朱寿桐《情绪:创造社的诗学宇宙》,上海文艺出版社,1991年,第224页。

玉"形象，为黑暗的留学生世界增添了一线光明。当然，这种显得有些"另类"的留学生故事和留学生形象，并非陶晶孙文本世界所独有。像徐志摩、郭沫若和张闻天，也都写过和陶晶孙相类似的小说。

徐志摩虽然是个诗人，但是也涉猎过小说创作。在小说《春痕》中，就写了中国学子逸跟日本姑娘春痕学习英语，结果二人产生了爱情，春痕主动送逸一副"红玫瑰"的水彩画以表明心迹。有意思的是徐志摩的创作不是无中生有、空穴来风，其主人公的生活原型正是他的朋友林长民[①]。

尽管郭沫若与郁达夫一样写过不少"弱国子民"悲惨遭遇的留学生小说，但是在他的中篇小说《落叶》中，却来了一个一百八十度的大转弯，中国留学生洪师武成为了日本姑娘菊子心目中的白马王子。洪师武因为对"父母之命，媒妁之言"的中国式婚姻不满，东渡日本之后便开始自暴自弃，患上了软性下疳，结果却被蓄意诈骗财物的日本医生说成是患上了梅毒。这对于洪师武来说无异于判了精神上的死刑，从此万念俱灰。而一位年轻的日本看护妇菊子姑娘的出现，让他产生了不可遏制的爱情。但是洪师武因为自觉罪孽深重，感到自己不配享有美好的爱情了，为了爱她和尊重她，于是拒绝了她的真情。而菊子姑娘则因为自己的爱情没有回应，便含着莫名的悲哀匿迹于南洋，成为了一片"委身于逝水的落叶"。

在当时的国际秩序和历史语境下，中日之间没有任何阻碍的跨国恋情，"只不过是一种幻想的谎语"，菊子姑娘执著于自己的爱情，无疑受到了太多的阻拦。身为牧师会主席的父亲逼她割断情丝，邻人对她指指点点，同事也对她表示了不加掩饰的歧视，而她

---

① 见李欧梵《中国现代作家的浪漫一代》，新星出版社，2005年，第132页。

"苦闷着挣扎着要自己造出我的位置和未来",为了爱情"把父母也弃了,弟妹也弃了,国家也弃了"。整个小说由菊子姑娘的四十一封信组成,情真意切地倾吐了她的爱、恨、哀、怨,铺陈了她的焦虑和悬忧、追求和幻灭。用小说叙述者的话说:"菊子姑娘的四十一封信,我读了又读,不知道读了多少遍了,每读一次要受一次新颖的感发。我无论读欧美的哪一位名家的杰作,我自己要诚实地告白,实在没有感受过这样深刻的铭感的。菊子姑娘的纯情的,热烈的,一点也不修饰的文章,我觉得每篇都是绝好的诗。她是纯任着自己的一颗赤裸裸的心在纸上跳跃着的……菊子姑娘的精神在我们有文字存在着的时候,是永远不会死的。"《庄子·渔父》中说过:"真者,精诚之至也,不精不诚,不能动人",小说叙述者之所以直接站出来作如此议论,无疑是为菊子姑娘对中国学子洪师武的真情所感动,这也意味着中国学子深得日本女性的芳心,成为了她心仪的白马王子。

张闻天的小说《旅途》虽然不是书写留日学生的故事,但是因为情节模式和陶晶孙小说有些接近,在此不妨介绍一番。在小说《旅途》中,中国学子王均凯在美国西部亚罗镇的工程局从事紧张而单调的工作,没想到克拉先生的女儿——健康活泼、年轻貌美的安娜小姐,为王均凯不凡的举止和高贵的气质所折服,对他一见钟情。可是因为对故国女子蕴青有着刻骨铭心的爱,王均凯无法移情别恋,只能以疏远安娜和更加紧张工作的方式来麻痹自己。但是在克拉先生举办的一次家庭舞会上,王均凯与加利福尼亚大学法兰西文学科的女学生玛格莱相遇,刹那间撞出了心灵的火花,宿命般地相爱了。这位气质高傲、思想激进的美国女子,使中国学子感情的"马奇诺防线"一下子崩溃了;而这位东方学子身上美国青少年所没有的深沉和脱俗,也让玛格莱产生了强烈的共鸣。王均凯曾受过封建礼教的伤害，玛格莱也是资本主义金钱拜物教的牺牲品，面对现实的黑暗和不公正，他们都崇尚革命，崇尚力量，崇尚打碎一个旧世界重建一个新世界。"对于革命的共同的热忱，对于相互的过去的共同的怜悯，对于未来的共同的奋斗，把他们俩——均凯与玛格莱——的命运连绾在一起了。"后来，安娜因为承受不了失恋的痛苦而投湖殉情；而玛格莱在与王均凯一起奔赴中国的途中"中道崩殂"；中国学子化悲痛为力量，一个人回到祖国，投入血与火的战斗，最后在为民族独立的战争中战死沙场。

中国学子王均凯在异域虽然受到多个女性的追求，但是他拒绝安娜而选择了玛格莱，其实也就隐喻了一种道路和历史的选择。在作者的想象中，王均凯是"天将降大任于斯人"的民族英雄，他以"兼济天下"为己任，因此仅仅只有"恋爱"而没有"革命"这一维度，对他来说将是"生命中不能承受之轻"。王均凯拒绝安娜的爱情，就是因为这种爱情仅只停留在人生的享乐和两性的情欲的层次上，缺乏深沉超迈的精神内涵。对于极具抱负、"超我"格外发达的王均凯来说，这种爱情是无法满足的。而与具有革命倾向和叛逆冲动的玛格莱相爱，则可以满足这种深层次的精神需要。在当时的国际秩序中，作为"弱国子民"的中国学子已经深深地认识到了革命的价值——革命是一种"大爱"，个人一己的爱情只有附丽于它，人生才有意义。

诚如李兆忠所说，这是一个极为稀罕的国际版的"革命加恋爱"的小说，其中所涉及的恋爱虽有多角模式，但是都是精神之恋，有着"灵"的馨香，没有"肉"的气息。特别是中国学子成为了美国女性白马王子的想象，是对"弱国子民"现实的解构，把"弱国子民"的压迫和沮丧一扫而空，另外创造了一个美好的"现实"。张闻天于1922年8月赴美留学，1923年底回国，留美时间大约为一年零四个月。在现实生活中他和留美的闻一多、梁实秋没有什么差别,都是"弱国子民"的身份,文化上都有着"咸水鱼投在淡水里,如何能活"的格格不入的悲哀。在《由美国寄来的一封信》(张闻天寄给汪馥泉的信——引者注)中,张闻天在美国的孤独生活可见一斑:"这里的朋友,不知什么缘故,我终交不惯。他们以愈虚伪愈妙,像我这样当然和他们'交'不起来的了。我要找像你和泽民这样的人,简直找不到。我恐怕在美国永远是孤独的人。女子方面更不可得。总之,都看不惯!外国女子,我底同学,好的不少,但是我是黄人,支那人,我没有资格去巴结他!"[①] 从信中可以看出,白种人作为上帝的骄子对有色人种的歧视无处不在,张闻天在美国的实际生活也过得并不如意,这段时期堪称"苦闷期"。而对照作者的生活现实,可以发现小说《旅途》有一种"语言物化的冲动"[②],经过大胆的艺术虚构,满足了现实生活中未能达成的愿望,同时也造成了文学艺术与生活现实的错位和脱节。然而,也正是这种错位和脱节,使得概念化的国际版的"革命加爱情"的创作模式得以形成,一厢情愿的中国白马王子才得以登台亮相。不过,把它置于中国现代文学的大环境中,这并不是什么孤立的事件,在一个以艺术充当救国宣传工具的年代,文学遭扭曲和被异化是难以避免的。

---

① 张闻天《张闻天早期文集》,中共党史出版社,1999年,第229页。
② 所谓"语言的物化",指的是"以为描写世界的字句就是世界,相信关于世界的字句和概念,而没有意识到这些东西的语言本质"。见杰姆逊《后现代主义与文化理论》(唐小兵译),北京大学出版社,2005年,第38页。

第二节 "反认他乡是故乡"

一、文化上的"亲日"倾向

有一种流行的说法，叫做"留日反日"，意思是凡是留学日本的中国学子，大抵都会成为反日派。而与之相对的则是"留欧亲欧"和"留美亲美"。两相比较，中国人对于欧美和日本的态度，"亲疏"判然有别。

这种说法绝不是毫无现实依据的空穴来风，应当说，它对中国留学生情感价值取向的概括具有相当的准确性，至少在政治层面上看是如此。因为曾经作为中国藩属国的日本在甲午海战中打败了清朝的北洋舰队，次年强迫中国签定了不平等的《马关条约》，后来又把"二十一条"强加给中国，并在对中国领土野心的驱使下悍然发动了八年侵华战争，屠杀了几千万中国同胞，不仅使中国人的生命受到摧残，财产遭到掠夺，民族尊严遭受前所未有的践踏，并严重阻碍了中国现代化的进程。在近现代历史上，日本对中国造成了无以复加的伤害，因此中国人"反日"是自然而然的事情，这种感情取向具有不容置疑的正义性和合法性。

但是，"横看成岭侧成峰"，撇开政治和军事的角度，从文化角度看这一问题，事情就变得复杂起来。尽管由于根深蒂固的"大中华"观念和源远流长的历史传统的影响，中国人在国土面积上、在物质资源上普遍有着轻视"小日本"的心理，但是在文化上不存在"留日反日"的情况。其实事情恰恰相反，在文化趣味上，"亲日"的中国学子颇不乏人，辜鸿铭、苏曼殊、周作人、戴季陶、郁达夫、丰子恺等都是如此。可以说，在政治上的"反日"和文化上的"亲日"，形成了现代中国人深刻的矛盾。

在中国现代文学中，陶晶孙的小说就塑造了这样高度认同日本文化的留学生形象。就他笔下的许多人物而言，虽然生理血统上是中国人，但是由于长期留学东瀛，已经习惯了日本生活和日本文化，处于异国他乡中没有丝毫的心理不适。而一旦离开日本回到中国之后，则像失去了"根"一样，居然产生格格不入之感，"百事都不惯"，对于日本文化反而有着难以割舍的乡愁，必须去国东渡，重新回到日本，才能够获得一种心理的平静。可见，日本成为了他们的"精神故乡"，日本文化成为了一种内在的需要。针对这种心理状态，用《红楼梦》中的"反认他乡是故乡"来概括[1]，应该说是至为贴切的。

二、"反认他乡是故乡"的表现

陶晶孙小说中，中国学子对日本的文化认同，基本上可以概括为如下几个方面：对于日本风俗习惯的喜爱，对于日本学术文化的倾慕以及对于日本女性的偏私——因为在某种意义上说，日本女性就是日本文化塑造出来的，而日本女性在一定程度上代表了日本文化的一个侧面。有意味的是，因为对日本文化的偏爱，陶晶孙笔下的中国学子当同时面临着对中国女性和日本女性的选择时，往往毫不犹豫地选择后者，而对于前者则不失时机地加以轻蔑的嘲弄和调侃，呈现出"日本式的偏见"和向日本文化归附的倾向。

在小说《两情景》中，中国学子跑到隅田河岸听"三弦总温习会"，当他在小店里吃日本面食时，小说有这样的描写：

他坐在向河的窗边，女招待捧来一大木盆，上载两个木

---

[1] 曹雪芹《红楼梦》第一回"甄士隐梦幻识通灵 贾雨村风尘怀闺秀"，人民文学出版社，1964年，第12页。

盒，盒中盛素面，盒旁添有一小盒药味，一小盆鲜葱丝，一壶酱油，一双白木劈开而成的木筷。他开盒盖，内是冷的素面上，有海苔干撒着。他是已经住日本很久了，他晓得这就是日本极风流的食物，而这店的东西格外精致。"这东西如请从中国初来的人吃，他们不会了解这是吃的东西。"他说。

尽管只是"没有一些油混着的素面"，但是中国学子仍然能够体会出它的内在"风流"来，能够于细微之处见精神，这个细节无疑体现了中国学子因为留学日久，在生活习惯上已经充分"日本化"了，对日本饮食的精妙之处达到了心灵的契合。

中国和日本在地缘上一衣带水，在文化传统上也颇多相似之处，但是两国饮食习俗却迥然有别。周作人曾经详细地介绍过"日本的衣食住"，对于两国饮食习俗的差异，他就说过："（日本）平民的下饭的菜，到现在仍旧还是蔬菜以及鱼介。中国学生初到日本，吃到日本饭菜那么清淡，枯槁，没有油水，一定大惊小怪，特别是在下宿或分租房间的地方"；又说日本人喜欢冷食，并名之曰"便当"，而"中国一般大抵喜热恶冷，所以留学生看了'便当'，恐怕无不头痛的"[①]。1896年最初留学日本的13位中国留学生中有4人入学不过两三周便退学回国了，原因虽然很复杂，但与"日本食物难以下咽"不无关系[②]。在小说《留东外史》第二十七章中，

[①] 周作人《知堂回想录——周作人自传》，敦煌文艺出版社，1998年，第125—126页。

[②] 对中国留学生退学回国之事，实藤惠秀曾推究其原因："第一，他们频频受到日本小孩子'猪尾巴猪尾巴'的嘲弄；第二，他们觉得日本食物难以下咽，恐怕会伤害健康。在此后四十余年，中国的留日学生仍不时感到这两种苦楚。"见实藤惠秀《中国人留学日本史》，生活·读书·新知三联书店，1983年，第19—20页。

也有中国学子张思方吃不惯日本生鱼片的记述，而他的日本朋友真野则对他说："吃日本菜，不吃生鱼，就没再好的东西了。"其实，文化存在的形态是多种多样的，不但存在于文学、文献和制度等知识形式中，也存在于日常生活方式和生活习俗当中，雷蒙·威廉斯就认为应该赋予文化以"社会"的意义："对于文化这个概念，困难之处在于我们必须不断扩大它的意义，直至它与我们的日常生活几乎成为同义的。"① 过不惯日本生活，超越不了对作为"异"的日本生活习惯的排斥，就没办法深入了解日本文化，"到日本单学一点技术回去，结局也终究是皮毛，如不从生活上去体验，对于日本事情便是无法深知的"②。

在陶晶孙小说《两情景》中，日本女性"拉她的日本衣服的高襟，开她胸，右手执长袖向胸一挥"，由此导致"春光乍泄"，而中国学子对此惊鸿一瞥便难以自持，就是因为被一种日本趣味所征服了。小说主人公能够领会异国风情，于细微之处见精神，充分欣赏日本女人"襟脚的美"，说明他已经深度地介入日本生活，沉潜进日本文化之中。这"襟脚的美"像蒙娜丽莎的微笑，深深地铭刻在中国学子的心中。陶晶孙在论述"日本趣味"时，曾经就以此为例说过："略为表示日本趣味中之美与世界共通的美有些不同，这种日本之趣味，他的特色为日本之风土，加以什么与衣服之美术，再加日本之封建时代武士精神，才成立的。"③

---

① （英）雷蒙·威廉斯《文化与社会》，转引自罗钢、刘象愚主编《文化研究读本前言》，中国社会科学出版社，2000年，第6—7页。
② 周作人《药堂杂文·留学的回忆》，转引自钱理群《周作人传》，北京十月文艺出版社，1990年，第119页。
③ 陶晶孙《日本趣味》，丁景唐编选《陶晶孙选集》，人民文学出版社，1995年，第268页。

在小说《女学校的访问》中，日本女性所说的"我在伸了足太无礼了"的自责和娇羞，作为一种"日本趣味"，让中国学子心仪和心动。所以中国学子无量对于日本女性的"足"颇为迷恋，不但由衷称赞："好美丽的足！"而且对于日本女性的"足"产生了不可思议的幻觉，觉得"有小趾之处好像有一个酒窝"。这种感受有点类似于周作人。周作人初到日本时，被日本少女乾荣子的天足所震慑，后来对这一最初印象终身难忘。周作人不但写过《天足》这样的文章以表明自己"最喜见女人的天足"，甚至还用过颇为吊诡的"子荣"的笔名，折射了于周作人而言乾荣子成为了生命记忆中挥之不去的存在。从日本女性露"足"的举动，可以看出日本人生活洒脱的一面，但是洒脱并不意味着举止无礼。"洒脱与有礼这两件事一看似乎有点冲突，其实却并不然。洒脱不是粗暴无礼，他只是没有宗教的与道学的伪善，没有从淫佚发生出来的假正经。"①

陶晶孙笔下的中国学子，除了对日本风俗习惯的喜爱，对日本学术文化也颇为倾慕。虽然日本自古以来一直模仿和效法中国文化，但是自明治维新开始，日本开始"脱亚入欧"，在制度上融入世界秩序的先进体系之内，在学术上也一边倒地向欧洲学习。这种以强者为师的策略，使日本综合国力快速增长，在东亚脱颖而出，并傲视昔日作为文化导师的中国。关于中日现代教育的差距，梁启超曾经说过："以日本教育之进步，比诸中国，其相去何啻千万。"②特别是在自然科学方面，与当时几乎是一穷二白的中国相比，日本堪称是"知识帝国主义"，更有胜出优势，因而日本现代知识在不

---

① 周作人《知堂回想录——周作人自传》，敦煌文艺出版社，1998年，第120页。
② 梁启超《精神教育者，自由教育也》，《梁启超全集》（第一册），北京出版社，1999年，第356页。

知不觉中被赋予了一种令人景仰的权威性。

在现代国际秩序和学术秩序下,知识和权力是紧密伴生、相互依存的,"权力关系造就了一种知识体系,知识则扩大和强化了这种权力的效应"①。在小说《哈达门的咖啡店》中,主人公"他"就"爱着在日本的学术生活"。在《到上海去谋事》中,"我"留学日本二十年之久,在经济极为拮据的境况下仍不忘刻苦攻读。但是离开日本回到"百鬼夜行似的上海","我"就像鱼儿离开了水似的对中国社会格格不入。无论是在生活习俗上、世态人情上,还是在学术气氛上,"我"都难以融入中国的社会体系之内。叙述者甚至不无调侃地写道:"但我在这回由日本回到百事都不惯的中国来,好像从非洲搬到动物园里来的狮子一样,已经完全失去了性欲。"留学时"虽然受过留学生的经理员的剥削,也饱受过日本外务省的气,但自己总算能静心读书并思索。现在要到没有研究室的学校里去受学生的气,那是梦想也梦不到的。愈想心里愈不好过"。在忍无可忍的情势下,在为学生上完课后,"我""马上去赶当天下午四时开向神户的轮船",抛妇别雏,只身东渡日本去继续自己的研究去了。小说在这里体现出来的,不仅是对专业的热爱和追求,更体现了对日本现代科技知识在骨子里的认同和向往;而不能适应的恰恰是作为母国的中国社会现代知识的缺席和现代学术的荒芜。

这种域外学子"归来又离去的模式",在中国现代留学生文学中不止一次地出现过。在许地山的《无忧花》中,黄家兰因"羡慕西洋人的性情"在纽约求学时便更名为多怜伊罗,视西班牙同学邸力里亚为印度神祇欲天或希拉伊罗斯的化身,并把行苟且之事说成

---

① (法)米歇尔·福柯《规训与惩罚》,生活·读书·新知 三联书店,1999年,第32页。

"行洋礼"为自己遮羞,彻底异化成为了一个"香蕉人",归来后觉得中土一无是处,便又远渡重洋,适彼乐土,到西班牙去过她快活的日子去了。在老舍的小说《牺牲》中,毛博士留美归来,毫无国家立场和民族意识,开口闭口都是"美国规矩"和"美国精神",处处唯美国标准是尚,但是细细分析起来,他所追求的只不过是美国现代化的物质生活和开放的男女关系而已。由于中国境内只有上海是最摩登的现代都市,租界林立,富于异国情调,是西方文化在东方复制出的一块"飞地"①,毛博士只能到上海获得一种替代性的满足。在这里,作为一个典型的"香蕉人"形象,毛博士的所作所为是一种象征性的"去国"。而与陶晶孙的《到上海去谋事》最为相似的,是冰心的小说《去国》,其中写到留美学子朱英士在域外取得骄人的成绩,谢绝了美国公司的高薪挽留,但是回国后却没有用武之地,加上对国内黑暗的社会现实不满,所以重新背井离乡到美国继续进一步的研究。以上各篇小说,它们主人公"去国"的动机不同,小说叙述者对他们的态度也不一样,但是其"归来——离去"的模式却是一致的。

作为一个中国人,身在故国却感到万分的不适应,反而对异邦有着割不断的眷恋,这只能理解为中异邦文化的"毒"太深了。陶晶孙从小接受日本教育,日本文化已经深入到了他的思维方式和人格结构中,成为了他的"根"。在某种意义上说,这种书写正是陶晶孙自身情感取向的一种折射,也是文化制约人类的一个证明。与陶晶孙形成鲜明对照的是苏曼殊,他虽然有一半日本血统,但是因

---

① "飞地"一词具有丰富的内涵,"我们可以将那些充斥着异国情调的空间称为'飞地',这一称呼在指向空间的同时,无疑也表达了时间的维度,因为'飞地'常被用来指称上海的租界"。见包亚明、王宏图、朱生坚等著《上海酒吧》,江苏人民出版社,2001年,第86页。

为早年在中国度过,他的文化人格则是中国式的,正如陶晶孙所说:"他是一个完全中国人罢了。"① 苏曼殊即使身在日本也时刻牵记中国,在《本事诗十首》之九中写道:"春雨楼头尺八箫,何时归看浙江潮?芒鞋破钵无人识,踏过樱花第几桥?"在《东居杂诗十九首》之十中写道:"灯飘珠箔玉筝秋,几曲回阑水上楼。猛忆定庵哀怨句,三生花草梦苏州。"在第十四首中又写道:"蝉翼轻纱束细腰,远山眉黛不能描。谁知词客蓬山里,烟雨楼台梦六朝。"由于个人成长经历的不同,苏曼殊在日本创作的诗歌都蕴含有许多中国文化元素,这一系列"梦想中国"的诗歌,和陶晶孙笔下人物"反认他乡是故乡"的价值取向正好形成了鲜明的对照。

即使不曾去国,陶晶孙笔下的中国学子归来之后,大都成为了身在故国的"零余者",而对日本文化时时怀着强烈的乡愁。在小说《哈达门的咖啡店》中,中国学子回到北京,却感受到了羁旅的愁苦:"他就选着北京,而今他到北京了,——他方在这里感受Stranger(陌生人——引者注)的苦恼。""世界的哪里能够收容他呢?故乡么?故乡的'没有一物',他也不会去了,日本呢?他也不是嫌恶日本,反在爱着在日本的学术生活。"

在小说《毕竟是个小荒唐了》,陶晶孙写出了这样的话语:

> 现在靠中国的革命成功了,也富强了,中国人居然可以走进外国的公园了(指建在中国土地上曾经为外国人所把持的公园——引者注)。至于自己身上穿的是时式的漂亮西装,又到过外国来,马马虎虎会讲几句英德文,也同外国人周旋过,外

---

① 陶晶孙《急忙谈三句曼殊》,丁景唐编选《陶晶孙选集》,人民文学出版社,1995年,第220页。

国女人也拥抱过,吃着庚子赔款留学,也晓得一地方的经济势力,决不是能够一刀两断。那么我们也用不着整天慷慨,多闹些自讨烦恼的事了。

这里"用不着整天慷慨,多闹些自讨烦恼的事了",指的是消解了少年时代所怀有的慷慨激昂的爱国热情。小说主人公"晶孙"在日本留学回来之后,便"不会像国家主义者般徒然恨外国人了",并且因为物以类聚、人以群分,"晶孙"对中国无法建构起"母国"的认同感,所以称自己、弥吉林和雪才纳为"三个不合时代生活的异国人"。"晶孙"在血统上是地地道道的中国人,但在中国的土地上却以"异国人"自居,可见他与中国社会和中国文化格格不入,而对日本社会和日本文化却高度认同。正因为如此,所以他才认为中国是"异国",认为日本是"故乡"。这是陶晶孙回国之后的作品,其中所流露的情绪和价值取向,正如滨田麻矢所说:"可以看到陶晶孙的自嘲与焦躁——他既割不断自己意识里面的日本,也不能完全归属于中国。在日本习惯于安静的研究生活的陶晶孙,回到上海后受到的冲击并不小。"[①]

在中国现代社会中对于日本女性抱有好感的人很多,辜鸿铭、周作人、郁达夫、徐志摩等都是如此。周作人曾经说过:"我们在日本的感觉,一半是异域,一半却是古昔,而这古昔乃是健全地活在异域的,所以不是梦幻似地空假。"[②]辜鸿铭也认为自宋朝之后,中国儒家变得有些狭隘和庸俗,中国本土上的女性因之失去了不少

[①] (日)滨田麻矢《文化的"混血儿"——陶晶孙与日本》,《中国现代文学丛刊》,1996年第3期。

[②] 周作人《苦竹杂记·日本的衣食住》,河北教育出版社,2002年,第159页。

风韵和魅力,人们要想找到中国文明所塑造的理想妇女的典型,恐怕只能去日本寻找了,因为在那里还保留着唐代遗留下来的地地道道的中国文明。他认为日本妇女,即使是社会最下层的妇女身上,也有一种"名贵"的气质。"这种气质,正是中国妇人理想那神圣的温柔,那种端庄文雅、殷勤快活品质所赋予她们的特征。"他不吝于对日本女性的赞美,常用的赞美词汇有:"'柔弱'、'温顺'、'纯洁'、'敏感'、'真诚'、'勇敢'、'高雅'、'甜蜜'、'有女人味'等倾心之辞。"① 而徐志摩则以一首《沙扬娜拉》把日本女性的温柔与幻美推到了极致:"最是那一低头的温柔,像一朵水莲花不胜凉风的娇羞,道一声珍重,道一声珍重,那一声珍重里有蜜甜的忧愁——沙扬娜拉!"即使郁达夫的小说中日本女性总以"恶之花"和"女神"两幅面孔出现,而他对于日本女性的赞美仍让人动心:"身体大抵总长得肥硕完美,决没有临风弱柳,瘦似黄花等的病貌。更兼岛上火山矿泉独多,水分富含异质,因而关东西靠山一带的女人,皮色滑腻通明,细白得像似磁体;至如东北内地雪国里的娇娘,就是在日本也有雪美人的名称,她们的肥白柔美,更可以不必说了。"②

在赞美东瀛女子的"众声喧哗"中,陶晶孙发出了异样的声调。与其他人"礼失求诸野"的态度不同,他不是站在中国立场,而是纯粹出自于日本式的感觉。他在小说中宣泄了对日本的喜爱,而这种感情很大程度上是通过对日本女性的喜爱来实现的。在这里"日本女性"就成为了"日本乡愁"的转换图式。有意味的是,伴

---

① 黄兴涛《闲话辜鸿铭:一个文化怪人的心灵世界》,广西师范大学出版社,2001年,第162页。
② 郁达夫《雪夜》,见赵李红编《郁达夫自叙》,团结出版社,1996年,第58页。

随着这种喜爱的则是对于中国女性的厌恶,或者说中国女性成为了日本女性的负面陪衬。这种书写又因为洋溢着浓郁地道的东洋情调,成为了中国现代文学中一道独特的景观。

小说《两姑娘》堪称这方面的代表,一开头,就是一篇对于中国江南女人的刻薄的抨击,性格温柔沉郁,文风具有日本"物哀"、"幽玄"和唯美特征的陶晶孙,很少在作品中有这样金刚怒目的极端和决绝的。小说这样写道:

> 他是江南人,他十五岁时候留学日本,也回家去过好几回,只是他对于江南一个一个的女人,除了他的母亲——姊妹他是没有的——都很慊恶。一归省到江南去,无论那一根他的末梢的神经,都要感觉许多丑:那好像用漆去漆了的头发,那没有足跟的鞋子,那一半从那短衫下露出的很大的臀部——中国的女人他真看也不愿看了。

历朝历代以来,中国美女几乎尽出江南,本身也是江南无锡出生的陶晶孙却不惜予以颠覆和否定,其实并非江南女子真的不美,而是一种根深蒂固的"日本式的偏见"在作祟。小说写到主人公"他"与一位杭州姑娘丽叶有过婚约,但是她态度任性、专横、冷漠,连最起码的人情味都没有,她虽然在新式的外包装上接近于日本女性,但内在性情上却与日本女性有着天壤之别。而中国女子的薄情寡义,正好为日本女性施展爱术提供了可乘之机。当他孤独地踯躅银座街头的时候,日本女性主动向他表示了爱意。原来他们曾经相识,他还是她早年的白马王子,而今邂逅,他在她眼里仍然风流倜傥。她不但把他带回自己的豪宅,尽心地百般照料,更让人不可思议的是,她趁他酣然入睡之时,还拍电报给他的未婚妻,请她到自己的房间，然后主动回避，让他们相会。在中国女子离开之后，她才回来继续照料他，并向他表示：即使他同中国女子结婚，她也愿意永远伴随他。两相比较，中国学子如何作出取舍自是不言而喻。

同样的价值取向，在《女朋友》里又以另外的形式演绎了一遍。小说写中国学子无量被一个生活放纵、道德败坏的中国女子所诱惑，因为"女性的夸张把她的声音给他听，又把日本人特有的害羞拒他的钢琴的要求，这动作很趁了他的心"。无量对中国女子的态度是："我原来是轻蔑我国女子的，只是从逢你以后那是冰消了。"中国学子之所以态度发生变化，就是因为这个中国女子具有"日本情趣"；而他的失足颇有几分"大意失荆州"的味道。无量的举动，在无意中极大地伤害了自己的日本女友K子，在K子的帮助下他终于认识到了中国姑娘的本质，也认识到了自己用情方向的错误。整个小说笼罩着淡淡的感伤和忏悔，而中国学子对于日本女性的喜爱便也从中凸显出来。

在小说《毕竟是个小荒唐了》里，中日两国女性之间的差异被夸张到了极致，中国女子弥吉林"身体象一匹肥猪也用不着别人给她流吗"，而日本女子雪才纳则美得连孔雀都嫉妒她，要开屏与她一争高下。小说这样嘲弄中国女性：

> 原来无论什么一个肉体，把她的器械拿Benzine油洗一洗，揩一揩油，说不着文学上的浪漫主义，——只把影戏巨片的艳丽，肉感，爱情，浪漫的精神吹进她的脑膜里，抱她在跳舞厅的滑地板上扭一扭，拍了一拍白粉胭脂，那么一个女性算就是解放了。

而对于日本女性雪才纳的赞美，则完全是另外一副笔调：

> 你这一件衣裳，虽说是半丧服，你不晓得比包一层面纱的美女美丽得更多么？不晓得你的两根脚，两个眼睛，你的走路，你的两条眉毛，你的金发，除非化装波斯人，不是，就算化装波斯人，你本来的美一些也不会埋没的。

这种对比显示出了陶晶孙视野中中日女性之间判若云泥的区别，小说的价值判断带有明显的"亲日"倾向。

《短篇三章·绝壁》里，中国学子被一中国女子所裹挟，而该女子站在绝壁上都不忘对他进行挖苦和嘲弄："好风啊，从这儿看东方，大概到日本去的船也可以望见了，那儿听说的恋爱着你的夫人也在——你如回去，她必定要叫她的丈夫出外边去，然后来接你——"由于她"不顾别人的存在"，只贪图自己的"快活"，即使临死也要找个垫背的，"决不肯一个人从绝壁上落下去"，具有反人性的"恶魔"特质。最后他们真的一起滚下了绝壁。

在陶晶孙的小说中，就连身体上的气味，中日女性之间都有高下雅俗之别。中国女子身上的气味往往怪异、刺鼻，令人"眩晕"不安；而日本女子则正好相反，她们呼气如兰，清香、悠远，让人爽心宁静。当然，这已经超出了正常的理性判断，因为中日两国人种相同，没有任何科学证据表明中国女子身上的气味要比日本女子的气味难闻，这种感觉，无疑是潜意识中的"日本趣味"在作怪。同时也说明了所谓"知识——永远不可能是原初的、未经玷染或纯客观的"①。即使貌似客观如实的描写，也包含了不易察觉的意识形态因素，所谓纯正客观只是一种神话而已。另外，这种书写完美地体现了索绪尔所谓的"差异原则"，即只有在语言的要素进入到类似与差异的关系中，才有可能产生意义。需要指出的是，在陶晶孙的小说中，中国学子对日本趣味的向往，往往置换成为了对日本女子的喜爱。但是，揭去这一层面纱，我们不难发现陶晶孙笔下中国学子"反认他乡是故乡"，对于日本有着割不断的乡愁，他们在血统上是中国人，而在文化上具有了日本的魂，是"有日本之魂的文人"②。

陶晶孙小说中对日本女性一边倒的价值取向，究其原因很复杂。首先，当时中国能够出洋留学的多是官宦之家的女儿（例如，小说《两姑娘》中的中国女留学生就是省长的千金），又因为风气始开，女留学生数量很少，本来就被娇宠惯了，再加上物以稀为贵，故行事难免飞扬跋扈（《留东外史》中的秦次珠就是一个典型）。其次，与男性的写作立场也分不开，他们笔下的女性通常是男性权力幻想的产物，当时男性作家在思想上并未完全摆脱传统"妇道"观念的影响，而在现实中理想女性的缺席，使他们的创作在很大程度上歪曲了中国女性的形象。第三，从女性自身来看，随着西风东渐，中国女性在走向进步的同时，也造成了自身解放运动的走偏，旧的妇德被抛弃了，而新的妇德却没有建立起来，形成了一种真空状态。而一衣带水的日本却不存在这种女性价值青黄不接

---

① （美）爱德华·W·萨义德《东方学》（王宇根译），生活·读书·新知 三联书店，1999年，第350页。
② 这是佐藤春夫评价周作人的话，移用在陶晶孙笔下的人物身上，也颇为妥当。佐藤原话见于《日华文人的交流》，《东京朝日新闻》，1941年5月22日。转引自董炳月《"国民作家"的立场》，生活·读书·新知 三联书店，2006年，第129页。

的现象,传统的妇德没有丢失,而现代的美德又已经悄然建立,两者并行不悖,相得益彰。综合凡此种种的原因,对于身处域外而寂寞难耐的中国学子来说,喜爱日本女性也就可以理解了。

尽管陶晶孙笔下的中国留学生有着偏好日本趣味的倾向,但他所建构的"东瀛女儿国"却是一个爱情乌托邦和白日梦的幻想世界。他在《音乐会小曲·冬》里说过:"总之万事都是假设,事体一到现实就不美好。"另外,他还曾说过:"我想,如小说,如戏剧等就是一种幻想的谎语";"不过人都会梦,有时那梦倒含有些风味的,用笔纸来抄它出来,那梦幻有时也会变为一个创造。换言之,人不会限制他的梦,也不会强做他的梦,而那极不自由的梦幻中,我们能够选出一些灌流人性和人生的有风味的独创。"①

三、"反认他乡是故乡"的成因

弗洛伊德说过:"一个幸福的人从不幻想,只有未得到满足的人才这样做。幻想的动力是未被满足的愿望,每一个单一的幻想都是愿望的满足,都是对令人不满意的现实的纠正。"② 陶晶孙作品中所"不满意"的,是有关中国的事情;但是任何"幻想"又离不开客观现实的支持,一个人的生活经验和人格性情,直接决定了他所"幻想"的方式与结果。古人云,"寄人国土,心常怀惭",但是陶晶孙留学日本却"反认他乡是故乡",这与他的人生经历、文化结构是分不开的。

陶晶孙十岁时就跟随着父亲东渡扶桑,开始了长达23年的留

---

① 丁景唐编选《陶晶孙选集》,人民文学出版社,1995年,第162页。
② (奥)西格蒙德·弗洛伊德《论文学与艺术》,国际文化出版公司,2001年,第101—102页。

学生涯。十岁是一个天真未凿、文化人格尚未定型的年龄,正如一张白纸有待人生经验的填充和涂抹。在日本这片土地上,他充分领受了东洋的风土人情;而从小学一直读到大学,更使他接受了完备的日本文化教育。由于文化制约着人类,陶晶孙儿童期的"中国经验"难以与后来长期受浸染、受熏陶的日本文化相抗衡,所以他内在的"先行结构"和文化人格极为日本化,尽管他在生理血统上是中国人,但是在"文化血统"上却可以说是日本人。陶晶孙自己也说过:"原来很久留在欧洲者,很久留在日本者,都受彼国之影响,这个事体特别在初年时代是厉害。"①

尽管陶晶孙在"根底上生有爱乡心,观察外国又得爱国心"②,但是长期留学日本,陶晶孙从生活性情、文化教养乃至艺术趣味上讲,与其说是个中国人,不如说更像个日本人,其价值取向也明显地偏向日本。在自传体小说《暑假》中,有过这样的表述:主人公"他"(晶孙)成为了一个"东洋的波兰人","他只想他久留日本,已经不能合中国人的国民性,他觉得他是世界上的放浪人,他情愿被几位同期留日的同学以为久留日本而日本化"。并且对于中国人和日本人的异同作了一个奇特的比喻:"他仿佛坐在月台上,他的前面是许多中国人——不过他很看不惯——日本的听众从月台上看,譬如是一朵温室的花,中国的就是枯木上开着梅花一般",面对中国听众,他好像面对"一种外国人"。这种对于日本的偏私,其实就是陶晶孙内在价值取向的流露。

由于在日本长大,陶晶孙的汉语表达远不及日语表达得流畅和

---

① 陶晶孙《急忙谈三句曼殊》,见丁景唐编选《陶晶孙选集》,人民文学出版社,1995年,第221—222页。
② 陶晶孙《晶孙自传》,见丁景唐编选《陶晶孙选集》,人民文学出版社,1995年,第235页。

准确,他的小说读起来像是"硬译"的日本小说。他曾经说过:"我久在外国,欧德罗典者弄过,可是不很通中国古典,所以我写的东西,'文理不通'没有'文艺味',有人说新颖,有人说东洋风。"① 陶晶孙说的是大实话,他的小说《木犀》和剧本《黑衣人》等都是先用日语写好,然后再翻译成汉语的。而翻译过程却是一个美感损耗的过程,"一国的文字,有它特别地美妙的地方,不能由第二国的文字表现出来的。此篇译文比原文逊色多了,但他根本的美幸还不大损失,请读者细细玩味。"② 陶晶孙的小说,从文风上已经彻底东洋化了,很难读出多少中国味道,简直成为了日本文学一脉特殊的支流。由于深受日本趣味影响,其中融贯了日本文学"好色"、"物哀"、"幽玄"和唯美的特性,他已经完全没有了郭沫若和郁达夫作品中的"中国根性",展卷阅读,一股东洋香气扑面而来。

---

① 陶晶孙《关于识字》,《陶晶孙代表作》,中国现代文学馆编,华夏出版社,1999年,第182页。
② 陶晶孙《书后》,见丁景唐编选《陶晶孙选集》,人民文学出版社,1995年,第163页。

第五章　在"抗敌第一线"

"假如真有这样的一个世界，天下如一家，人们如家族，互相爱，互相助，共乐其生活……这是何等可憧憬的世界！"① 这是丰子恺《东京某晚的事》中的一段话，折射了丰子恺对大同社会的想象和向往。但是因为中日特殊的地缘关系，这种国际间的大同，不可能在现实中实现，故难免流于虚无。

薛福成在为黄遵宪的《日本国志》所作的序言中曾经指出，中日之间"或因同壤而世为仇雠，有吴越相倾之势；或因同盟而互为唇齿，有吴蜀相援之形。时变递嬗，迁流靡定，惟势所适，不敢悬揣"②。话语表述虽然委婉，但在当时历史语境下其意指已经非常明显。果然，三个月之后便爆发了中日甲午战争。而黄遵宪则明确指出："日本维新之效成则且霸，而首先受其冲者为吾中国。"③ 日本要确立在世界上的地位，无论在哪方面看，都需要以中国作为其崛

---

① 丰子恺《还我缘缘堂》，华夏出版社，2008年，第5页。
② 薛福成《日本国志·序》，1898年浙江书局重刊本。
③ 梁启超《嘉应黄先生墓志铭》，转引自郭双林《西潮激荡下的晚清地理学》，北京大学出版社，2000年，第329页。

起的奠基石,所以甲午战争之后日本一直不断地向中国进行势力渗透。1931年,为了转移经济危机,也为了实现多年来苦心经营的夙愿,日本在蓄意谋划之后,终于发动了"九一八事变",再次把侵略魔爪伸向了中国。而由于蒋介石的不抵抗政策,日本很快就占领了东北三省。

面对国家危亡,许多留日学生纷纷退学回国从事抗日活动,当时求学东瀛的胡风在第一时间就写下了《仇敌的祭礼》这样义正词严声讨日本帝国主义的诗歌:

> 大炮轰破了满洲黑夜的天空,
> 是的,在愤怒里我读到了这消息,
> 谁是屠伯,
> 是"贵国"的人干的
> 也是"敝国"的人干的。
> 而死的是,
> 生在海那边的我们的兄弟,
> 生在海这边的我们的兄弟。

需要指出的是,中国留日学生来自全国各地,面对日本侵略他们的态度各不相同,因而决不是铁板一块。在民族危难之时,由于涉及个人的利益,他们很容易就发生了分化。有的投敌叛国,充当了不光彩的汉奸角色;有的则"位卑未敢忘忧国",坚定不移地走上了抗日救亡道路。利用文学文本表现这种分化,最成功的是崔万秋的长篇小说《新路》。他笔下的留学生形象,大致上就可以分成忠与奸、正与邪两种类型(介于这两者之间的,经过一段时间的彷徨,最终都走上了"正途",因而可以归于"忠"与"正"一类)。

这种分类虽然未免显得模式化，但是小说的叙述和描写"立危词以警国民之心"，读来却不失滋味。

第一节 对民族国家的背叛

一、日本的侵略扩张和文化殖民

日本是远东一个岛国，主要由北海道、本州、四国、九州等几个大岛组成，东面是一望无际的太平洋，西面隔海与中国大陆、朝鲜半岛遥遥相望。岛上除了森林和水力资源相对较为丰富之外，其余资源都很贫乏，国民经济发展的资源、能源和原材料大都依赖进口。可以说，资源的匮乏成为了制约日本经济发展和实力壮大的瓶颈。另外，日本处在太平洋板块和亚欧板块的交界处，地壳不稳定，火山、地震频繁，极大地威胁着日本人的生命财产安全。难怪日本人有病态的忧患意识，担心有朝一日日本列岛会突然沉没，整个民族遭到灭顶之灾。这虽然是一种悲观的想象，但绝对不是毫无根据的杞人忧天。蒋百里将军就曾经指出过："地震、火山喷火，这些不可知的自然变动，也给予日本人一种阴影。"①

丹纳认为：文化的创生和发展取决于种族、时代和环境三种要素，可见客观的地理条件对人有着至深至巨的影响，"某些持续的局面以及周围的环境、顽强而巨大的压力，被加于一个人类集体而起作用，使这一集体中从个别到一般，都受到这种作用的陶铸和塑造。"② 正是因为孤悬于荒洋中的岛屿上，所以日本人被集体"陶铸

---

① 蒋百里《日本人》，见《日本四书——洞察日本民族特性的四个文本》，线装书局，2006年，第366页。
② 伍蠡甫主编《西方文论选》（下卷），上海译文出版社，1979年，第239页。

和塑造"得没有安全感,才不择手段地"离群去国去找安全的法子"①。在近现代历史上,一衣带水的中国堪称日本的弱邻,而如履薄冰的日本人只有踏上中国大陆才有脚踏实地的感觉,才会长长地松一口气,因此难免不对中国领土产生觊觎和窃取之心。在当时世界格局中,日本作为后发国家一直企图形成一个"东亚共同体",进而重构世界秩序,有论者指出:"它要求'东亚'协同体世界承担新的世界史使命,而试图建立'新秩序'。"②也就是说日本所规划的"新秩序"的建构,乃是以征服中国为前提条件的。

当然,在侵略中国之前,日本经过了"苦练内功"的准备——明治维新,在政治、经济、文化和社会生活上进行了一系列"脱亚入欧"的现代化改革。由于全面"顿革平昔因循之弊",日本面貌为之一新,很快成为了亚洲强国,"欲求立乎泰西诸大国之间,而与之较长短而无所馁也"③。羽翼丰满,准备就绪之后,日本于是便开始对邻国实行军事侵略。这种侵略,也就是在领土上"入亚",而首当其冲的就是针对朝鲜和中国。武藤一羊曾经指出过:

> 从幕府末期经明治维新改革到日本帝国主义登台的日本近代化的历史,是在和西欧殖民主义、帝国主义的紧张关系之中形成的亚洲近代史的一部分,但是问题在于它不是在向亚洲的

---

① 在郑伯奇的小说《最初之课》中,日本教师有感于日本危机四伏的地理环境,就曾经说道:"我们毕竟都是——他想了——微微的沙粒,一样地投在茫不可知的一个荒洋中的。荒洋,这洋真是风紧浪高,我们稍一不慎,便沦没了。我们为在荒洋中救我们的沦没,我们才这么着离群去国去找安全的法子。"由于当时中国堪称日本的弱邻,日本人所谓的"找安全的法子",就是对中国领土实施非法的侵占。
② (日)子安宣邦《东亚论——日本现代思想批判》,吉林人民出版社,2005年,第53页。
③ 王韬《弢园文录外编·变法自强》,转引自郭双林《西潮激荡下的晚清地理学》,北京大学出版社,2000年,第328页。

自我设定,而是在和亚洲逆接的关系中展开的。福泽谕吉的"脱亚入欧"论一直最具代表性地表现了近代日本的选择。日本在"入欧"的过程中,作为西欧帝国主义、特别是英国的先锋而在亚洲横行霸道的同时,又以日本帝国的侵略和扩展的身份而"入亚"。也就是说,这是日本以东亚近邻,特别是以韩国、中国为对象的战争、侵略、殖民地化而膨胀的历史,也是日本帝国主义形成的过程①。

因为自然灾害或者长期战乱,夷狄乘机入侵中原,破坏中国现存秩序,威胁中央政权的情况常有发生,例如历史上的"五胡乱华"就是其中一个典型。长期以来,中国作为亚洲大国,发生异族王朝入主中原取汉人政权而代这样的政治事变,无疑会大大降低中国在四夷中一以贯之的传统威信,甚至刺激他们中有强力者对中国不可告人的梦想,使他们由对中国的仰视,悄悄置换成了对中国的觊觎。在这当中,日本是最不加掩饰且急于跃跃欲试的一个。

蒙古灭南宋而建立元政权的历史事实,就深深地刺激了刚刚以武力统一日本的丰臣秀吉,使他起了"问鼎中原"的狂妄野心。他在答朝鲜国王书里说:"我欲假道贵国,超越山海,直入于明,使其四百州尽化我俗,以施王政于亿万斯年,是秀吉宿志也。凡海外诸藩,后至者皆在所不释。贵国先修使币,帝甚嘉之。秀吉入明之日,其率士卒,会军营,以为我前导。"② 18 世纪左右,日本所谓的"经世学派"诞生,其核心思想就是鼓吹"雄飞海外"、"霸占中

---

① (日)武藤一羊《近代日本和中国革命》,《读书》2000 年第 6 期。
② 戴季陶《日本论》,见《日本四书——洞察日本民族特性的四个文本》,线装书局,2006 年,第 292 页。

国"。佐藤信渊在《宇内混同秘策》一书中，设计了完整的侵华方略，书中声称日本是个神国，有能力征服全世界，为此须先从满洲进入大陆，再并吞整个中国，因为中国的土地最为辽阔、物产最为丰富、兵源最为充足，随后便可以使世界各国沦为日本属下的郡县。该书第一次颠覆了日本人对中国一贯怀有的尊重和崇仰之情，从道德伦理上开始对中国人大肆诋毁。而满人入关，定鼎中原，特别是英法联军攻陷北京，清政府被迫签订了一系列不平等条约，更像兴奋剂一样刺激了福泽谕吉和西乡隆盛，促使他们对于东亚文明中心和政治版图重构怀有强烈的冲动，试图颠覆中国作为圣人之国的传统价值秩序，给中国涂抹上"否定性他者"形象，把"'东洋的专治'、'东洋的停滞'之名披在中国身上，并将中国从东亚的文明中心位置上赶下来，正在于自认为欧洲文明嫡系弟子的日本，要登上东亚新文明构图的中心"[①]。当时明治天皇宣称要"开拓万里波涛，布国威于四方"。而田中义一首相则制定了所谓的"新大陆政策"，声称："惟欲征服支那，必先征服满蒙；如欲征服世界，必先征服支那。倘支那完全可被我国征服，其他如小中亚细亚及印度南洋等，异服之民族必畏我敬我而降我，使世界知东亚为我国之东亚，永不敢向我侵犯。"[②]

这一系列证据表明，日本在企图称霸世界和全面侵略中国之前，就已经确立了以满蒙为扩张基地的战略决策。张资平在小说《银踯躅》中所写到的一个细节颇能说明这一点。日本人在世界地图上把中国的东北、蒙古以及台湾，涂成与日本一样的颜色，并在

[①] （日）子安宣邦《东亚论——日本现代思想批判》，吉林人民出版社，2005年，第84页。

[②] 《中国20世纪全史·峥嵘岁月（1927—1937）》（第四卷），中国青年出版社，2001年，第345页。

满蒙位置题上"吾人伸足的地方",由于"地图是特殊的意识形态纲领的产物","是信念的纹章"①,这可以看成是日本侵略野心赤裸裸的彰显和最直观的注释。

1874年5月日本出兵台湾,这是近代日本侵略中国的肇始,也是近代日本向海外派兵的肇始。这两种"肇始"的重叠,既是日本蓄意拿中国作为海外扩张祭刀,也说明了中国乃日本海外扩张首当其冲的目标。清朝政府迫于日本和西方列强合谋的压力,总理衙门大臣奕䜣与日本特使大久保利通终于在10月签订了中日"北京专条"及"凭单"。这种妥协如饮鸩止渴,只换得日本"以后觊觎更多,鱼肉更甚"。而在1894年甲午战争中,北洋水师一触即溃,清政府国家内部机制中的严重弊端已经暴露无遗。而这场战争对于野心勃勃的日本来说也十分重要,若能一举战胜,其意义不只是征服了亚洲最大的国家,而且是文化"弑父"的举动,有利于摆脱笼罩在中国之下的传统心理,确立争霸世界的民族自信。因而,除了一般性的战争宣传之外,还有直接鼓舞士气的军歌,例如《膺惩》一首,一开头就是:"膺惩清国,清为吾国仇";而《连战连胜》则将日本政府蓄谋已久的征清战略步骤以歌词的形式表现出来,歌词非常露骨地叫嚣:"追逐逃跑的敌兵,进入奉天城","追击遁逃的敌舰,冲向北京城"②。就是希望通过反复歌咏,鼓动日军效死之精神,也让每个士兵对征战目标牢记不忘。

甲午战争以清王朝北洋水师的覆灭而告终,1895年中日之间签订了《马关条约》,规定中国除了大量赔款之外,还割让辽东半

---

① (英)丹尼·卡瓦拉罗《文化理论关键词》(张卫东等译),江苏人民出版社,2006年,第162页。

② 《膺惩》和《连战连胜》日本军歌歌词,见夏晓虹《军歌》,《读书》2000年第6期。

岛、台湾、澎湖列岛给日本。但是因为俄国担心这样一来日本会威胁到自己在中国东北的利益，于是联合法国和德国共同向日本施压，要求日本归还辽东半岛。日本无力与三国抗衡，极不情愿地归还了辽东半岛，但是再一次向清政府勒索白银三千万两作为赎金。归还辽东之后，日本不仅感觉到"战果丢失了一半"，更主要的是意识到自己在世界秩序中力量还不够强大，从此开始了十年的"卧薪尝胆"，针对俄国实行了疯狂的军备扩张计划。1905年日俄战争爆发，以日本的胜利而告终，结果日本实现了对"南满"的控制，巩固了对朝鲜的统治，跻身于世界强国之列。这是近代世界史上黄种人第一次完胜白种人的战争，同时也使日本走上了军国主义对外扩张的不归路。

日本在占领中国"南满"之后，马上就着手进行文化殖民。文化殖民政策是近代日本对外扩张政策的重要一翼，这一政策对于巩固日本军国主义侵略扩张的成果具有重大意义，所以日本帝国主义在重视"武功"的同时，也注重"文治"，做到了"两手抓，两手都要硬"。

佐藤春夫在剧本《亚细亚之子》中无意地透露，日本占领了通州之后，战火甫熄，日本工匠就开始马不停蹄地营建"日本文化教室"，并且根据自然界物种新陈代谢的法则为日本文化"加魅"，声称："日本文化也同样会进入这里的土地，风靡起来。不，现在已经那样。"[①] 由于教育机构是"意识形态国家机器"，是文化殖民的工具和载体，所以日本帝国主义对此非常重视，在殖民地上建立起了从小学到大学的各个层次的学校。在现实中，日本在朝鲜建立了

---

① 董炳月《"国民作家"的立场——中日现代文学关系研究·附录一》，生活·读书·新知 三联书店，2006年，第271—272页。

"京城帝国大学",在台湾建立了"台北帝国大学",在伪"满洲国"长春建立了"建国大学"(名称之所以与前二者有差异,是因为伪"满洲国"作为日本的殖民地与朝鲜和台湾为日本所吞并在身份上毕竟有些不同)。在日本殖民学校里,日本文化得到了大力宣传和弘扬,而其他文化处于被遮蔽和被压抑的地位。这样一来,日本文化和日本国家意识形态自然而然就占据了学生的头脑。这种刻意灌输的意识形态,过滤了许多东西,剔除了接受者对日本殖民统治不满的因素,使其对日本文化产生认同感、归属感和荣誉感,从而绝对地服从日本国家权威,接受日本国家驱使,成为日本国家机器规范下的驯服臣民。

二、民族身份的迷失与国家认同的错位

崔万秋在1933年出版的长篇小说《新路》中,对此有很生动的表现和很深刻的批判。梅如玉身为中国人,身上打上了中国烙印、流淌着中国血液,但是因为出身于日本控制下的殖民地,长期浸淫在日本奴化教育的氛围和场域中,她被形塑成了一个民族虚无主义者,对历史"不知有汉,无论魏晋";对国家只认同日本,不知道有中华民国,彻底迷失了自己的民族身份。因为生长环境的形塑,因为中国历史文化"先行结构"的缺失,她的现实立场便不知不觉地发生了变迁,并导致了"民族身份"与"思想认同"的分裂,中国成为了她厌恶和规避的"他者",而日本则成为了她珍爱的对象和认同的归宿。

梅如玉的案例,用法国社会学家皮埃尔·布迪厄的"场域"和"惯习"理论可以得到透彻的解释。皮埃尔·布迪厄认为,在一个场域内部,场域与惯习之间存在"本体论的对应关系"。这种"本体论的对应关系"表现在两个方面:"一方面,这是种制约关系:

场域形塑着惯习,惯习成了某个场域(或一系列彼此交织的场域,它们彼此交融或离异的程度,正是惯习的内在分离甚至土崩瓦解的根源)固有的必然属性体现在身体上的产物。另一方面,这又是种知识的关系,或者说是认知建构的关系。惯习有助于把场域建构成一个充满意义的世界,一个被赋予了感觉和价值,值得你去投入、去尽力的世界。……知识的关系取决于制约的关系,后者先于前者,并塑造着惯习的结构。"①

梅如玉"生长在奉天金州,从小即受日本所办的小学教育";长大以后,又"在日本人办的旅顺师范学堂读过五年书,她不知道A、B、C怎么样读;读中国文,也是完全仿照日本读法,由下往上颠倒着念";"她和别人通信,也从来没有写过中文,通是用日本文。她的中国话,虽然也能说,然而她谈话总是用日本语。"甚至连对自己籍贯的书写,都是符合日本意识形态的"关东金州",而不是中国人所惯称的"奉天"。这一切表明,她从来未曾意识到自己是个中国人,也未曾思考过自己的民族身份和国家归属。相反,由于日本文化教育的影响,在潜意识中她总觉得自己是个日本人,并且常常自觉不自觉地把一种西方对东方的"看"与"被看"的关系移植到自己和中国人的关系上,以一种"东方学"的眼光打量中国和中国人。"她脑筋中没有中国,只有一个腐败的支那,这支那是人人吃鸦片,各个女子都缠小脚,各个男子都拖着长辫,读书人都是弯腰驼背的老迂腐,所以她从来看不起中国人。"富有讽刺意味的是,这个日本殖民教育塑造出来的怪胎,是在到了东京留学之后,因为遇见许多中国人,才开始了"中国意识"的启蒙,"才知道有所谓中华民国四个字"。身为中国

---

① (法)皮埃尔·布迪厄、(美)华康德《实践与反思——反思社会学导论》,中央编译局,1998年,第171—172页。

人却在域外接受"中国意识"的启蒙,不难看出小说于荒诞滑稽之中也融入了叙述者犀利的批判。

接受了"中国意识"启蒙之后的梅如玉并没有意识形态上的痛改前非,她对中国的态度仍然一如既往。唯一的变化,是她对中国人的看法与以前不同了。因为经过实际的亲密接触,她发现中国人有一个好处——作为阔少的中国人花钱很大方,能够满足她的穷奢极欲和恣意挥霍。

梅如玉本是来自金州的一个"半城半乡"的女子,来到东京之后,突然置身于五彩缤纷的现代化大都市中,由于虚荣心作祟兼以对物质生活孜孜以求,她难免产生了一种"都市的眩晕"。正像都市小说惯常描写的主人公那样,她在东京留学,总共没读几本书,学业上无所进展,但是在生活上却迅速地都市化了。而现代都市的高消费和作为普通留学生的贫寒之间存在着巨大的矛盾,她只能别无选择地以自己的身体作为交易的筹码以获得物质上的享受。

梅如玉利用自己的色相,牢笼住北洋大军阀的阔少周星庵,仗着他的金钱,"今天到三越吴服店买香水,明日到牛山美容院烫头发,三个月的训练,她已变为纯粹的都市女子,都市的摩登女子。出入于留学生聚集的东亚预备学校,中国留日青年会,使得一般远离故国,感着性的烦闷的独身留学生们,追腥逐膻,于是'留学界的女王'之尊号,便加在她头上"。作为"留学界女王",梅如玉不脱"腥膻"本色,这种讽刺可谓入木三分。既然身为"留学界女王",梅如玉每天要收到十多封求爱信。虽然她对这些求爱信多不屑一顾,但是为了稳坐头把交椅,就必须使得那些追求者对她保持持久的兴趣。为此,"她很乖巧,一方面要利用周星庵的经济资助,但一方面又不和他同居,表示她是独身,使得追逐她的人不灰心,她的女王之宝座,永远不会失掉。但在夜间,周星庵可以常常宿在她那里"。

但是纸终究包不住火,若要人不知,除非己莫为。梅如玉丑恶的品性和德行终究露出了狐狸尾巴。在东京中国留学生界,梅如玉的形象一落千丈,甚至彻底走向了她所期望的反面,从"留学界女王"蜕变成了"烂熟的妖星"。梅如玉从一个"半城半乡"的姑娘成为"留学界女王"的过程,是一个都市化的过程;而从"留学界女王"蜕变成"烂熟的妖星"的过程,则是一个道德堕落的过程。小说这样刻画梅如玉的形象,明显具有将梅如玉"妖魔化"的倾向。尽管由于潜在的国家意识、民族立场和道德取向使叙述者赋予了梅如玉这一形象以否定性含义,但是不容忽视的是中国现代留学生文学和留学生形象中很少具有这样"都市化"的角色。来自古老的农业文明国度的中国学子,一般总是与异域都市社会格格不入,而梅如玉却以"反道德"的方式如鱼得水融入其中,也算少有的典型了。

推究梅如玉被叙述者"妖魔化"的原因,不仅仅是因为在"身体"上堕落成了一个隐秘的荡妇,更主要的是因为她在"思想立场"上堕落成为了汉奸。对金钱和享受的渴望,加上多年奴化教育所导致的对中国没有感情和缺乏认同,因此她很轻易地就被日本间谍所收买,将灵魂卖给了洋鬼子。这样刻画的梅如玉,便有了双重的堕落:在都市中出卖身体,在国难中出卖灵魂。

"九一八事变"之后,中华民族面临着严峻的生存危机。本来,对"此垂亡之国,翼翼爱护之,犹恐不至,独奈何引盗入室,助之折桷挠栋,以速大厦之倾哉"[①]?而梅如玉却置民族大义于不顾,对

---

① 鲁迅《中国地质略论》,《鲁迅全集》(第八卷),人民文学出版社,1981年,第16页。

国家存亡无动于衷,甚至认为沈阳被日本侵略者所占领对于她来说有益无损,因为她反而"扩大了做事的地盘",所以她不愤慨,不恼怒,也不痛苦。孟子说过:"非其义也,非其道也,禄之以天下弗顾也,系马千驷弗视也。非其义也,非其道也,一介不以与人,一介不以取诸人。"① 但在"有奶便是娘"的实用理性主义支配下,日本侦探堀田只用区区三千日元的一张支票就把她收买了。本来民族意识就很淡薄,在接受了他者的"嗟来之食"之后,她不惜认贼作父,成为了出卖灵魂的汉奸,成为了一枚日本人埋伏在中国留学生中间专门侦查留学生动向的不定时炸弹。

"九一八事变"后,日本报纸的号外不遗余力地报道了日本连战连捷的消息,而整个中国再次掀起了排日风潮,在这种语境下,日本帝国主义也抓紧了刺探中国情报的工作。留日学生作为一个深入日本国内的群体,在某种意义上说堪称是战斗在最前沿的一族,因此自然在日本间谍关注的范围之内。堀田对梅如玉下达的任务就是:刺探"东北驻日代表办公处,对于这次事件取何种应急手段,是不是要鼓动全体留学生大举归国?在军事上是不是更加积极侦察日本的秘密?以东三省留学生为根干的同人俱乐部会不会暴动?中国国民党、中国共产党、中国青年党,这三派将有何种策动?三派会不会结成联合战线"。对这些日本间谍急于知道的秘密情报,梅如玉积极获取,她积极地筹划搬家,准备住进中国留学生麇集的中华女生寄宿舍,以便"多得些留学生爱国运动的消息"反馈给日方机构。由此可见,梅如玉作为"烂熟的妖星",其妖孽不仅在于玷污了自己的身体,更主要的是危及了国家和民族利益。需要指出的是,作者这种书写,也折射出了男权主义的视角,是古代"女人亡

---

① 孟子著,杨伯峻译注《孟子译注》,中华书局,2005年,第225页。

国,红颜祸水"的现代版本。

中国文学作品中不乏和梅如玉形成对比的跨文化形象。在冯梦龙小说《喻世名言》中,有一篇《杨八老越国奇逢》,记述了杨八老被倭寇掳去19年,在语言、形貌上都已经充分日本化了,但是正如汉代的苏武和宋代的洪皓一样,他不改汉节,常怀狐死首丘之心。杨八老这种永不磨灭的"中国心"和梅如玉的价值取向形成了鲜明对比。

像梅如玉这样唯利是图、损害国家民族利益的"假倭"和汉奸形象,在中国文学作品中也古已有之。清代小说《绿野仙踪》中徐海、汪直、陈东和麻叶等人就是典型①。在现代作家中,老舍的小说《东西》也生动刻画了曾经的东洋留学生鹿书香和曾经的西洋留学生郝凤鸣如何堕落成汉奸的过程。小说的标题《东西》就寓含有几层意思:两人贪得无厌,为了获得更多的"东西",两人皆感到有合作的必要,"东西"指的是"东洋"和"西洋"的联合;更主要的是"东西"寓蕴着反讽色彩,含有讥刺两个卖国贼"不是人"的意思。

当然,在《新路》中无独有偶,与梅如玉一丘之貉的还有王文尤。他与梅如玉是同乡,并且有着相同的经历,也是喝着日本殖民文化的奶水长大的,他的思想认同和价值取向与梅如玉毫无二致。他们一如罗马神话中的两面神雅努斯:身为中国学子,却充当了日本间谍;天生中国人的血统,却具有鲜明的媚日和亲日倾向,也就是说"身体"和"思想"之间产生了严重的分裂。他曾经向日本当

---

① 徐海、汪直甚至被《明史》钉在耻辱柱上了:"时胡忠宪为总督,诛海贼徐海、汪直,直部三千人,复勾倭人寇,闽广益骚。"见《明史》卷九十一《志第六十七·兵三》。

局告密了几位背地里阅读上海一家爱国团体出版物的中国同窗,使得草木皆兵的日本校方当局将他们开除了。另外,他还告密过爱国留学生鞠晚声"莫须有"的罪行,使得鞠晚声遭到日本警察局的审讯和日本暗探的密切监视。日本战胜俄国占据"南满"之后,把满蒙视为日本的生命线和第一道国防线,为了了解满蒙(更是为了解剖中国),日本人成立了一个所谓的"满蒙研究会",披着学术外衣为政治和军事目的服务,为日本侵华正名,从意识形态上赋予日本海外扩张以合法性。广大中国学子对此义愤填膺,而王文尤却恬不知耻地为"满蒙研究会""尽义务教授支那语"。这不仅是"太不知道分寸",而且是助纣为虐,引狼入室。因为种种可鄙的行径,他堕落成为了令人不齿的"东洋狗"。假如说"烂熟的妖星"在一定程度上将梅如玉"妖魔化"了的话,那么"东洋狗"则是将王文尤"畜牲化"了。在小说中,叙述者觉得假如单只是将王文尤"畜牲化"未免不解恨,他还意犹未尽地写道:"他的祖父,他的父亲,在大连,都是以当东洋狗而富贵荣达。有狗父,即有狗子。"可见王文尤当"东洋狗"不但是日本殖民文化教育的结果,同时也有家庭环境的影响。正因为其卖国渊源有自,所以这种充满侮辱和鄙视意味的"畜牲化",不仅及于王文尤自身,甚至被及其祖宗三代。这种"妖魔化"和"畜牲化",就是叙述者对于梅如玉和王文尤"身体"和"思想"分裂、丧失了民族立场的严厉惩罚。

梅如玉肩负着为日本帝国主义效劳的使命,但是小说叙述者不忍见其为非作歹,终于安排这匹害群之马在方潜亭忍无可忍的情杀中毙命了。在中国传统说部中,插入诗、词和曲文都有影响小说叙述速度、推动情节发展和刻画人物性格的作用。而在小说《新路》中,传统的诗、词、曲文置换成为了现代化的电影。例如电影《警察与女盗》就为梅如玉牢笼徐博提供了方法论上的启示,后来她所施展的手段都是对电影镜头的模仿；在电影《蓝天使》中，方潜亭看见了自己的影子，他的命运在某种意义上说就是影片中男主人公命运原型在现实中的再度演绎；在电影《奈何天》中，葛莱泰嘉宝扮演了一位名为玛泰哈丽的国际间谍，于一战期间在巴黎为德国刺探法国和俄国的军事情报。有着相似经历的梅如玉从女主角身上照见了自己的镜像，而女主角最后东窗事发，被处以极刑，也让梅如玉"有一种不吉之兆"，"身上不由得打了个寒颤"，预感到自己的生命轨迹将步其后尘。也正是在看完电影之后，她就被方潜亭杀死了，结束了她罪恶的生命。

梁启超曾经有感于日本人"大和魂"所体现出来的爱国热忱，写下了《中国魂安在乎》，竭力倡导和呼吁"中国魂"。虽然梁启超迫于当时的历史形势所吁求的"中国魂"还只是一种窄化的"兵魂"，但是他正确地指出了没有"爱国心和自爱心"就是"无魂之兵"。其实，没有"爱国心和自爱心"，丧失了民族立场和民族感情，不但是"无魂之兵"，且亦是"无魂之人"。在《新路》中，梅如玉就是这样典型的无魂之人，她甘愿充当日本间谍，彻底背叛了自己的祖国，故为人所不齿。

第二节 救亡压倒"启蒙"

一、与政府合谋的日本人民

在《留东外史》第十四章"出大言军人遭斥责 游浅草嫖客发奇谈"中，日本陆军少尉中村清八当着中国留学生黄文汉的面，对积贫积弱的中国发了一通赤裸裸的侵略言论。其大意是如果中国能够重新振作，发奋图强，日本对于一个强大的中国无可奈何，那么中国和日本就可以"辅车相依"；如果中国依然不争气地贫弱，那么"兼弱攻昧、取乱侮亡"就怪不得日本了,日本对中国的侵略"能多得一省,便有一省的好处。至并吞的话,贵国人愿意与不愿意倒不必管,只看敝国的实力如何"。颠顸狂妄的中村清八甚至自吹自擂地说:"若论实力,不是说夸口的话,像现在贵国这样子,除已在贵国的兵不计外,只再有十万兵,就是不才带领,贵国四百余州,也不出一年,必能奠定。所愁的,就是那些眼明手快的西洋人,不肯放过。不然已早已如了诸君的愿了。"

然而,现实的中国并没有发奋图强到能和日本"辅车相依"的程度,相反,中国在屈辱的泥淖中,在列强一次又一次的打击下,仍然贫弱如故。特别是在《马关条约》签订之后,因为割地赔款,元气大伤,一蹶不振,和日本的差距不可以道里计。而从另一方面看,其实日本根本就不希望看到中国的强大,因为保持一个贫弱无能的中国符合日本的国家利益。日本军阀元老山县有朋就曾直言不讳地说过:"日本不希望中国有一个强有力的皇帝,日本更不希望中国有一个成功的共和国,日本所希望的是一个软弱无能的中国。一个受日本影响的弱皇帝统治下的弱中国,才是理想的国家。"[1] 洋务运动之后,中国社会黑暗王国中出现了一丝现代性的光明,日本便感到惴惴不安,悍然发动了甲午战争,摧毁了清政府的北洋舰队,因为"日本是无法容忍中国有海军的"[2],便是日本遏制中国现代化进程、不希望中国强大的有力证明。1927年蒋介石在南京建立政权之后,经过一系列战争削平了其他军阀,逐渐建立起了在全国范围内的统治,完成了表面上的统一,从而使中国进入了一个相对平稳的发展期,综合国力也有较大提升,整个国家呈现出一种新

---

[1] 王晓秋编《近代中日启示录》,北京出版社,1987年,第151页。
[2] 蒋梦麟《西潮·新潮》,岳麓书社,2000年,第242页。

气象。费正清在《剑桥中华民国史》中这样评价道:"经济在复苏;政府在推行各种交通和工业计划;币制从未有这样统一。"① 1929年爆发了世界性的经济危机,大萧条也冲击到了日本,为了摆脱经济危机,也为了遏制中国良好的发展势头,延缓甚至终结中国现代化的进程,"不允许中国成为一个有能力向日本的霸权挑战的统一、强大的国家","日本唯一可行的解决办法,就是采取大胆行动,把中国置于日本的绝对控制之下"②。于是日本便在1931年9月18日悍然发动了"九一八事变",开始了对中国新一轮的侵略。

"如果日本人——平民和军人——没有把他们国家的命运和对中国不同程度的统治联系在一起,绝对不可能发生满洲危机。但这个过程,早在19世纪末期就开始了,而一代代日本人逐渐认为这种统治是理所当然的。"③ 为了达到灭亡中国的目的,日本在鲸吞中国之前,一直在不断地对中国进行蚕食。在占领"南满"之后,日本就以此为据点,不断向中国东北派遣军队,加强所谓"关东军"的实力,为侵略中国作必要的战争准备。崔万秋在小说《新路》中,就生动地叙述了日本军队开拔出征的过程,以及日本普通民众送行的热烈场面,当然,小说更凸显了中国留学生散发反战传单,揭露日本帝国主义穷兵黩武的勇气和试图瓦解日本军心、激起日本人民良知的努力。从这个意义上说,他们就是战斗在抗战最前沿的民族英雄。

分析中国留学生在境外抗战之前,有必要先说说日本对外扩张政策下的日本人民,或者说日本人民对于国家侵略扩张的态度。

---

① (美)费正清主编《剑桥中华民国史》(第二部)(章建刚等译),上海人民出版社,1992年,第180页。
② 同上,第543页。
③ 同上,第544页。

"人民"一词在内涵和外延上极为复杂,在不同的国家和不同的历史时期具有不同的内容,但是综合几种不同语言的辞书对人民的解释,共同之处可以归纳为如下两点:(1)人民是表示群体的集合名词,在整个国家人口中占绝大多数;(2)人民在一国之内处于被统治地位,不属于社会上层,不直接决定国家政策。在中国近现代历史中,因为中日两国之间关系极为特殊,"日本"便成为了一个出现频率最高的国家名词,与此相关的"日本人民"之类的说法也屡被提及。

耐人寻味的是,无论是中国官方还是中国民间,在叙述到"日本人民时",总是无一例外地赋予他们一种正义和无辜的色彩,把他们当成了日本帝国主义穷兵黩武的被欺骗者和日本对外战争的受害者,从而导致了把"日本人民"和"日本政府"作为矛盾对立的二元实体加以认识和区别。因为"日本人民"被想当然地赋予了同侵略成性的"日本政府"相对立的立场,所以他们自然也就被建构成了一个可以引为同调的友好群体。例如在抗日战争胜利之后,当时作为中国政府首脑的蒋介石就说过:"我们要严密责成忠实执行所有的投降条款,但是我们切不可予以报复,更不可对于敌国无辜人民加以侮辱。"1948年4月6日发表的《中国各界名人对日政策声明》中又称:"我们反对日本复兴,完全因为现在日本政权仍掌握在少数侵略派手中,并非反对一般日本人民,反之我们很愿意与日本广大人民合作,促成日本真正民主化早日实现。"① 共产党建国后,政权性质虽然发生了变化,但是这种思维方式仍一以贯之。1950年1月17日,在题为《日本人民解放的道路》的《人民日报》社论中就有过这样的表述:"日本帝国主义曾经并且现在仍然是中

---

① 周建高《日本对外扩张中的人民》,《读书》,2004年第6期。

国人民的敌人,但是日本人民却是中国人民的朋友。日本人民和中国人民有共同的敌人,这就是日本帝国主义及其支持者美国帝国主义。"

其实事情远非这么简单。这种日本认识论除了简单、肤浅和自欺之外,实在是对日本最大的误读。自从海外扩张以来,日本就和中国、俄国、东南亚诸国以及美国进行过一系列的战争,大规模征兵的次数不可胜数,动用的军队多达数百万人,这么庞大的一个群体,难道没有人能够认识清楚国家与个体的关系以及战争对于个体生命的威胁?答案当然是否定的。日本民众深切地认识到了充当炮灰的危险,但是他们依然慷慨赴死,只能证明在对外扩张这一点上"日本人民"和"日本政府"是高度一致的。尽管日本国内也有阶级矛盾,但是一旦发动对外战争,阶级矛盾就为民族矛盾、国际矛盾所掩盖和淡化;一旦发动对外战争,"日本人民"和"日本政府"就凝结成为了一个利益共同体,不存在"日本人民"反对"日本政府"的情况。日本人民固然受到了日本政府的战争蛊惑,但是反过来日本人民对战争的支持和狂热,也推动了日本政府在战争道路上愈行愈远。而中国人只看到他们之间对立的一面,并对此无限夸大,有意无意忽视和抹杀了他们合谋的一面,所以才得出乖违事实的荒谬结论。

日本人民和日本政府的合谋,有诸多的例证。1894年和中国开战之后,日本诸多实业家组成了报国会,为政府积极筹措军费。素来与政府对立的国会,在开战后也通过了巨额预算,作出了协助战争的决议。佛教各宗和基督教徒随军布道,慰问军队。妇女们则从事恤兵运动。报界对于日本的侵略战争也进行了大肆鼓吹,《国民之友》杂志和《国民新闻》报的主编德富苏峰,就把日本挑起的侵略战争说成是日本开国以来"所淤积的活力的发泄",是"与维新革命一脉相承的一次喷火",大肆称赞天皇的战争行为是"发扬三千年以来世界无与伦比之大日本国体"。战争以日本的胜利而告终后,连小学生都唱起了这样的歌谣:"支那佬,拖辫子,打败仗,逃跑了,躲进山里不敢出来。"也正是因为这种"剪不断,理还乱"的合谋关系,在以"九一八事变"为标志的日本新一轮侵华战争开始后,日本不断对中国增兵,各地火车站,连偏僻的乡镇小站,都常常出现欢送士兵的人海。他们手中挥舞着小旗,高呼万岁之声不绝于耳。许多成年人对于日本士兵在中国强暴妇女的禽兽行为,带着下流的表情津津有味地谈论。南京陷落之后,日本全国举行了游行庆祝,高唱《爱国进行曲》。太平洋战争爆发后,在开始阶段日本军队推进很顺利,不但日本政府、军队,就连大多数日本国民都为日本的胜利而陶醉。而美军逐渐转守为攻之后,则遭遇到了日本军队和日本民众的顽强抵抗。在塞班岛的战斗中,日军战至最后一人,非战斗人员包括妇女、儿童和老人则集体跳海自杀。在美军攻占硫磺岛和冲绳岛的战斗中也遇到过类似的情况,当时冲绳岛人口约47万,大约有三分之一战死,不少居民混在军队中,妇女则装扮成了男子都投入了战斗。1945年日本战败投降后,不少民间志士相约集体自杀,很多百姓匍匐在皇宫前呜咽痛哭,表示自己努力不够而向天皇请罪。

  以上客观的历史事实,应该有利于颠覆中国人的日本想象和日本观念。中国人之所以秉持错误的认识,是因为在对日本人民的叙述中潜伏着这样一种逻辑:日本政府是资产阶级利益的代表,是和日本人民的根本利益相对立的。资产阶级赞成的,日本人民必然就会反对;资产阶级反对的,日本人民必然就会赞成。日本对外侵略扩张,是资产阶级获取利益的手段和资本主义发展的必然结果,必然受到人民的反对,而人民是进步的、爱好和平的,因此不可能支持侵略战争。这样炮制出来的日本观，从阶级论出发，并不能揭示认识对象的真实本质。假如要说日本人民反对对外战争，不如说"他们是反对资产阶级独占海外利益，倒不是同情受害国人民"[①]。可以说日本走上军国主义的战争道路，不仅是天皇、内阁和军部等少数人推动的，而是全体日本人在国内外多种因素、各种合力作用下，相互影响的结果。

真正对错误的日本观进行消解的，还是有见识的作家创作的作品。凌叔华的小说《异国》就叙述了日本人集体"变脸"的故事。一位名叫蕙的中国留学生因为流行性感冒住进了京都的一家教会医院。在医院里她得到了日本看护小姐细心的护理和无微不至的关爱，鲜花、微笑、问候、祝福终日伴随，使她如沐春风，沉浸在"友谊的爱抚"里，充分感受到了日本国民性中的"人情之美"。但是，一份中日战争的"号外"的出现，温柔的看护小姐便如雅努斯一样呈现出了另一副截然不同的面孔，一改其白衣天使的常态，显露出了可怕和狰狞的一面，彻底粉碎了中国学子对日本的美好想象，使她从温暖的人性天堂，跌入了冷酷无情的地狱。

更耐人寻味的是，这场"变脸"的故事，有着西方教会的背景，使得小说《异国》获得了一种非同寻常的深度。众所周知，基督教是一种超越国界、超越种族、超越语言的宗教，主张所有众生在上帝面前一律平等，人人亲如兄弟姐妹。身为基督徒，本应按照《圣经》的准则和上帝的旨意行事，具有平等博爱的情怀，但是这样一种具有普世精神的教义在日本却发生了异化。尽管小说中的白衣天使动辄就向上帝祈祷，甚至还煞有介事地为正在遭受日本侵略和蹂躏的中国祈求"和平"，但是有关中日战争的"号外"消息彻

[①] 周建高《日本对外扩张中的人民》，《读书》2004年第6期。

底撕毁了她们的面具，使她们露出了原形。这既充分说明了意识形态国家机器对普通日本人的影响，可以看出普通日本民众对于国家政府的态度，同时启示我们不能不对日本文化进行深思。日本作为一个单一民族的岛国，无法产生诸如西方的上帝、印度的佛、中国儒家的仁义等具有超越和普世价值的文化思想，相反具有普世性的基督教传到日本之后，却发生了变异。"真的这样多的日本人死了？支那人还配杀日本人！……"在日本的野蛮侵略遭到中国的正义抵抗从而造成人员伤亡之后，日本民众的"岛国根性"便暴露无遗，彻底粉碎了所谓的东瀛"人情美"。中国学子蕙所遭遇到的，再也不是温柔的笑靥了，而是"难看与憎恶的眼色"。

在凌叔华另外一篇小说《千代子》中，生活清苦的京都小市民抵挡不住中国料理的诱惑，垂涎于中国大陆物产的丰饶，而一份战争的"号外"似乎更刺激了他们的想象，激起了他们对侵略扩张的狂热。日本主战派通过宣传，把中国建构成一个衰败不堪的国家，日本可以轻易征服中国。日本草根阶层接受了这种中国想象和战争说教，甚至责怪政府"如果我们去年什么都不管，打下去，此刻你我都可以放量吃支那料理，玩支那女人的小金莲了"。由此可见，在对外战争中，日本民众和政府保持了一种共谋关系，甚至"暴君治下的臣民，大抵比暴君更暴；暴君的暴政，时常还不能餍足暴君治下的臣民的欲望"[①]。

二、救亡 VS 启蒙

崔万秋在小说《新路》中，把"日本人民"和"日本政府"当

[①] 鲁迅《暴君的臣民》，见《鲁迅全集》（第一卷），人民文学出版社，2005年，第384页。

成了一枚硬币的两面看待,在对外战争的问题上,他们是一个利益相关的民族共同体。政府对外侵略扩张的行为得到了民众的大力支持,因此,在日本政府对中国增兵的时候,日本青年总是踊跃参军,而家人及亲朋好友则热情送行。当然,也正是这种人员密集的场合,为中国留学生散发传单瓦解敌人军心,传播中国声音警告日本民众不要对不义战争盲目支持提供了方便。

在小说《新路》一开头,就有一个送别场面:在东京火车站送别本庄繁中将到大连就任关东军司令长官。本庄繁此次到中国东北履新,与平常司令官之维持大连一带租借地的治安任务不同,他是肩负了"发扬国威"的"重大的使命"的。所以,送行的人非常多,有军部大臣、各级将官、退伍军人、新闻记者,当然还有大量的平民。当列车启动的时候,"人山人海的欢送者,全脱帽呼万岁"。日本人的狂热,鲁迅在仙台医学专门学校看幻灯片时领教过,当时鲁迅对日本人的呼声"特别听得刺耳",而在《新路》中唯一保持安静的也只有一个中国人袁安北。他所显示出来的沉默的症候,其实就暗示了一种中国立场。而他之所以参加这个送行仪式,只是因为作为东三省边防长官章杰一的秘书,受命常驻东京,代表章长官与日本朝野各界接洽公私事务,所以不得不到场。在日本人狂热的欢呼声中,"他敏锐的神经,感觉到日本对东三省的侵略一天露骨似一天,今天本庄繁出发,日本的欢送情形,俨然欢送出征的将军,他觉得这一年的东省,怕有大祸临头,他想,及早警告章长官是必要的"。

本庄繁赴中国东北履新,是日本积极备战策略中的一个重要环节。一俟长官到位,日本就要源源不断地向中国东北派遣军队了。由于当时还处在战争爆发前的沉寂期,"出征"的意味相对较淡,所以中国留学生没有举行示威和抗议活动。再说,小说《新路》中的主角冯景山,这个时候才从中国匆匆来到日本,中国留学生还处于一种群龙无首的局面,缺乏强有力的精神领袖的领导。

小说《新路》叙述的是1931年4月到1932年4月所发生的事情,在这期间日本帝国主义为了达到侵略中国"师出有名"的目的,卑鄙地制造了震惊中外的"九一八事变",炸毁了沈阳北郊柳条湖附近的一段路轨,却诬为中国军队破坏,悍然发动了对中国东北军驻地北大营和沈阳城的攻击。而东北军在蒋介石的不抵抗政策下,悲唱着"我的家在东北松花江上",告别白山黑水和家乡同胞,退入了山海关内,一百多万平方公里的锦绣河山落入了敌人手里。

假如用小说《新路》中日本军人的话来解释,日本发动"九一八事变"的现实原因,在于1931年共产党在中国南方活动频繁,北方又有石友三闹事,再加上全国性的大洪水,导致大量灾民流离失所,出现了哀鸿遍野、民不聊生的局面,于日本而言"正是进攻的好时候",所以日本抓住这个机会痛下毒手。而历史原因则在于,自明治维新以来,日本一直企图以满蒙作为进入中国的据点和跳板,难怪日本军人说:"日本的国策有夺取满蒙的必要,夺取满蒙,是明治维新以来的国是。甲午之战,辽东半岛本来已经是日本的了,因为那时日本还是新进小国,所以抗不住德法俄的压迫,忍痛又归还给支那,现在是要复那次的仇,这是日本陆军积年的计划,岂是一朝一夕的事。"

基尔南说过:"帝国必须有一套灌注其中的思想范式或者条件反应机制。"[①] "九一八事变"爆发之后,日本出版了日军占领奉天的号外,使日本全体国民都沉浸在一片疯狂的欢乐之中。大街上都

---

① (美)爱德华·W·萨义德《文化与帝国主义》(李琨译),生活·读书·新知三联书店,2003年,第110页。

挂满了太阳旗,所有的人都在喜形于色地议论所谓东北事件。就连天真无邪的日本少女敏子,放学回家第一件事就是挂上太阳旗,因为在她所接受的教育中,东三省"不是中国的领土东三省,而是日本生命线的满洲。日本占领满洲,在她的脑筋中并不觉得奇怪,更不觉得非礼,'侵略'两个字,当然不会浮现到她的脑里来"。而激进的日本军人除了挂旗之外,甚至打破了早餐不喝酒的惯例,"但今天太快活了,所以命内人特别烫了两瓶正宗,作为帝国陆军新发展的祝贺。"

从"九一八事变"开始,因为战线不断扩大,日本不得不向中国东北不断增兵。当时由于日本整个国家都成为了一部战争机器,出兵不只是政府行为和军队行为,而是有许多民众热情参与欢送仪式的全民族行为。1899年冬天,梁启超漫步日本东京上野,目睹了在日本老兵退役、新兵入伍的新陈代谢之际,亲友热烈迎送的情景。"满街红白之标帜相接,有题曰欢迎某师团步兵某君,某队骑兵某君者,有题曰送某步兵某君,某炮兵某君入营者。盖兵卒入营出营之时,亲友宗族相与迎送之,以为光宠也。大率每一兵多者十余标,少者亦四五标。其本人服兵役,昂然行于道,标则先后之,亲友宗族从之者率数十人。其为荣耀,则虽我中国入学中举簪花时不是过也。"日本对于军人的尊崇以及军人强烈的自豪感让梁启超动容,然而最震撼心魄的,还是其间为入营者题写的标语"祈战死","余于就中见二三标,乃送入营者,题曰'祈战死'三字。余见之矍然肃然,流连而不能去"①。因为感受深刻,梁启超将其记入正在《清议报》连载的《饮冰室自由书》,这一则标题即命名为《祈战死》。何海鸣与梁启超的观点颇为接近,可以引为同调。他曾

---

① 梁启超《梁启超全集》(第一册),北京出版社,1999年,第356页。

经在《求幸福斋随笔》一书中说:"予居日本一年余,见其人民似尚有中国古时代野蛮之风,纵酒酣歌,好谈武侠,……最易动以大义使之效死。"①

更让梁启超深思的是中国和日本文化风习的差异,中国历来崇尚文官政治,对于投身行伍,则颇多不屑,所以中国历代诗歌皆言从军苦,自古以来就有"好男不当兵,好铁不打钉"之说。而日本诗歌无不言从军乐,究其原因则和日本尚武习俗有关,"吾尝见甲午、乙未间,日本报章所载赠人从军诗,皆祝其勿生还者也。"中国送子入伍最典型的场面,大概要算杜甫的《兵车行》了:"车辚辚,马啸啸,行人弓箭各在腰。爷娘妻子走相送,尘埃不见咸阳桥。牵衣顿足拦道哭,哭声直上干云霄。"这种生离死别、悲痛欲绝的伤怀,和日本"祈战死"乐观豪迈的精神相对比,相距不可以道里计。雷海宗曾把中国这种缺乏尚武精神的文化称为"无兵的文化";林同济则把中国这种消极状态称为"活力萎顿"。梁启超《中国魂安在乎》一文好像就是从"祈战死"的反面来分析中国没有"兵魂"的原因,就在于"中国之有兵也,所以钳制其民也。夺民之性命财产,私为己有,惧民之知之而复之也,于是乎有兵。故政府之视民也如盗贼,民之视政府也亦如盗贼;兵之待民也如草芥,民之待兵也亦如草芥"②。为了铸炼出中国的"兵魂",就必须结束这种人民与政府彼此不信任,甚至矛盾分裂的状态,使"人民以国家为己之国家",使"国家成为人民之国家"。这种主张在某种意义上说,也正是维新派为了医治衰弱疲弊的中国所开出的药方。

由于日本军队出征不是纯粹的政府行为和军队行为,而是有许

---

① 何海鸣《求幸福斋随笔》,上海书店出版社,1997年,第33页。
② 梁启超《梁启超全集》(第一册),北京出版社,1999年,第357页。

多民众参与欢送的全民族行为,所以中国留学生抓住这种机会,对他们当头棒喝,提出警告,并晓之以理,使其迷途知返。在中国版图上,东北三省的气候相对比较寒冷,在"九一八事变"爆发之后,日本马上向中国派遣了由日本东北部青壮年组成的弘前师团,他们因为能够耐寒冷,也比较会打仗,所以成为了日本军国主义得心应手的侵略工具。因为从日本开拔前往中国的军队必须要从广岛经过,留学广岛的中国学子便设法摆脱日本侦探严密的监视,制作了许多传单,等到弘前师团经过时,如漫天雪花一般散发了出来。

在告日本国民的传单上写着:

现在中日两国站在敌对的地位,我们觉得这是东亚的不幸!

我们果然非敌对不可么?否否。我们应当在互助的原则之下,力谋共存共荣。

现在的中日之对立,完全是日本军阀穷兵黩武所致。我们相信这只有促成两国的不幸,不会给任何一方面一种好的结果。日本军阀,甘为戎首,是否要拖日本国民一齐下水,蹈帝国德意志之覆辙,使人民受尽涂炭,现在虽不可知,但日本军阀现在这样生吞活剥地侵略东三省,显然是将炸弹吞入腹中,行见其自己爆裂。无辜的日本的国民,盲从日本军阀,我们深为惋惜,我们希望日本国民及早觉醒!

在告日本军队的传单上写着:

你们为什么要和中国人拼命?满蒙真是日本的生命线么?否否。满蒙是日本资本家垂涎的宝库,你们牺牲性命,无非为资本家多打出一条生财之路。日俄战争的结果,究竟与日本无产大众有什么好处?除了增加孤儿寡母残伤废人以外,你们受资本家的骗,一次已尽够了,希望你们不要一误再误。

由于当时是深夜,日本警察和宪兵队措手不及。等他们手忙脚乱地布好阵容,准备上街抓人的时候,完成了使命的中国学子早已在夜幕下消失得无影无踪了。

在国难当头的时刻,中国留学生在敌国境内散发反战传单,瓦解敌人军心,打消敌人士气,批判日本帝国主义穷兵黩武的罪恶行径,指出其耽溺于战争的危害性,有利于催生日本人民的反战意识,激发日本人民的反战情绪,使日本民众迷途知返。从这个意义上说,中国留学生无疑是在从事救亡运动,是战斗在抗敌最前沿了。

在深秋街市的夜空中,中国学子散发的传单随风飘散,到处飞舞,毫无思想准备的日本人无不感到惊骇和突然。当时陷入战争狂热之中的日本成为了一架战争机器,除了极少数开明人士对于中国留学生的观点表示"同感"之外,绝大多数日本人都被战争思维所蛊惑,认同军国主义意识形态,对于中国留学生的警示不以为然。他们有的指责中国留学生忘恩负义辜负了日本的培养,有的叫喊"支那留学生说什么梦话",有的甚至破口大骂"支那大马鹿"。普通民众尚且如此,军人更是可想而知。大西泷治郎中将曾经写过这样一首俳句:"生命,如鲜花般脆弱,今日怒放,转瞬凋零。怎能希望花儿的芬芳,长留不散?"正是因为意识到生命的短暂和易逝,所以"日本军人最喜欢说:'我决心要像已经死了一样,以报答天皇的恩德。'其实这句话意味着许多行动,比如出征之前为自己举行葬礼;宣誓时要把自己变成'硫磺岛上的一抔土';下定决心要

'与缅甸的花儿一起凋谢'之类"①。日本士兵对天皇无比忠诚，为天皇征战视死如归，所以中国留学生要以散发传单的形式动摇日本军人的意志实非易事。尽管日本军民在军国主义意识形态的蛊惑下顽固不化，但是散发传单的举动表明了中国留学生的英勇果敢和爱国热忱。

领导这次散发传单运动的就是冯景山和鞠晚声。由于"日本帝国主义利用其和中国接近的关系，时刻都在迫害着中国各民族的生存，迫害着中国人民的革命"②，冯景山来日本之前，有感于东北三省存在着危机，本着"天下兴亡，匹夫有责"的爱国责任感亲自到东北进行了一番考察，"觉得日本人在最近的将来，恐怕要实行动手"。但"著论警告当局，当局不惟不知采纳忠告，并且横加压迫"。在政治高压之下，他只得把自己一手创办的报馆卖了，只身来到日本继续研究国际法。而鞠晚声作为一名在广岛求学的中国老留学生，这次领导散发传单运动，算是梅开二度了。早些时候就在日本为对中国国民政府北伐施压，以"保护侨民"为借口出兵济南时，鞠晚声就领导留学生散布过传单，警告开拔前往中国的日本军人。当年这一举动"在广岛是空前的事件，就是在日本也是空前的事件，因为东京留学生只和警察斗争，从来没有把日本军队作为目标的"。因为这一重大举措，他在赢得中国留学生敬仰的同时，也成为了日本军队和警察双方监视的目标。

"九一八事变"之后，东北沦陷金瓯缺，中国学子难免会产生一种"山河破碎风飘絮"之感。为了救亡图存，他们以各种各样的

---

① （美）本尼迪克特《菊与刀》，见《日本四书——洞察日本民族特性的四个文本》，线装书局，2006年，第163页。
② 转引自《中国20世纪全史峥嵘岁月（1927—1937）》（第四卷），中国青年出版社，2001年，第342页。

方式抗议日本帝国主义的侵略行径。在现实生活中，日本陆军士官学校的中国留学生同仇敌忾，全体退学回国抗日，并且发表宣言说："同人等留学敌邦，仰教他人，深知谋我者不惠我，制人者常骄人，已觉非留其地，学有难成。窃念吾辈武学生，职在捍国，当此国家濒危之时，正吾辈摈弃生命杀敌救亡之日，何能缄默笔砚间，与敌人讲武纸上乎？"① 在小说《新路》中，除士官学校留学生退学外，其他学校的中国留学生也举行了游行示威，强烈抗议日本帝国主义的侵略行径，结果组织者悉数被捕，关进了宪兵队和警察署。一时间，整个东京"黑云压城城欲摧"，充满了令人恐怖的气氛。在夏衍的剧作《法西斯细菌》中，中国学子赵安涛"九一八事变"后走在东京的街上，"觉得每一个日本人的眼光，都是一根刺"，由于"再不能安心住下去了"，因此决定提前回国。就连一向讨厌政治、规避政治，不关心显微镜外面世界的俞实夫也是如此。当然，后来在血的教训面前，俞实夫逐渐觉醒，终于走出了实验室，投入到扑灭日本帝国主义"法西斯细菌"的事务性工作当中。

　　日本在向外扩张和侵略的同时，在国内也抓紧了对中国留学生的"肃反"运动，不断制造白色恐怖。这种情形在巴金的小说《人》中有深刻体现，中国留学生"我"之所以被捕入狱，就是因为在日本侦探看来，"我"是一个"思想犯"，潜在地威胁到了日本的国家利益。当然无独有偶，在《新路》中留学生孙良也是因为"思想问题"而被捕的。因为"思想问题"而被捕，日本军国主义制造了一起起"莫须有"的罪名。

　　日本军国主义对于中国留学生的血腥镇压，其实早在王拱璧的

---

① 沈殿成主编《中国人留学日本百年史（1896—1996）》（上册），辽宁教育出版社，1997年，第472—473页。

《东游挥汗录》中就有详细的记述。1917年苏联诞生时，日本与英美等帝国主义，为了破坏新生的苏维埃政权，决定出兵干涉。当时日本政府以高度秘密的方式向中国政府提议共同出兵西伯利亚。但不久事情败露，获悉内情的中国留日学生都非常愤慨，因为苏维埃革命的成功恰是帝国主义的一次挫败，对中国民族革命有莫大的鼓舞作用。日本之所以企图镇压这次革命，是要不安好心地把中国纳入其预设的轨道之中，借打击苏联之机进一步攫取在中国的各项利益。当中国留学生秘密开会揭露日本阴谋和抵制"二十一条"时，日本警察数十人持刀闯入，对中国留学生拳打脚踢，并逮捕了所有与会者。1919年5月6日，这一天是日本向中国提出"二十一条"三周年的国耻纪念日，为了响应北京"五四"爱国运动，反对"巴黎和会"对日本的偏袒和对中国利益的损害，东京留学生召开了国耻纪念大会，并向各国使馆递交宣言书，结果遭到日本警察的残酷镇压。"日警拔刀狂挥，马队亦纵横冲踏"，"并有许多游人飞入助攻，人马突刺，拳杖交加。可怜赤手空拳，力无缚鸡之学生，乃展（辗）转呼痛于马蹄涂炭之间"①。自从留日学生群体诞生以来，因为日本步步紧逼的侵略，中日之间的矛盾从总体上也渐趋紧张，这样难免激起中国留日学子的民族义愤。可以说中国人留学日本的历史，始终伴随着可贵的爱国热情，或者说留日学生在域外致力于学业"启蒙"的同时，始终不曾放弃"救亡"活动，始终不曾放弃国家意识和民族立场，并站在抗敌救国最前沿的位置。

哪里有压迫哪里就有反抗。尽管东京充满了恐怖气氛，日本警察对中国留学生严加防范，日本暗探对中国留学生密切盯梢，但是

---

① 转引自实藤惠秀《中国人留学日本史》，生活·读书·新知 三联书店，1983年，第416—417页。

小说《新路》中留学生活跃分子还是积极动员和筹划留学生集体退学归国,并且秘密成立了"东京留学生义勇军"、"留东学生联合救国会"和"华侨反日大同盟"等组织,以达到抗日救亡的目的。一些激进的留学生甚至提出与日本绝交,要求"驻日公使馆下旗归国,对日宣战"。这种心态,也许正印证了蒋百里所说的那句话,对于日本"胜也罢,败也罢,就是不要同他讲和"[①]!

留日学生所受到的歧视和压迫,远甚于留学欧美等国的留学生,所以他们也最富于反抗精神和斗争意志。再加上中日之间一衣带水的地缘关系,来去较为方便,所以留日学生因反抗日本军国主义对中国的侵略,愤而退学和集体归国的事情也时有发生。1905年,在反对日本文部省颁布的《清国留学生取缔规则》运动中,陈天华因抗议《朝日新闻》对中国人"放纵卑劣"的污蔑愤而蹈海自杀,使全体留学生深为震动,促成了留日学生集体归国,当时"盛极一时的弘文学院,也不得不关闭麴町、真岛、猿乐町的分校了"[②]。随着中日矛盾的不断加深,中国留日学生退学归国的情形也愈演愈烈。"九一八事变"之后,留日学生几乎全部归国,只留下没有盘缠的二十几个人,使得新落成的成城学校留学生部的教室和宿舍空无一人。而留学生归国,也拒绝乘日本的船只,改搭他国的轮船。

冯景山原本是为自己制定了研究国际关系的任务而来日本求学的。但是日本"倒行逆施的军阀做得太不像样子了,他又觉得中国政府毫没有抵抗的准备,太可气了,所以他想在日本闯出一点乱子

[①] 蒋百里《日本人》,见《日本四书——洞察日本民族特性的四个文本》,线装书局,2006年,第391页。
[②] (日)实藤惠秀《中国人留学日本史》,生活·读书·新知 三联书店,1983年,第400页。

来,刺激国内的空气。同时也给日本一种警告,最好是能引起日本内部反战运动"。尽管日本戒备森严,但他怀着"明知山有虎,偏向虎山行"的执念,联络了一些留学生激进分子,准备了几万份传单,又在一个日本军人出征的日子里,于美松百货店楼上对着人群散发,结果被日本警察当场逮捕。从某种意义上说,在冯景山身上"救亡"压倒了"启蒙",为了民族大义置自身的安危于不顾,这种"以身饲虎"的牺牲精神,堪称国家意识和民族立场的最高体现。

冯景山的被捕给深深爱慕他的林婉华以极大的刺激和震撼,因为她目睹了冯景山散发传单和被捕的全过程。这给了她一次全新认识冯景山的机会,冯景山不计个人安危的爱国举动,使她"对于冯景山的英雄行动,一时感动得几乎流出眼泪来"。同时,对于她自己,这也是一次思想净化和人格提升的机会。此前,因为对冯景山爱情的失意,她一度迷失和堕落,自暴自弃,放浪形骸,找不到人生的方向和上进的动力。甚至于因爱不成而生恨,为了报复男性,她利用自己容颜的美丽引起了银座之乱,连"东京各报的社会新闻上面都用头号字标题"报道了这件事,甚而全东京的社交界都拿来作话题,"说中国摩登女子有手腕",林婉华一时间艳名大噪。为了借助狂躁的音乐来麻醉自己,也为了挣钱补贴给用,林婉华还充当过佛罗丽达舞场的舞女。以留学生的身份在异国充当舞女,林婉华可能是留学生形象画廊中的第一人。尽管这种"精神上的卖笑",有辱自身的斯文和全体中国留学生的形象,但是她毕竟和梅如玉不同,因为她拒绝卖国。作为城市现代公共空间的舞场,本是鱼龙混杂的地方,日本侦探堀田就是在这里碰上了林婉华,他企图像收买梅如玉一样,准备以三千元的价钱收买林婉华充当间谍,出卖国家民族利益,结果碰了个大钉子。这件事刺痛了林婉华,让她产生了深刻的自省,一种人格被低看和误解的屈辱感油然而生,并且产生了寻找"新路"的冲动。

其实在目睹日本军队出征中国之际，林婉华内心就产生了一种深深的羞愧感。国难当头，自己纵然不能成为定国安邦的穆桂英，不能成为挽狂澜于既倒的圣女贞德，但是绝不应该在异国做醉生梦死的舞女。而突然看到在她面前散发传单的冯景山，就如同突然看到一个高大的爱国救亡榜样，往日的怨恨不知不觉间便烟消云散了。当日本警察逮捕冯景山时，她勇敢地扑了上去，与冯景山战斗在了一起。尽管她不曾散发过传单，但是因为先前不愿接受日本侦探堀田可耻的收买，被指认为"红色舞女"，也锒铛入狱了。

经过漫长的审讯和甄别，四个月之后，冯景山、林婉华以及其他五十多人，被日本政府驱逐出境。在东京驿，一千多中国留学生自发地为他们送行。火车开动的刹那，"打到日本帝国主义"的呐喊响彻云霄，这是他们在日本留学的谢幕曲。为了挽救民族国家的危亡，他们与日本军国主义进行了不屈斗争，牺牲了个人的学业，使得"救亡"压倒了"启蒙"。特别是冯景山，由"到日本来留学的嘉宾"变成了"被日本驱逐出境的流徒"，但是他感到无怨无悔。而这次被捕的经历，也使林婉华发生了脱胎换骨的变化，人生态度来了个一百八十度的大转弯，不再沉湎于失恋的痛苦，充分认识到恋爱只是人生的一个部分、一个插曲，而事业才是人生的支柱。她所谓的事业，就是跟随冯景山到被日本实际占领的东三省从事"特殊的活动"，夺回这片愈行愈远了的土地，挽救神州陆沉，重圆已缺的金瓯。林婉华的这一华丽转身，是与游戏人生态度的彻底决裂，是对"小我"的告别，最终走上了革命的"新路"。需要指出的是，小说《新路》这一立意，与托尔斯泰的《复活》有着相似之处，甚至连"新路"这一题名都与"复活"相似。

在中国留学生文学和留学生形象中，很少有女性充当主角的，崔万秋的小说《新路》算得上是一个例外。它刻画了梅如玉和林婉华两个女性形象,她们面目各异,性情不同,价值取向也有着天壤之别。梅如玉于国难当头时沉迷在东京大都市的灯红酒绿中,又被日本人所收买,沦为了为虎作伥的汉奸,迷失了民族身份和国家立场,所以导致了"身体"和"思想"的分裂。林婉华起初因为失恋走上了自暴自弃的歧路,但是最后又在东北沦陷的炮声中觉醒,走上了奔赴国难,扶大厦于将倾的"新路",成为了一个现代版的花木兰。

留日学生境外抗日薪火相传,颇不乏人。在郭沫若小说《地下的笑声》中,就写到了"后冯景山"时代中国学子的抗日活动。戈阳和秀都是东北人,早年同在东京学习音乐。后来他们结识了聂耳,"使他们的精神上感了电,祖国爱逐渐战胜了音乐爱"。他们参加了东京留学生界的爱国运动,并成为其中的活跃分子。由于戈阳患了一种怪病,不能拉琴了,于是"更积极地成为了抗日救国的运动家"。在卢沟桥事变发生的那一年五月,"他们俩遭到了日本警察的检举,受过一些酷刑,结果是'敕令出境'了"。郭沫若的小说没有详细交代他们如何在境外抗日,但是有力地证明了专业知识的学习和抗敌救国并非水火不容,中国学子在国家和民族危亡的历史语境下发生思想上的突变,前赴后继地走上了抗日救亡的道路。

正像马相伯在"日华学会"成立典礼时所要求的"爱国不忘读书,读书不忘爱国"①,留日学生在国家危难时显出了高度的爱国热忱,在域外坚持对敌斗争,勇敢地站在了抗战的最前沿。更有许多

---

① 马相伯这次演讲,深得张之洞激赏,为此,他赢得了张之洞"中国第一演说家"的赞誉。见实藤惠秀《中国人留学日本史》,生活·读书·新知 三联书店,1983年,第405页。

人不惜牺牲学业，毅然退学回国从事救亡活动，他们的爱国热情，成为了一种表率，有力地促进了国人的觉醒，产生了巨大的社会影响。

"九一八事变"和"一·二八事变"之后，留日学生返国之势不可遏止。但是，当上海的战火停熄之后，他们又零零星星地东渡日本，重返原来就读的学校复课（但必须留级），并且也有不少新生赴日留学。在这种形势下负笈东瀛，究其原因，乃是因为面临日本的侵略，中国国内兴起了一股"日本研究热"，要抗击日本首先必须要了解日本，因此学习的内容主要为救国的必要知识（特别是自然科学知识）。这一时期，中国学子对日本的好感已经不复存在，同时，因为留学生不断从事抗日活动，被日本政府驱逐出境的人数也在不断增加。到1937年"卢沟桥事变"爆发，中国正式对日本宣战，两国进入了全面战争阶段，中国驻日本大使馆和留日学生监督处皆关闭，留日学生全体归国，中国人留学日本的历史遂告一段落。

结　语

中国近代历史上一系列战争，几乎都以中国屈辱的失败而告终，但也使中国的"闭关锁国"和自绝于世界变得不可能，从而被迫开始了现代化的历程。为了求得国家的繁荣富强，无数莘莘学子负笈海外，借他山之石以攻玉，成为了真正意义上的现代文明的"盗火者"。他们在域外"师夷长技"，试图重构中国的政治和经济体制，也要求重塑中国文化模式。在中国现代化的历程中，他们起到了举足轻重的作用。

域外的生活，绝非"诗意地栖居"。在"大同世界"由乌托邦想象变成客观实现之前，国家观念、民族意识以及个人立场仍然牢牢地根植于人们的心灵中。在当时西方中心主义主导下的国际秩序和世界格局中，屈居下流、积贫积弱的中国，遭受到了域外殖民者的军事入侵、经济掠夺和文化压迫，完全处于弱势地位。因此，"生活在别处"的中国学子难免受到"他者"的排斥和歧视。而对这种痛苦经验的书写，也就成为了现代留学生文学题材的一个重要方面。

文学是苦闷的象征，"生命力受了压抑而生的苦闷懊恼乃是文艺的根底，而其表现法乃是广义的象征主义"①。留学域外的学子把这种受歧视的痛苦体验外化为文字，其间必然地蕴含着国家观念、民族立场和个人身份意识。詹明信曾经说过："所有第三世界的文本均带有寓言性和特殊性；我们应该把这些文本当作民族寓言来阅读，特别当它们的形式是从占主导地位的西方表达形式的机制——例如小说——上发展起来的"；"第三世界的文本，甚至那些看起来好像是关于个人和利比多趋力的文本，总是以民族寓言的形式来投射一种政治：关于个人命运的故事包含着第三世界的大众文化和社会受到冲击的寓言。"② 从詹明信的论述中可以见出，无论是从"现象/本质"还是从"显意/隐意"的文学模式的解读中，都可以见出第三世界的小说文本中蕴含有浓厚的政治意味和意识形态色彩，从个人命运折射出来的都是国家民族的兴衰际遇。

作为置身于文化冲突最前沿的留学生，他们在域外经历了炼狱般的生存体验，接受了现代科学知识，从而使自己的主观世界得到了改造，最终不可避免地导致了与本国传统之间产生了一个偏离角。可以说，现代性及其衍生的观念，唤起了中国学子空前的皈依热情。另外，由于负载了诸多"本土"的特点，使得他们无法摆脱域外"他者"目光的注视，这样"被看"的地位和"异"的文化身份，又使他们处于一种屈辱、尴尬的境地，激发了他们的民族自尊心。他们这种充满矛盾的感受，是中国社会转型期重要的精神记录，也是民族国家命运的缩影。在中国现代留学生文学中，有不少这样具有历史感的篇章。"艺术家传达真理，而且必然地也传达历

---

① （日）厨川白村《苦闷的象征》，百花文艺出版社，2000年，第16页。
② （美）詹明信《晚期资本主义的文化逻辑》，生活·读书·新知 三联书店，1997年，第523页。

史和社会的真理。艺术作品可以作为'文献,因为它们是纪念碑。'"① 真实生动地记录了时代特色、反映了世态人情的文学因而具有社会风俗宝库和文明史资料汇集的功能。

除了社会认知价值之外,留学生文学在艺术上也有较高的审美价值。中国自古以来就有"发愤著书"的传统,主张"大凡物不得其平则鸣",留学生在域外感物激情,有着独特而复杂的生存体验,而一旦被这种生活感触所激荡和驱使,最终"情动于中而形于言",就成就了留学生文学,就成就了具有跨文化性的自塑形象。季羡林先生说过:"对许多留学生来说,文学创作只能算是副业,而文学作品只能算是副产品。然而,就正是因为它是副业,是副产品,不像专业作家那样,挖空心思,执意为文,有时难免有矫揉造作之嫌。而留学生则不然,他们不以此为生,不以此为业,有时情与景遇,情动乎中,不得不发,发而为文,情真意切,是发自天籁的真文章,能震撼人心,有其必然性矣。"②

文学欣赏、文学评论相对于文学创作而言,是一个逆反的过程,"夫缀文者情动而辞发,观文者披文以入情,沿波讨源,虽幽必显"③。在"披文入情"对文学作品进行"内部研究"的同时,我们往往无法回避"沿波讨源"对文学进行"外部研究",只有把这两者联系起来,把美学分析和历史以及社会分析联系起来,庶几才能不至于出现重大谬误。正如萨义德在对简·奥斯汀的《曼斯菲尔德庄园》进行文化分析后所说:"我们的任务是既不失去真实的历

---

① (美)雷·韦勒克、奥·沃伦《文学理论》,生活·读书·新知三联书店,1984年,第93页。
② 《中国留学生文学大系·序》(近现代小说卷),上海文艺出版社,2000年。
③ 刘勰著,周振甫译注《文心雕龙今译》,中华书局,1986年,第439页。

史感,也不失去对小说的充分享受或欣赏,而将二者结合在一起看待。"①

由于本书研究的重点在于以留日作家为中心的自塑形象分析,在于自塑形象背后意识形态的发掘,所谓"形象",固然属于文本内部的范畴,而对其背后意识形态的分析则无法回避外部因素的介入。再说,作家都是生活在具体时空中有血有肉的个体的人,他们的创作离不开社会环境的制约,离不开作家的社会立场、政治观念和文化信仰。可以毫不夸张地说,所有的书写都是关于意识形态的书写,"美感并不完全抵制或逃离意识形态,相反,而是巧妙地表达和体现它"②,在文本中作者宣扬什么或者贬抑什么,凸显什么或者遮蔽什么,这种叙事选择本身就是一种意识形态的具体体现,它暗示了选择主体的文化伦理倾向。写作也是在有意无意中保持一种对于历史与社会的记录,正因为如此,所以巴尔扎克称自己为"法国历史的书记员"。本着这一认识,笔者在论述中努力做到入乎其内,进行细致的文本梳理;同时又出乎其外,兼顾到当时历史语境对作家的影响,尽量发掘他们的国家观念、民族意识以及个人的情感态度,分析其形成的原因及对文学的介入。当然,顾及到历史不等于简单地重复历史,只是让自己的论述不失一种历史感而已。假如对此弃之不顾,则"好像描述一条道路而不提到其他地理环境一样"③,"有一叶障目,不见森林"之嫌。

中国近现代留学生文学作为中国留学大业的副产品,在时过境

---

① (美)爱德华·W·萨义德《文化与帝国主义》(李琨译),生活·读书·新知三联书店,2003年,第134页。
② (英)丹尼·卡瓦拉罗《文化理论关键词》(张卫东等译),江苏人民出版社,2006年,第77页。
③ (美)爱德华·W·萨义德《文化与帝国主义》(李琨译),生活·读书·新知三联书店,2003年,第146页。

迁之后，早已不是处于"复调伴奏"的地位了。现在，斯人已殁，其文长存，他们当初的创作已经成为了历史的见证和心灵的档案。对他们文学作品的研究也就是对那段历史文化研究的一部分，可以见出中国历史转型期留下的时代烙印。他们的历史作用只有放在现代化的视野下才能看得清说得透。而现代化视野却不是单一和凝固的，对留学生自塑形象进行分析，揭示其国家观念、民族立场和个人文化身份意识，是其中有机的组成部分。

"文本漂浮在解释的汪洋大海上，那些解释永远无法完全把握文本的构造"[1]，尽管有这种悲观的论述，但我愿我的分析，能尽量贴近当时的历史语境，能尽量贴近研究的对象，不至于有着太大的偏离，这样我的努力就不至于了无意义。

---

[1] （英）丹尼·卡瓦拉罗《文化理论关键词》（张卫东等译），江苏人民出版社，2006年，第64—65页。

参考文献

中文部分

(爱尔兰)理查德·卡尼《故事离真实有多远》,广西师范大学出版社,2007年

(奥)弗洛伊德《精神分析引论》,商务印书馆,1984年

(奥)弗洛伊德《精神分析导论讲演新篇》,商务印书馆,1987年

(俄)弗拉基米尔·雅可夫列维奇·普罗普《故事形态学》,中华书局,2006年

(美)W·C·布斯《小说修辞学·译序》,北京大学出版社,1987年

(美)本尼迪克特·安德森《想象的共同体——民族主义的起源与散布》,上海人民出版社,2005年

(美)费正清主编《剑桥中国晚清史》,中国社会科学出版社,1993年

(美)费正清主编《剑桥中华民国史》(章建刚等译),上海人民出版社,1992年

(美)哈罗德·伊罗生《美国的中国形象》,中华书局,2006年

(美)韩南《中国近代小说的兴起》,上海教育出版社,2004年

(美)何天爵(Holcombe Chester)《真正的中国佬》,光明日报出版社,1998年

（美）明恩溥《中国人的特性》（匡雁鹏译），光明日报出版社，1998年

（美）斯塔夫里阿诺斯《全球通史：1500年以前的世界》（吴象婴、梁赤民译），上海社会科学院出版社，1999年

（美）苏珊·朗格《艺术问题》，中国社会科学出版社，1983年

（日）桑原骘藏《东洋史说苑》，中华书局，2005年

（日）子安宣邦《东亚论——日本现代思想批判》（赵京华译），吉林人民出版社，2005年

（瑞士）C·G·荣格《人，艺术和文学中的精神》，华夏出版社，1989年

（意）安贝托·艾柯《诠释和过度诠释》，生活·读书·新知 三联书店，2005年

（意）安贝托·艾柯《悠游小说林》，生活·读书·新知 三联书店，2005年

（意）利玛窦、（比）金尼阁《利玛窦中国札记》（何高济等译），中华书局，1983年

（英）丹尼·卡瓦拉罗《文化理论关键词》（张卫东等译），江苏人民出版社，2006年

（英）拉曼·塞尔登《文学批评理论——从柏拉图到现在》（刘象愚、陈永国等译），北京大学出版社，2003年

（英）拉曼·塞尔登、彼得·威德森、彼得·布鲁克《当代文学理论导读》，北京大学出版社，2006年

（日）新度户稻造《武士道》（张俊彦译），商务印书馆，1993年

（德）H·G·伽达默尔《真理与方法》，辽宁人民出版社，1987年

（美）J·希利斯·米勒《解读叙事》，北京大学出版社，2002年

（美）W·C·布斯《小说修辞学》，北京大学出版社，1987年

《日本四书——洞察日本民族特性的四个文本》，线装书局，2006年

《小说美学经典三种》，上海文艺出版社，1990年

《中国20世纪全史·峥嵘岁月（1927—1937）》（第4卷），中国青年出版社，2001年

《中国留学生文学大系》（近现代散文纪实文学卷），上海文艺出版社，2000年

《中国留学生文学大系》（近现代小说卷），上海文艺出版社，2000年

《中国现代文学大系》，上海文艺出版社，2003年

阿英《晚清小说史》，人民文学出版社，1980年

（英）蔼理士《性心理学》，生活·读书·新知 三联书店，1987年

（美）爱德华·W·萨义德《东方学》（王宇根译），生活·读书·新知 三联书店，1999年

（美）爱德华·W·萨义德《文化与帝国主义》（李琨译），生活·读书·新知 三联书店，2003年

（英）安东尼·吉登斯《现代性与自我认同》，生活·读书·新知 三联书店，1998年

（美）安敏成《现实主义的限制》，江苏人民出版社，2001年

包亚明、王宏图、朱生坚等《上海酒吧》，江苏人民出版社，2001年

曹顺庆《中外文化与文论》，四川大学出版社，2006年

曹顺庆《中外文学跨文化比较》，北京师范大学出版社，2000年

陈惇、孙景尧、谢天振《比较文学》，高等教育出版社，1997年

陈继会《二十世纪中国小说文化精神》，东方出版社，2002年

陈平原《中国现代小说的起点》，北京大学出版社，2005年

陈平原《中国小说叙事模式的转变》，北京大学出版社，2003年

陈旭麓《近代中国社会的新陈代谢》，上海人民出版社，1992年

（美）戴卫·赫尔曼《新叙事学》，北京大学出版社，2002年

董炳月《"国民作家"的立场——中日现代文学关系研究》，生活·读书·新知 三联书店，2006年

（法）菲利普·勒热讷《自传契约》，生活·读书·新知 三联书店，2001年

冯宪光、马睿《审美意识形态的文本分析》，四川大学出版社，2001年

冯宪光《文学价值的追求》，四川文艺出版社，1993年

冯友兰《中国哲学简史》，江苏文艺出版社，2010年

（荷）佛克马、蚁布思《文学研究与文化参与》，北京大学出版社，1996年

高鸿《跨文化的中国叙事》，上海三联书店，2005年

格非《小说叙事研究》，清华大学出版社，2002年

耿占春《叙事美学：探索一种百科全书式的小说》，郑州大学出版社，2002年

（德）顾彬《关于"异"的研究》，北京大学出版社，1997年

郭沫若《郭沫若全集》，人民文学出版社，1989年

郭双林《西潮激荡下的晚清地理学》，北京大学出版社，2000年

何海鸣《求幸福斋随笔》，上海书店出版社，1997年

（美）赫伯特·马尔库塞《单向度的人》，上海译文出版社，2006年

洪子诚《问题与方法》，生活·读书·新知 三联书店，2002年

胡适《胡适留学日记》，安徽教育出版社，2006年

（美）华莱士·马丁《当代叙事学》，北京大学出版社，2005年

黄金麟《历史、身体、国家：近代中国的身体形成（1895—1937）》，新星出版社，2006年

黄兴涛《闲话辜鸿铭：一个文化怪人的心灵世界》，广西师范大学出版社，2001年

黄遵宪《日本国志》，天津人民出版社，2005年

蒋梦麟《西潮·新潮》，岳麓书社，2000年

（美）杰姆逊《后现代主义与文化理论》，北京大学出版社，2005年

蓝棣之《现代文学经典：症候式分析》，清华大学出版社，1998年

（美）雷·韦勒克、奥·沃伦《文学理论》，生活·读书·新知 三联书店，1984年

李建军《小说修辞研究》，中国人民大学出版社，2003年

李欧梵《上海摩登》，北京大学出版社，2005年

李欧梵《铁屋中的呐喊》，岳麓书社，1999年

李欧梵《未完成的现代性》，北京大学出版社，2005 年
李欧梵《现代性的追求》，生活·读书·新知 三联书店，2000 年
李欧梵《中国现代作家的浪漫一代》，新星出版社，2005 年
李述一、李小兵《文化的冲突与抉择》，人民出版社，1987 年
李怡《为了现代的人生》，上海教育出版社，2004 年
李怡《现代性：批判的批判》，人民文学出版社，2006 年
李怡《阅读现代——论鲁迅与中国现代文学》，西南师范大学出版社，2002 年
李泽厚《中国现代思想史论》，天津社会科学出版社，2003 年
廖炳惠《关键词 200：文学与批评研究的通用词汇编》，江苏教育出版社，2006 年
梁启超《梁启超全集》，北京出版社，1999 年
凌津奇《叙述民族主义》，中国社会科学出版社，2006 年
刘广明、王志跃《中国传统人格批判》，江苏人民出版社，1995 年
刘禾《跨语境实践——文学、民族文化与被译介的现代性》，生活·读书·新知 三联书店，2002 年
刘为民《痞子文化》，中国经济出版社，1995 年
刘小枫《现代性理论绪论》，上海三联书店，1998 年
刘勇《中国现代文学的心理学研究》，北京大学出版社，2006 年
刘再复、林岗《传统与中国人》，安徽文艺出版社，1999 年
（匈）卢卡奇《卢卡奇早期文选》，南京大学出版社，2004 年
鲁迅《鲁迅全集》，人民文学出版社，1981 年
罗钢、刘象愚主编《文化研究读本前言》，中国社会科学出版社，2000 年
（法）罗兰·巴尔特《符号学原理》（李幼蒸译），生活·读书·新知 三联书店，1988 年
（法）罗兰·巴特《S/Z》（屠友祥译），上海人民出版社，2000 年
（法）吕特·阿莫西、安娜·埃尔舍博格·皮埃尔《俗套与套语》，天津人民出版社，2003 年

（美）马克·柯里《后现代叙事理论》，北京大学出版社，2002年
马振方《小说艺术论》，北京大学出版社，1999年
毛迅《徐志摩论稿》，四川大学出版社，1991年
孟华《比较文学形象学》，北京大学出版社，2001年
孟华《中国文学中的西方人形象》，安徽教育出版社，2006年
孟悦、戴锦华《浮出历史地表》，中国人民大学出版社，2004年
（荷）米克·巴尔《叙述学》，中国社会科学出版社，2003年
（法）米兰·昆德拉《小说的艺术》，上海译文出版社，2004年
（法）米歇尔·福柯《疯癫与文明》，生活·读书·新知 三联书店，2003年
（法）米歇尔·福柯《规训与惩罚》，生活·读书·新知 三联书店，1999年
南帆《理论的紧张》，上海三联书店，2003年
南帆《文学的维度》，上海三联书店，1998年
（美）浦安迪《中国叙事学》，北京大学出版社，1996年
（比）乔治·布莱《批评意识》，百花洲文艺出版社，1993年
钱理群《与鲁迅相遇》，生活·读书·新知 三联书店，2003年
钱泳《履园丛话》，中华书局，1979年
钱钟书《管锥编》（第4册），中华书局，1979年
申丹《叙述学与小说文体研究》，北京大学出版社，2004年
沈殿成主编《中国人留学日本百年史（1896—1996）》，辽宁教育出版社，1997年
沈弘《晚清映像：西方人眼中的近代中国》，中国社会科学出版社，2005年
（日）实藤惠秀《中国人留学日本史》，生活·读书·新知三联书店，1983年
（美）苏珊·S·兰瑟《虚构的权威》，北京大学出版社，2002年
（美）苏珊·桑塔格《疾病的隐喻》，上海译文出版社，2003年

谭德晶《鲁迅小说与国民性问题探索》，中国社会科学出版社，2004年
谭君强《叙事理论与审美文化》，中国社会科学出版社，2002年
(英)特里·伊格尔顿《美学意识形态》(王杰、傅德根、麦永雄译)，广西师范大学出版社，1997年
童庆炳、程正民《文艺心理学教程》，高等教育出版社，2001年
汪民安主编《身体的文化政治学》，河南大学出版社，2004年
王德威《被压抑的现代性——晚清小说新论》，北京大学出版社，2005年
王德威《想象中国的方法》，生活·读书·新知 三联书店，1998年
王富仁《中国现代文化指掌图》，人民文学出版社，2004年
王锦厚《闻一多与饶梦侃》，电子科技大学出版社，1999年
王晓秋编《近代中日启示录》，北京出版社，1987年
魏绍昌《鸳鸯蝴蝶派研究资料》，生活·读书·新知 三联书店香港分店，1980年
闻一多《闻一多全集》，湖北人民出版社，1980年
吴士余《中国文化与小说思维》，上海三联书店，2000年
吴于廑《古代的希腊和罗马》，中国青年出版社，1957年
伍蠡甫主编《西方文论选》，上海译文出版社，1979年
(奥)西格蒙德·弗洛伊德《论文学与艺术》，国际文化出版公司，2001年
夏志清《中国现代小说史》，复旦大学出版社，2005年
徐珂编撰《清稗类钞》，中华书局，1984年
许纪霖《第三种尊严》，人民文学出版社，1996年
许寿裳《亡友鲁迅印象记》，人民文学出版社，1981年
杨联芬《晚清至五四：中国文学现代性的发生》，北京大学出版社，2003年
杨义《中国现代文学流派》(杨义文存第四卷)，人民出版社，1998年
杨义《中国现代小说史》，人民文学出版社，1986年
杨义《中国叙事学》(杨义文存第一卷)，人民出版社，1998年

叶渭渠《日本文学思潮史》，经济日报出版社，1997年
（法）伊夫·瓦岱《文学与现代性》，北京大学出版社，2001年
（美）詹明信《晚期资本主义的文化逻辑》，生活·读书·新知 三联书店，1997年
（美）詹姆逊《批评理论和叙事阐释》，中国人民大学出版社，2004年
张大春《小说稗类》，广西师范大学出版社，2004年
张法《中西美学与文化精神》，北京大学出版社，1994年
张京媛《新历史主义与文学批评》，北京大学出版社，1993年
张哲俊《中国古代文学中的日本形象研究》，北京大学出版社，2004年
赵李红编《郁达夫自叙》，团结出版社，1996年
赵毅衡《当说者被说的时候》，中国人民大学出版社，1998年
赵毅衡《西出洋关》，中国电影出版社，1998年
郑观应《郑观应集》，上海人民出版社，1982年
郑家建《中国文学现代性的起源语境》，上海三联书店，2002年
郑春《留学背景与中国现代文学》，山东教育出版社，2002年
周英雄《比较文学与小说诠释》，北京大学出版社，1990年
周振甫《文心雕龙今译》，中华书局，1986年
周作人《苦竹杂记》，河北教育出版社，2002年
周作人《鲁迅小说里的人物》，河北教育出版社，2002年
周作人《知堂回想录》，敦煌文艺出版社，1998年
朱光潜《西方美学史》，人民文学出版社，1979年
朱寿桐《情绪：创造社的诗学宇宙》，上海文艺出版社，1991年
朱寿桐《中国现代社团文学史》，人民文学出版社，2004年
朱正《辫子、小脚及其它》，花城出版社，1999年

英文部分

Yi-tsi Mei Feuerwerker, Ideology, *Power, text: Self-Representation and*

Peasant "Other" in Modern Chinese Literature, Stanford University Press, California, 1998

Deborrah A-Harter, *Bodies in Pieces: Fantastic Narrative And The poetics of The Fragment*, Stanford University Press, California, 1996

Anita G. Gorman, *The Body in Illness and Health: Theme and Images in Jane Austen*, Peter Lang Publishing, Inc, New York, 1993

Francoise Lionnet, *Autobiographical Voices: Race, Gender, Self-portraiture*, Cornell University, Ithaca and London, 1989

Benedict Anderson, *Imagined Communities: Reflections on the origin and spread of nationalism*, First published by Verso, 1983

后 记

2007年我从四川大学博士毕业，2009年我到东南大学从事艺术学博士后研究，本书虽然是在我博士论文的基础上稍作修改而成，但是也融入了我博士后期间的体验和思考。由于论题宏大，内容复杂，材料或有遗珠，有些地方的论述也未能深入。而在现实需要的推动下终于出版，忝列学术专著之列，我心里总是忐忑不安，且深深抱愧。

在四川大学求学期间，我有幸得到了文学与新闻学院各位老师的辛勤栽培和耐心指导。在论文构思和写作过程中，毛迅老师对我论文的选题、思路的安排以及最后的修改，都提出了宝贵的意见。赵毅衡老师以他渊博的知识为我搭建了宽阔而坚实的理论平台，在一些细节问题的处理上也提供了帮助。李怡老师在课堂上旁征博引而又满怀激情的讲课，给了我有益的启示，让我从中受益不浅。另外，东南大学刘道广老师，往往片言见真知，对我醍醐灌顶，让我豁然开朗。师恩浩荡，覆载难酬。我只能怀着对他们深深的感谢，在远方时时记起他们，并为他们默默地祝福。

我在湖北出生，在四川上学。能够与天南地北的同学走到一起，这本身就是冥冥中注定的缘分。同窗好友熊辉、颜同林、陈祖君、张志云、黄曙光、王劲松、王平、王炜、花家明、杨庙平以及远在南京的徐习文等，在我三年的求学时光中，与我切磋琢磨，互相讨论，"奇文共欣赏，疑义相与析"，给了我启迪和帮助，让我心生感激，永志不忘。

本书的撰写，参考了他人的研究成果，本人不敢掠美，在行文中尽量注了出来，这是对他人劳动成果的尊重，也蕴含着对作者的感佩。另外，本书部分章节，曾在《新文学史料》、《江西社会科学》、《名作欣赏》、《兰台世界》和《重庆文理学院学报》等刊物上发表过，虽然未曾与这些刊物的编辑谋面，但是他们给了我莫大的帮助，在此表示感谢。

作为博士论文，外审是一道必迈的坎，王富仁、张同道、朱栋霖、何锡章以及吕进等外审专家，对论文给予了较高评价，同时也提出了宝贵的修改意见。论文答辩时，冯宪光、刘纳、李怡、唐小林和张放等专家，对论文既有褒奖和肯定，同时也指出了客观存在的一些不足之处。称赞，让我坚定信心、奋力前行；批评，让我改过自新、受益良多，我对外审专家和答辩专家也表示感谢。

另外，衷心感谢聂焱女士的关心和支持。

因为承受了师友许多的关爱，只有感谢才能让我心安。

虽然一己之悲欢不足为外人道，但是我不得不说的是，在2007年，当我的论文即将完稿之时，我母亲病倒了。经医院诊断，为恶性腹膜肿瘤晚期。有道是"树欲静而风不止，子欲养而亲不待"，在我毕业后一个多月，我母亲与世长辞。在此，我愿将此书献给我的母亲，以慰她的在天之灵。

朱美禄

2011年8月27日

图书在版编目（CIP）数据

域外之镜中的留学生形象：以现代留日作家的创作为考察中心/朱美禄著.—成都：巴蜀书社，2011.8
ISBN 978-7-80752-847-0

Ⅰ.①域… Ⅱ.①朱… Ⅲ.①中国文学：现代文学—文学研究 Ⅳ.①I206.6

中国版本图书馆 CIP 数据核字（2011）第 153576 号

域外之镜中的留学生形象
——以现代留日作家的创作为考察中心　　　　朱美禄　著

责任编辑	潘伟娜
封面设计	张　科
出　　版	四川出版集团巴蜀书社
	成都市槐树街2号　邮编610031
	总编室电话:(028)86259397
网　　址	www.bsbook.com
发　　行	巴蜀书社
	发行科电话:(028)86259422　86259423
经　　销	新华书店
印　　刷	成都蜀通印务有限责任公司
版　　次	2011年9月第1版
印　　次	2011年9月第1次印刷
成品尺寸	210mm×148mm
印　　张	8.5
字　　数	210千
书　　号	ISBN 978-7-80752-847-0
定　　价	24.00元

本书如有印装质量问题，请与工厂调换